# 必须犯规的游戏 Ⅲ

宁航一 著
NINGHANGYI WORKS

江苏凤凰文艺出版社
JIANGSU PHOENIX LITERATURE AND ART PUBLISHING, LTD

图书在版编目（CIP）数据

必须犯规的游戏. 3 / 宁航一著. -- 南京 : 江苏凤凰文艺出版社, 2019.11
ISBN 978-7-5594-3659-7

Ⅰ. ①必… Ⅱ. ①宁… Ⅲ. ①长篇小说 - 中国 - 当代
Ⅳ. ① I247.5

中国版本图书馆 CIP 数据核字 (2019) 第 075232 号

# 必须犯规的游戏. 3

宁航一 著

责任编辑　张　倩　王　青
特约编辑　李　彤
装帧设计　46 设计
出版发行　江苏凤凰文艺出版社
　　　　　南京市中央路 165 号，邮编：210009
网　　址　http://www.jswenyi.com
印　　刷　河北鹏润印刷有限公司
开　　本　700mm × 980mm　1/16
印　　张　18
字　　数　272 千字
版　　次　2019 年 11 月第 1 版　2019 年 11 月第 1 次印刷
书　　号　ISBN 978-7-5594-3659-7
定　　价　48.00 元

# 目录

CATALOGUE


**楔子** 001

第七天晚上的故事——

**吊颈之约** 017

第八天晚上的故事——

**墓穴来客** 151

# 楔子

**“我终于知道了，只有死人才能离开这里！”**

这一张由鲜血书写的字条，看起来就像是来自地狱的请柬，令在场的十三个悬疑小说家震惊得呆若木鸡，浑身发冷。

**新的谜团产生了。**南天倒吸了一口凉气。这张摆放在尉迟成被害的沙发上的用血写的字条，代表什么意思？而原来在这张沙发上的——尉迟成的尸体——到哪里去了？

难道真如龙马故事（《活死人法案》）中的情节一样，已经死去的尉迟成变成了“活死人”，自己离开了这个房间？

“不，这不可能……”刚刚还神采奕奕，获得了目前最高分数（9.2）的龙马，此刻面容苍白、举止失常。他惊骇地摇晃着脑袋，自语道：“尉迟成确实已经死了，永远也不会活过来……这个世界上不可能真的有‘活死人’……那只是虚构出来的而已！”

“龙马，冷静下来。”一个老成稳重的声音提醒道，“我们都知道死去的人是不会复活的，当然也明白活死人不会真的存在。但是很显然，有人想要造成这种暗示——**你的故事又和现实中发生的事重合了，你也犯规了。**

龙马望向正在说话的荒木舟，瞪大眼睛，双唇紧闭。

“我不是提醒你已经犯规了，而是希望你能保持清醒的头脑。你是一个聪明人，龙马，不要轻易中了对手的圈套。你好好想一下，**现在的状况虽然诡异，却提供给了我们一些重要的信息。**”

荒木舟的话明显不是说给龙马一个人听的，而是在提醒在场的所有人。南天意识到，荒木舟可能和自己想到了同一个问题。

天才少年克里斯显然也想到了。“荒木先生，你说的重要信息，指的是尉迟成的尸体消失到哪里去了，对吧？”

荒木舟挑起一边眉毛：“没错。”

“你们认为尉迟成的尸体现在在哪里？”歌特惊恐地问。

“暗火不是说，他昨晚半夜的时候，看到**尉迟成的尸体在楼下大厅走动，然后消失在一处阴暗的角落吗？**”夏侯申望向暗火，“对吧，你是这样说的。”

暗火紧绷着嘴唇，没有说话，实际上是默认了。

“你们相信他的鬼话？尉迟成真的变成一个活死人，离开了这里？”龙马充满敌意地说，“我看，他的这套说辞恰好证明了一件事——他是在故意陷害我！”

“恐怕没这么简单吧。”千秋对龙马说，“如果真是你说的这样，那暗火岂不就是主办者？那这个陪我们玩儿了这么久的主办者，智商也未免太低了一些。”

“那你的意思是，以后就算有人露出明显的破绽或马脚，我们都该置之不理？就因为我们深信主办者是不会犯下低级错误的，对吗？”龙马讽刺道。

“我只是希望我们不要因为对某人有一点怀疑，就对那个人妄加指控。这样只会使我们陷入互相猜忌和敌对的局面，这是真正的主办者最希望出现的，也是对我们最不利的状况。”千秋义正词严地说。

“千秋说得对。”荒木舟附和道，“如果暗火说的话是他编造出来的，那这种‘陷害’未免太低级、太幼稚了。”

龙马歪起头问：“荒木先生，那您的意思是，暗火看到的是真的——尉迟成真的变成活死人离开了？”

“年轻人哪，始终有年轻人容易犯的一些毛病。”荒木舟意味深长地说，“气盛起来，就丧失冷静的思考能力了。”

龙马毕竟是个聪明人，经荒木舟这一点拨，似乎清醒过来了。他微微张了下嘴，脸上的表情变得平和了许多，看来已经收起了对暗火的敌视。

“荒木老师，您的意思是，暗火昨晚看到的，可能是一个故意制造出来的假象，是有人故意设下的圈套？”南天问道。

“我只能说，这种可能性，比暗火撒谎骗我们的可能性要大得多。”荒木舟始终保持着那种不轻易下定论的稳重个性。他指着那张放在沙发上的用血写的字条说，“不过，我在看到这张纸后，几乎能肯定这个事实了。”

“哦，您认为是怎么回事？”白鲸问道。

荒木舟斜睨了克里斯一眼：“就像小天才说的那样，这个地方发生的每一件事都是有意义的。这张用血写的字条摆在这里，无非是有人希望借它达到两个目的。”

大家都保持缄默，细听荒木舟的分析，这让他多少有些得意。他拖长声音，缓慢地说：“第一个目的，当然就是制造出尉迟成死而复活的假象，让人觉得好像这张蘸血写出来的字条是他留下的。这样既可以巧妙地使龙马犯规，同时又会营造出一种恐怖气氛，使我们更加惶恐不安——这是那个处心积虑的主办者一直都在做的事。”

“可是我不明白，那个主办者怎么知道我要讲一个关于‘活死人’的故事呢？”龙马无比诧异地说道，“我敢对天发誓，这个故事是我在进入这个地方之后才构思出来的，而且从没跟任何人讲过，不可能有人会猜到我的心思！”

“这种情况又不是只发生在你一个人身上。”一直没有开口的暗火此时说道，“我的故事也是临时想出来的，还不是就像被提前洞悉了一样，莫名其妙地就犯了规。还有徐文和夏侯申——我们都遇到了这种诡异的状况。那个神秘的主办者就像是个未卜先知的仙人一样，总是能在我们讲述之前就猜到我们所要讲的故事中的某些情节。真是见鬼了！”

被提到名字的徐文和夏侯申脸上同时掠过一丝惶恐的神色。

纱嘉抿着嘴唇，思索着说：“我在想……该不会是那个主办者有某种特异功能，能看透我们的思维吧？”

有人笑了起来，是克里斯。“不会这么‘科幻’的，他（她）才没这种本事呢。如果他（她）有的话，很多事情就不用如此大费周章了。”

纱嘉问：“你这样说有什么依据吗？”

“当然有。”克里斯神秘地一笑，说出了惊人的话，“可能你们觉得目前所发生的事匪夷所思，甚至是完全不合常理的。但我却觉得，**其实要办到这一切，并不是不可能。**”

大家都感到有些愕然，北斗激动地问道：“克里斯，难道你已经知道主办者的手法了？说出来听听！”

克里斯沉默了一下，说：“我只是有一些猜测和推断，还不能十分肯定……所以，暂时还不能说出来。”

荒木舟闷哼了一声，低声道：“故弄玄虚。”

这时，之前一直没开腔的莱克说道：“克里斯，你明明知道主办者此刻就在我们当中，却毫不避讳地说你可能已经洞悉了他的手法。难道你不怕那主办者除掉你？”

“我也想问同样的问题。”白鲸说，“克里斯，你为什么能一如既往地保持那种冷静而自信的态度？好像你根本就没把主办者放在眼里一样。你丝毫不惧怕他，是不是因为……”

白鲸的话说到这里就停了下来，但这种暗示悬在空中，不言自明。

“别打哑谜了，你想说——我丝毫不惧怕他，那是因为我其实就是‘他’，对吗？”克里斯不以为然地说，眼光扫视了众人一遍，“我为什么要害怕他（她）？你们别忘了，我是他（她）请来的‘客人’。他（她）要我来这里，这是为了让这个游戏更刺激、更好玩的。如果他（她）顾忌我太聪明，那从一开始就不会请我来。对这个主办者，别的我可能不了解，但他绝不会是一个孬种。”

这番话听起来，就像是对隐藏在众人之中的那个主办者说的，充满了挑衅的意味。

高明的激将法——南天在心中暗忖——以那个主办者自负而疯狂的个性（这么多天来根据各种迹象感觉到的），他（她）当然是不会放弃这个挑战的。

歌特说："我们好像把话题扯远了。刚才荒木老师说，这张用血写的字条是要起到两个作用，他才只说了一个呢。"他望向荒木舟，"荒木老师，您接着说。"

荒木舟用手按摩着脖子，显出不满的神情："我还以为你们忘了这件事呢。哼，其实那张用血写的字条所要达到的第二个目的，才是最关键的！"

大家的目光再次聚集到荒木舟身上。

"主办者故意制造假象，让我们以为那张字条是尉迟成写的，但这种做法有点欲盖弥彰。我们还不至于被吓傻了，会相信尉迟成真的变成活死人，还会留下血书。那么毫无疑问，这张字条就是主办者自己写的！"

"嗯。"歌特点头道，"那么主办者的另一个意图是什么呢？"

"他的另外一层用意，已经被我想到了。"荒木舟指着那张用血写的字条说，"你们看看上面写的这句话——'只有死人才能离开这里！'——这句话是要对我们造成一种误导，让我们以为尉迟成现在已经离开了这里。但实际上，我们——起码我，没有上当。那么这句话就应该反过来理解，其实……"

"啊，您的意思是，**其实尉迟成的尸体根本就没有消失，它现在还在这所大房子里！**"纱嘉突然明白过来，抢在荒木舟之前说了出来。

荒木舟似乎对自己的话头被抢走有些不满，闷哼一声："就是这样。"

"如果真是这样的话，那尉迟成的尸体现在会在哪里呢？"莱克疑惑地问道，"这是一所封闭的大房子呀，他（主办者）能把尸体藏到哪里去？"

"我们要不要彻底把这里的每一个地方搜索一遍？"北斗提议。

"没用的。"荒木舟摆着手说，"如果在我们能想到的地方把尸体找出来了，那这个手法未免有些太弱智了。"

"没错，主办者不可能让我们轻易找出来的。"克里斯说，"省点儿力气吧。"

"那你们认为尸体会被藏在什么地方？"夏侯申纳闷儿地问。

“**密室。**”南天突然冷静地说道，“毫无疑问，**这个地方有着一个密室。**”

其实，关于密室的猜想，南天之前也提到过一次。所以，大家并没有表现出过多的惊讶，显然他们也都想到了这个可能性。

经南天这一提醒，夏侯申接连点头：“对了，那个主办者说过，这里是由一所旧监狱改造的。这个‘改造’，肯定不是我们看到的这么简单！”

夏侯申的话说到这里，房子里突然响起一个令人惊骇的声音，那是从房子顶端的四个音箱里传出来的，用变声器处理过的恐怖声音——正是那个久违了的神秘主办者！

“各位客人，悬疑小说家们。你们有好几天没听到我的声音了，这是一件幸运的事，因为这说明游戏进行得十分顺利。本来大家这么配合，我是不想打扰你们的。但游戏进行到这里，也许有些人会对目前的状况感到困惑，所以我有必要出来解答一下你们心中可能会出现的一些疑问。”

十三个人走到了走廊上，大多数人显得紧张不安，几乎都是屏住了呼吸。

那令人不寒而栗的怪异声音继续道：“到目前为止，你们已经在这里度过了六天。也就是说，已经有六个人讲完故事了。而且其中有人得到了非常高的分数（龙马在这时全身颤抖了一下）。在祝贺的同时，我也要提醒各位，不要忘了我定下的‘游戏规则’。

“**每个人讲的故事绝不能和前面的故事有任何构思上的相似和剧情上的雷同**——这条游戏规则相信你们都已铭记在心。第一个犯规的尉迟成，已经‘出局’了（*注：参见第一季《必须犯规的游戏》）。而后面讲故事的五个人，哪些人也犯规了呢？你们心中有数。”

听到这话的徐文、夏侯申、暗火和龙马惊骇得说不出话（后面讲故事的五个人中只有莱克一个人没有犯规），他们的呼吸都在这一刻停止了，呆呆地望着上方的屋顶，仿佛在等待着某种宣判。

接下来的话令他们更加胆战心惊：“当然，我心中也有数——我跟你们一起经历了这些事。那么，可能有人会感到疑惑不解了——第一个犯规的尉迟成，很快就出局了；但是后来犯规的人，为什么直到现在还好好的呢？

“噢，不要以为我忘了自己定下的规则，更不要天真地以为我是没有办法令你们出局。现在，我就告诉诸位，后来犯规的那些人，之所以没有立刻出局，是因为我考虑到一个问题——如果这个游戏玩到后面，人越来越少的话，就会越来越没劲。而且对于后面讲故事的人来说，可能在评分方面也显得不那么公平了。

“所以，犯规的那些人，我暂且将你们记下来，等到最后一天再说吧。再说明白点儿，你们的命暂时先存在我这里。如果到最后，胜出的那个人真的是我，那你们的小命就保不住了。但是如果你们幸运地赢了我，或者在那之前就把我给‘认’了出来，情况也许就会大不相同。我的意思已经表达得非常明确了吧？那么诸位，继续进行游戏吧，希望大家跟我一样，玩得尽兴。”

回荡在房子内的声音停止了。众人像是再次接受了一次恐惧的洗礼，好半晌没有人说出一句话来。

突然，莱克大喝一声：“大家都别动！”

纱嘉被吓了一跳，惊诧地看着他：“怎么了？”

莱克警觉地说道：“现在大家好好想一下，**在刚才那个声音响起来之前，我们之中有没有谁做出了什么特别或反常的动作？**”

众人一愣，随即立刻明白了——这个主办者声音的响起，肯定是有人在控制着一个微型遥控器，而这个小东西一定是藏在他们当中某个人的身上，要按动它，一定需要做出什么动作！

短暂的沉默之后，北斗迟疑地说：“刚才声音响起的时候，徐文先生……好像在拨弄他那块手表……”

徐文大吃一惊，叫道：“什么‘拨弄’！你是想故意陷害我吗？我听到那声音响了起来，便捋开袖子看一下手表上的时间而已！”

夏侯申说：“徐文，你敢把那块手表拿给我们看看吗？”

徐文恼怒地取下手表，递给夏侯申：“你拿去好好研究一下吧，看能不能找到什么机关！”

夏侯申将手表翻来覆去地仔细研究了一阵，又几乎将这块表周身都摁了一遍，最后默不作声地还给了徐文。

北斗不好意思地说：“对不起，徐文先生，我只是……觉得应该谨慎一点。”

徐文歪着头没理他。

白鲸开口道：“其实没必要道歉，在这种特殊情况下，我们的确应该抓住任何可能找出主办者的机会。”

莱克说：“听起来，好像你也发现有谁可疑？”

白鲸沉吟一下，对千秋说：“抱歉，千秋小姐，我注意到刚才那声音响起来的时候，你好像在摸左边的那只耳钉？”

千秋一愣，惊诧地说：“你居然怀疑我？”

“我只是就事论事，请你理解。”

千秋双手交叉抱在胸前，不满地说：“那是我的一个习惯动作。这副耳钉也只是普通的钻石耳钉而已。”

“你能取下来让我们看看吗？”白鲸说。

“我拒绝。”千秋冷冰冰地说，“这实在是无礼的要求。”

但此时，众人的目光都集中在了千秋身上。千秋迟疑了片刻，咬了咬嘴唇，最终无奈地将一对耳钉都取了下来，交给白鲸。白鲸当着众人的面将耳钉仔细检查了一遍，说：“确实只是普通的钻石耳钉，不好意思，千秋小姐。”然后将这对小东西物归原主。

千秋将耳钉重新戴上之后，南天说：“其实我觉得，真正控制着微型遥控器的主办者，应该是非常谨慎的。像抬手看手表、摸耳环这样的动作未免太大了，很容易引起别人的怀疑。我想，他（她）要启动这小东西，一定是一个非常微小而隐蔽的动作，根本不会让我们注意到。所以我们在这里排查大家的各种举动，可能没什么意义。”

“嗯，我同意你说的。”龙马点头道，随即皱了下眉头，“但是，你这么一说，又让我不得不对某人产生怀疑。”

“谁？”南天问。

龙马指着身旁的歌特说：“**他的左手一直插在裤兜里**……如果要在里面按动遥控器的话，当然谁都不可能察觉。”

歌特震惊地张大了嘴，每个人被怀疑时的第一反应都差不多。“你……你是什么意思？！”

“我没有针对你的意思。”龙马解释道，“只是希望你能用行动展示自己的清白。这样我们也就放心了，同时也就能排除你了，不是吗？”

歌特瞪着他说：“你要我怎么做？”

龙马转动着眼珠思索了一下：“我能把手伸到你的裤兜里去检查一下吗？”

歌特下意识地向后退了一步，露出紧张的表情：“不行！”

龙马眯起眼睛问：“为什么？”周围怀疑的目光像箭一样射向了歌特。

歌特满脸涨得通红，他的左手已经从裤兜里抽出来了。在众人逼视的目光下，他显得局促不安。好一阵后，他妥协了，但是说出了奇怪的话：“好吧，我同意让一个人来检查我的裤兜，但是……**那个人必须是个女的，不能是男人！**”

大家都怔了一下。夏侯申问：“这是为什么？”

“我没有回答你们的义务。”歌特面红耳赤地说，“如果你们同意的话，我才会配合。”

众人互视了一眼。莱克说：“我们这里的女人就只有纱嘉和千秋两个人呀，你希望由谁来检查你的裤兜？”

“随便！要检查就快点儿！”歌特不耐烦地答道，似乎目前的状况令他十分尴尬和难受。

纱嘉见千秋只是抱着手站在原地，根本没有上前去做这件事的意思，只有说：“好吧，我来。”

她走到歌特面前，说了声：“不好意思了。”将一只手伸到歌特的左边裤兜里去。

歌特紧绷着脸，大气都不敢出一口，看起来像是紧张到了极点，在他的周围，空气似乎都凝滞了。纱嘉在他的左边裤兜里搜索了一遍，又将手伸进歌特的右边裤兜，掏出一个真皮钱包来。纱嘉回过头用眼神征询大家的意见，那意思是——要把这钱包打开来检查吗？

“够了！”暗火突然大喝一声，“不要再继续了！这样下去，只会增加彼此间的猜忌，生出更多疑窦，令我们陷入极大的信任危机中！对那个主办者来说，正中下怀！”

歌特听到暗火这样说，将钱包从纱嘉手里拿了回来，重新揣回裤兜里，显得如释重负。

安静了好一会儿，似乎大家都在反思之前的一些行为。夏侯申看了一眼手表，说：“时候不早了，快十二点了，我们都各自回房休息吧。现在只能将游戏继续进行下去，没有别的选择。明天晚上该谁（讲故事）了？”

“我。”千秋懒懒地回答道。“多谢提醒，我该去做准备了。”说完朝自己房间走去。其他人也纷纷回房了。

南天回到自己房内，将门锁好。他坐到沙发上，忽然发现自己有些心神不宁，总感觉好像有某件之前在思索的重要事情被中断或忽略了，现在却又想不起来。他用指关节顶住下巴，双眉深锁，苦思冥想……

在那个主办者的声音响起来之前，我们刚好说到了……密室。对了，南天精神一振，他想起来了。其实他刚才想到了一个十分重要的问题，但好几次正想说的时候，就被旁人打断了。这是一个被众人忽略了的重要问题——

**那个录制好了的主办者的声音，为什么恰好会在那个时候响起来呢？**

或者说，掌握微型遥控器的人（显然就是主办者），为什么会选择在那个时候启动按钮？

如果我没猜错的话——南天暗忖——是因为那时，我们刚好谈到了一个非常关键，而且对主办者来说十分敏感的问题——密室！

这个混迹其中的主办者，见我们触发到了真正关键的一点，不愿我们在这个问题上过多讨论，所以立刻启动遥控器，用录制好的声音来岔开话题。实际上，这招果然奏效了！听完那一段录音后，大家便没有再继续讨论密室这个话题，而改为互相猜疑……

如果这真是那个主办者及时放出录音的原因的话，就可以证明一件事——**这个地方，确实有着一个密室！而且，如果能找到这个密室，主办者的秘密将会全部曝光，身份自然暴露无遗！**

想到这一点，南天心中暗暗激动。他无法确定其他人是否也想到了这一点，但是现在，他知道自己该怎样做了——不能再被动地被那个主办者牵着鼻子走下去。该是主动出击的时候了！

**找到这间密室，将是揭开主办者身份的关键！**

那么，具体该怎样行动呢？南天在心中细细思索，一个计划渐渐在他脑海中生成……

第二天早上，各人依旧在楼下的柜子里拿出食物，作为自己的早餐。南天一边吃东西，一边悄悄观察着徐文，等待着合适的时机上前去和他搭话。

南天的计划是这样的：按照讲故事的顺序，挨着跟每个人接触。一方面是增加了解；另一方面则是通过和每个人的谈话，探听一些信息——也许能够获得一些启发，或者是搜寻到关于密室的线索。

另外，还有一个重要的目的——他想挨着到每个人的房间里去，看看会不会有什么意想不到的发现。南天有一种直觉——**他们当中某个人（那个人可能就是主办者）的房间，可能和其他人的有所不同，里面一定隐藏着什么秘密——这个秘密就跟密室有关！**

思忖的时候，南天看见徐文已经吃完早餐了，朝二楼走去。由于“1”号尉迟成已死，所以调查和访问的对象就从“2”号徐文开始。南天知道，徐文的戒备心比其他人更甚，每天几乎除了吃饭和晚上讲故事的时候会露面，其他时候都待在他自己的房间内，紧锁房门。如果这个时候不和他搭上话，那一会儿可能连他的房门都进不去了。

南天快步走过去，在上楼梯前赶到了徐文身边，喊道：“徐文先生。”

徐文扭头望着南天，问道：“什么事？”

南天低声说：“我想跟你谈谈。”

徐文有些狐疑地望着南天：“你已经是第二次找我谈了（*注：第一次是在事件发生的第二天，尉迟成讲完故事之后）。谈什么？”

“能到你的房间里谈吗？这里不太方便。”

徐文犹豫了一下，可能是想到大白天的，南天又是在众人面前找的自己，谅他也不敢怎么样，于是点头同意了。

两人一起走上二楼，进入徐文的房间。南天坐到面对着门的沙发上，徐文将房门锁了，之后坐在自己的床上。

南天在思考着怎样开口才会不那么唐突，在他看来，徐文自从“犯规”之后，就像一只惊弓之鸟。他不想一下就把气氛弄得很紧张，导致徐文出现排斥情绪。南天的目光在屋内搜索着，希望能找到一个轻松一点的话题作为切入点。

他在徐文的床头看到一沓纸和一只签字笔（每个房间都有这些东西），最上面那张纸上写满了字。南天歪着头看了一下，发现那是徐文讲的《鬼影疑云》这个故事的一些提纲——非常漂亮的书写。南天笑着说：“徐文先生写得一手好字呀。现在这个年代，写字写得好的作家太少了。”

“我跟你们这些新生代不同。我是守旧的人，直到现在还是使用传统的纸和笔来写文章，而不是在键盘上敲字。”徐文淡淡地说。

“哦，那样修改起来的话，会不会有些不方便呢？”

徐文意识到这些话题根本不是南天想要谈论的重点：“你到底想跟我谈什么，直说吧。”

南天沉吟一下：“好的。是这样，我记得徐文先生跟我说过——你的直觉一向比较准。当时你预感到可能会出什么事，结果尉迟成果然在之后就被杀了（*注：参见第一季《必须犯规的游戏》）……”

徐文敏感地问：“你什么意思？”

“不，你别误会。”南天赶紧解释道，“我没有别的意思，只是想借你的直觉来帮我判断一些事情。”

“我不明白。”

南天略微停顿了一下，说：“昨天晚上，我根据尉迟成的尸体消失无踪这一点，推测在这个地方，一定有着一间密室——我想知道，徐文先生怎么看？”

短暂的沉默。“是的，这完全有可能。”

南天等待着徐文接着往下说，但这个中年男人却闭上了嘴巴。南天试着进一步试探徐文的态度："那么，假如真有密室的话，你觉得它可能会隐藏在哪里？"

"我不知道，我的直觉还没强到连这么具体的事情都能感觉出来。"徐文说，顿了一下，"不过，我倒是有另外一种直觉——也许已经不能说是直觉了，而是真实的感受。"

"哦，是什么？"南天感兴趣地问。

徐文沉默良久。"我觉得，**我们所在的这个地方，远远不是我们所认识或理解的那么简单，别说是密室了，这里完全可能隐藏着更加惊人和恐怖的秘密——完全超乎我们想象和认知范畴的秘密。**"

徐文说得玄之又玄，南天一时没听懂他的意思："你能说具体一点吗？"

徐文盯着南天的眼睛说："暗火说他在夜里看到了尉迟成的尸体在楼下大厅里走动，你们觉得这完全是无稽之谈，或者是个骗局，对吗？"

南天一愣："难道……你认为真的会发生这样的事？"

徐文不置可否。

南天换了个问法："徐文先生，你是不是认为这里真的会闹鬼？"

"这里极不寻常。"徐文神色严峻地说，"什么怪事都有可能发生，我不排除一切可能性。"

南天忽然意识到了什么："你这么说，是不是因为你遇到了什么难以解释的怪事？"

听到这句话，徐文的身体微微抽搐了一下，面容笼罩上了一层惶恐之色。"我说出来你也不会相信的……所以直到现在，我都没告诉过任何人。不过话说回来，别人可能也遇到了这样的情况，也是没说出来而已。"

南天的好奇心已经达到了顶点："你指的到底是什么情况呀？"

徐文垂下目光，似乎在思索着该怎么说。几十秒后，他问道："我讲的那个叫作《鬼影疑云》的故事，你还记得吗？"

"嗯。印象很深刻。"

"在那个故事里，女主角会在自己的房间里看到各种恐怖的幻象——"徐文说到这里，深吸了一口气，似乎需要鼓起极大的勇气才能将后面的话说出来。

**“在讲完这个故事后，我自己也遇到同样的状况了。”**

南天惊愕地张开了嘴，感到后背生寒：“你是说……你也在这个房间里看到幻象了？”

徐文的脸色越来越苍白，脸上的血色随着他所叙述的恐怖事件而逐渐退去：“没错……我所遇到的状况简直无法用常理来解释。我是专业恐怖悬疑小说作家，从来不会受自己构思出来的故事的影响。但是，自从在这里讲完这个故事后，诡异离奇的事情就开始发生在我身上……”

他在说这些话的时候试图竭力压下恐惧，但身体和声音还是控制不住地微微颤抖。“（在这里的）每天晚上，我都会遇到各种恐怖的事情——连续几天晚上做同样一个噩梦，然后在同一个时刻醒来。这都不算……有时我醒来后，会在迷迷糊糊之中看到房间里似乎有一个黑色的人影……就站在我面前瞪着我；或者听到房间里发出诡异的怪声——这些就跟我讲的故事中的情节差不多——每次遇到这种情况，我都吓得心胆俱裂，但是……就像是鬼压床一样，我浑身动弹不得，喉咙也发不出任何声音……那真是会把人的神经彻底摧毁的极度恐惧……”

说到这里，徐文已经面无人色了。他瞪大的双眼中蕴含着无穷无尽的惶惑和惊悸，无论怎样看，都不像是在演戏。南天相信他说的都是真的——就算是幻觉，那也绝不寻常。他在脑海中模拟着这些恐怖的画面，不禁感到毛骨悚然。

等待了好一会儿，徐文的情绪稍稍平复了一些。他对南天说：“所以，我觉得这个地方可能不仅有密室，还隐藏着更深一层的秘密。就算说这里真的有鬼魂存在，我也不会怀疑。”

南天双眉紧蹙：“可是，我没有遇到你说的这些状况呀。”

徐文思索了一下，说：“那也许是因为你还没有讲故事。”

“之前讲了故事的夏侯申、莱克、暗火和龙马，也没听他们说起过。”

徐文耸了下肩膀：“这我就不知道了，也许他们遇到了，只是没说出来呢？”

“在我来问你之前，你为什么不把这些说出来？”

“在这里，我不知道该相信谁，也就不知道该跟谁说。今天是因为你主动来找我，我才忍不住告诉了你——至于信不信，那就由你了。”

“我相信你，徐文先生。”南天诚恳地说，顿了一下，“那么，你相信我吗？”

徐文凭直觉猜到南天似乎有什么计划，他问道：“我相不相信你，那又怎样？你想干什么？”

南天思忖了好一阵，说：“我有个主意，需要你同意和配合，当然也需要你相信我。”

“什么主意？”

**“今天晚上，我们俩互换房间。”**南天盯着徐文的眼睛说。

徐文一愣：“你是说，让我住到你那个房间去，而你……”

“对，我住你这里。”

“你……听了我说这些，不害怕吗？”

“就算害怕，我也必须克制。我想亲身体验一下你这个房间是不是真的闹鬼，或者说看看这个房间到底有什么问题。”南天毅然道。

徐文低下头去思量许久，说：“恐怕我不能同意。”

“为什么？”

徐文说：“我觉得，并不是我这一个房间闹鬼的问题，可能整个房子都不对劲。不管我搬到哪里，都一样……再说，我在这个房间里，只是被噩梦和幻象惊扰而已，谁知道在你那个房间，又会碰到什么更加诡异的事呢？”

南天有些焦急地说：“说到底，你还是不相信我。你觉得我那个房间可能情况更严重？不会的，你住一晚上就知道了。”

徐文还是不愿意：“我们私自调换房间，万一被那个主办者得知了，认为我们破坏了他（她）定下的游戏规则，那可能会对我们俩都不利。”

南天想了想，觉得徐文这人实在是谨小慎微，也不好勉强他，只有说：“那这样吧，徐文先生，你再考虑考虑。如果你改变主意的话，随时都可以来找我。”

徐文点了点头。南天从沙发上站起来。“那我就不打扰了。”说完走到门口，将房门打开，出去了。

本来，按照南天的原计划，他下午是要去找夏侯申的。但是在徐文这里获得的这么多出人意料的信息，值得他好好思考、琢磨一番。所以，下午他待在自己的房间里，哪儿也没去。

晚上七点，众人再次齐聚到一楼大厅，各自坐在自己的位子上。这已经是游戏进行的第七天了，轮到“7”号千秋讲故事。

千秋显得从容不迫，似乎早就胸有成竹。在开讲之前，她告知众人：“我接下来要讲的这个故事，实际上是我自己的一段亲身经历——当然，有所改编。也许你们听说或关注过此事，因为当时闹得可谓是沸沸扬扬，算是那年写作圈里一起有名的事件，不过——”

她拉长声音，吊了下胃口，接着说：“**你们谁都不知道这件事背后隐藏着的恐怖真相**——今晚，我将毫无保留地讲述出来，作为我最精彩的一个故事。”

“你指的那起有名的事件，会不会是……”白鲸似乎想到了什么。

千秋嫣然一笑：“听了就知道了——对了，我给这个故事取了个名字，叫作**‘吊颈之约’**。”

她开始讲。

**（*每个人所讲的故事与后面发生的事均有重大关系。）**

# 第七天晚上的故事——

## 吊颈之约

# 一

生活中，很多事情都是这样——大大方方讲出来，别人倒也没觉得有什么；遮遮掩掩，或者是含糊其词，反而会引人产生错误的遐想，结果自然就成了欲盖弥彰、适得其反。

我自认为还算是个成熟、聪明的女人，或者说女作家——我当然明白上诉的道理。不谦虚地说，我能在万千写作者中成为佼佼者——在很大程度上取决于我的直率和坦诚。当然还有我的智慧。

有些事情无须讳言。作家的灵感和创意不是永不停歇的江水——实际上就算是江水也总有干涸的一天。我写了近十年的悬疑惊悚小说（希望你不要据此猜测我的年龄），出版了八本畅销小说，为我带来了丰厚的利润。如果不是采取了——或者说是借鉴了蒲松龄老先生的方法，我相信没法做到这一点。

说到这里显得有些可笑。我，一个还算是集美貌、知性和优雅于一身的现代都市女性，和活在明、清时期的“聊斋先生”会扯上什么关系？原因就是，我从一本书上介绍的关于蒲松龄的逸事中，受到了很大的启发。

这本书是在我几岁的时候看的，已经记不清了。反正就是一本讲述名人小故事的书。其中蒲松龄的故事令我印象深刻。说的是蒲松龄为了收集写作素材，在村口路边的一棵老槐树下摆了一个茶摊，树荫之下，供行人歇脚聊天，边饮茶边闲聊，谈古论今，海阔天空。蒲松龄听者有心，常常从中捕捉到意想不到的精彩故事。他还立了一个“规矩”——不管是谁，只要能说出一个故事，茶钱分文不收。所以不少行人茶客大讲奇闻逸事，乡里趣闻，有人也随口编上几句，蒲松龄侧耳聆听，一一笑纳，茶钱则一文不取。最后，蒲松龄收集的故事和素材越来越多，这些又激发了他的想象与构思，终于写成了流传百世的《聊斋志异》。

回想起我最初创作悬疑小说的时候，各种奇趣和精妙的构思层出不穷，我丝毫不担心自己会有灵感枯竭的一天。但令人沮丧的是，这一天来得之快出乎我的意料。在我的第四本书出版之后，我居然有足足半年时间想不出任何好的小说题材，这令我一度感到困惑和恐慌，甚至怀疑自己不能再走写作之路。迷茫之中，我突然想起了蒲松龄和他的茶摊。

毫无疑问，这个想法救了我。我知道我的灵感和写作素材该怎样收集了。当然我不可能去摆茶摊，我采取的是符合这个时代精神的做法。

我在闹市区一幢写字楼上租了一间工作室，并请了一个聪明伶俐的小姑娘当助手。我通过媒体告诉大家，著名悬疑女作家千秋向社会大众征集新颖有趣的写作题材，只要你有离奇的经历或是不同寻常的见闻，都可以在预约后到我的工作室来，告诉我你的故事。只要我认为你的故事有价值，就会付一定的费用。假如我决定根据这个故事写成一部小说的话，这笔费用就会相当可观。

这个消息发布出去之后，引起了强烈反响。一些人认为我是在刻意炒作；还有一些人（估计是同行）讽刺挖苦，说我已经江郎才尽，只好想出这种哗众取宠的做法，相当不屑。当然也有支持我的，说作家放下架子，和大众交流，获取最真实的素材进行创作，是一种诚恳的态度。对于各种正面或负面的评价，我一概不予理会。我知道我要的是什么，而事实上，我的目的确实达到了。

工作室的电话被打爆了。QQ、微博和其他联系方式同样火爆。还好，应付这一切的不是我，而是我那个经常忙得焦头烂额的助手。她要在众多踊跃参与的人中进行筛选——要求他们把自己的故事讲一小段，便于将一些特别不靠谱的人剔除掉，为我选出她认为真正有价值的人，然后安排他们和我会面。这样为我节约了很多时间和精力。我将每周会面的“故事提供者”控制在十五个以内。

尽管如此，我那个精明能干的女助手还是会犯错误。有些时候，我能很明显地感觉到来访者只是想赚一笔“报料费”，他们讲述的故事其实是在某本书或杂志上看到的，却把主角换成自己，声称这是自己的亲身经历。面对这种情况，我有时会直接说出他（她）的故事的来源或出处，这样往往会让场面有些尴尬；但更多的时候，我不愿点穿，向他们礼貌地表示感谢，然后象征性地付一些报料费给他们。倒不是我虚伪，而是我觉得毕竟人家也是做了些功课而来的，况且我付的钱又不多——这种人的要求一般都不高。

只有很少的时候，我会遇到一两个真正能提供非常新颖有趣的写作素材的人。在他们讲完自己奇妙而诡异的经历后，我会花大量时间去进行考证，一旦发现这个故事确实没有人记叙过，我便算是真正淘到金子了。将这些题材进行艺术加工，然后写成书出版——事实证明，这样做是成功的。我后面的四本书几乎都是这样完成。我是一个守信的人，会将我得到版税的十分之一付给当初提供素材的人。

好了，说了这么多，该进入正题了。我接下来要说的，是我第九本书的写作经历。**我和这本书，以及这个故事的提供者——当然还有一些其他人——共同构成了这个异常恐怖的事件**。相信我，作为一个资深悬疑惊悚小说作家，我什么怪事都听说过，甚至都见过。但我接下来要叙述的这件事，直到现在仍然令我感到寒意砭骨。**我要提醒大家的是，听完这个故事后，你千万不要去细想故事中的某些情景或画面，否则就会像我一样，很久之后还会被噩梦缠身**。这件事的离奇和恐怖程度超出了一般人的接受程度。当然，也包括我。

还有你。

## 二

事情要从今年的4月10日讲起，那天是星期四，下午是助手小雅为我安排的和

“故事提供者”见面的日子。我清楚地记得那是一个阴雨连绵的坏天气，这是一个不好的兆头，要是我再聪明一点的话，当时就该意识到这一点的。

我的工作室位于这栋大楼的19层，平日采光极好。但在这种阴雨天气，整个房间就像被笼罩了一块灰色的幕布。我故意没有开灯，想利用天色为讲述者烘托气氛。但遗憾的是，坐在我面前的这个年轻女孩没能把握住这良好的氛围。她叙述事情的方式可谓是乏味透顶，而且毫无新意可言。她根本没意识到我是不可能写的——这种老房子闹鬼的故事都快被演绎烂了，现在只有三流作家或编剧才会使用这种题材。

出于礼貌，讲述过程中我没有打断她，也尽了最大的努力表现出对她的故事很感兴趣。直到这女孩讲完后，我才温和地指出，这种类型的故事早在十多年前就流行过了。女孩的脸红了，她告诉我，其实她是我的书迷，来这里除了告诉我这个故事，也是为了见我一面。然后，她很不好意思地站起来，向我鞠了一躬，表示耽搁了我的时间，并匆匆离开，对费用的事自然只字不提。她这种谦卑的态度，反倒让我觉得有些内疚不安了。

女孩走了后，我坐在工作室的皮椅上，长嘘一口气。根据小雅的安排，今天下午预约好的来访者还有四个，真希望能出现一两个真正能起到作用的——我的新书还没着落呢。

办公室的门被推开了，一般情况下应该是下一个来访者，但走进来的却是小雅。她快步走到我面前，对我说：“千秋姐，出了点儿意外状况，有个特殊的客人坚持要立刻见你，他说自己没时间等在四个人之后了。而且他是直接上门的，之前根本没预约。”

我不假思索地说：“那就请你礼貌地转告他，请他务必耐心地等一会儿。当然，如果他实在是等不了的话，也可以下次再来——我们得公平地对待每一个来访者。”

“恐怕我很难做到这一点。”小雅递过来一张名片，“你看看他是谁吧。”

我蹙了下眉，接过名片来一看，仅仅只是觑到那个名字，嘴唇就不由得张开了。

费云涵。金融业巨子，全国富豪榜排在前一百位的大人物。如果不是名片上的职务介绍得清清楚楚，我肯定会认为这是一个和他同名同姓的人。什么情况？这号人物竟然会亲自登门拜访我这个小小的工作室，来向我提供故事素材？我的脑子一时转不过来了。

小雅看出我蒙了，提醒道："千秋姐，费总现在就在接待室等着呢。你不用怀疑，肯定是他，我在电视和报纸上都看熟了。"

"那你还在这里站着干吗？赶快请费总进来呀。"我瞪了小雅一眼，"这种客人我们怠慢得起吗？"

"好的。那之前预约的四个客人怎么办？"

我略微迟疑。"你告诉他们，今天我临时有事，不能跟他们见面了，麻烦他们另择时间。你代我向他们道歉。"我看了下手表，"已经四点多了，要不一会儿你请这几位客人去吃顿晚饭，作为致歉吧。"

小雅点头："好的，千秋姐，我知道该怎么做了。"

一分钟后，小雅极具礼节地带着费云涵走进我的办公室。我从皮椅上站起来，迎上前去，脸上挂着恰到好处的微笑，我试图将文人的矜持和女人的妩媚同时表现在这张微笑的脸上，希望我做到了。

费云涵很有绅士风度地主动伸出手来和我握手："你好，千秋作家。不好意思，这么冒昧地来拜访你。"他说话温文尔雅，极具儒雅气质。

我也是见过大世面的人，姿态、动作和语言都拿捏到位："您好，费总，真没想到像您这样的大人物竟然会大驾光临。我倍感荣幸呢。"

费云涵微笑着摆了下手："别这么说，千秋小姐是著名的作家，你能同意我唐突的要求，和我见面，我非常感谢。"

我不得不承认，他很会说话，显然是个极富修养和魅力的人。这种有钱、有身份，同时又有文化、有内涵的成熟男人是相当具有杀伤力的。我可以肯定，只要是女人，很难不被他所吸引。"好了，费总，咱们都别客气了，请坐吧。"我礼貌地摊开手，做了一个"请"的动作。

费云涵点了点头，坐到真皮沙发上。小雅泡了一杯上好的龙井茶，双手端到他旁边的玻璃茶几上，说了声：“费总，您喝茶。”费云涵微微点头致谢。之后，小雅识时务地走出办公室，将门轻轻带拢。

费云涵衣着考究，相貌堂堂，身材虽略微有些发福，但在中年男人中已经算是保持得很好了。我记得报纸上说他四十多岁，但实际看起来显得还要年轻一些。在我观察他的时候，他坐直身子，向我解释道：“千秋小姐，不好意思，本来是该跟你事先预约的。但我的工作时间不定，又随时都在国内外跑。就算是预约了恐怕也不能按时前来，所以只有直接过来拜访了。”

“没关系，费总，我很理解。”我感到好奇，“不知道您找我有何贵干？”

他略微停顿。“是这样，我女儿是你的忠实书迷，你的书她几乎都买了。我也是从她那儿了解到你的。”

我笑道：“真没想到，您的千金大小姐会是我的读者。”

“她很迷你的，一直都在关注你的新书和所有动向。那天我从她那儿得知，原来你一直在向大众收集写作素材。以前我一直不知道呢。”

“让您见笑了。确实，我这样做已经有好几年了。怎么，费总，您对悬疑小说感兴趣吗？”

他淡淡一笑：“不瞒你说，我们这种人的生活看起来光鲜，实质上是很枯燥的。每天烦心的事情一大堆，都没什么时间看书了。”

他说得很委婉，让我再次意识到他是一个相当会处事的人。“当然，您是日理万机。”我实在猜不透他找我究竟所为何事，忍不住再次问道，“费总，那您来找我的目的是？”

他温和地笑道：“和其他来拜访你的人一样呀——为千秋作家提供创作题材。”

我凝视着他，判断他是不是在开玩笑。费云涵看出我眼神中的意味了，他严肃地说道：“千秋小姐，我没开玩笑，我说的是认真的。”

他这么一说，令我有些措手不及了，甚至有些尴尬。我难以置信地耸了耸肩膀，摊开双手：“您知道，我此举……是效仿蒲松龄老先生，针对的主要都是一些普通人吧。像您这种身份显赫的大人物来为我讲述故事，提供素材，我实在是有些承受不起。”

费云涵摆了下手：“千秋小姐，你千万别这么说。我从来就不认为我是什么大人物。真的，不是客套话。我只是从事一些比较高层的工作罢了，但还是一个普通人。”他顿了一下，“也许，你听了我的故事后就知道了，我不但是个普通人，甚至有着比普通人更甚的烦恼和困惑。”

我望着他，能感觉到他说这番话的诚恳和真挚。“费总，您有什么故事想告诉我？”

他好像在拖延时间，似乎他要讲的事情很难启齿，使得他要问一些无聊的问题来缓解一下。“听说到这儿来提供故事素材的人，你还会付一定的费用给他们。”他竭力表现出一种很感兴趣的样子，“我真的很好奇，一个好的故事题材，值多少钱呢？”

我忍不住哈哈大笑起来。“不管我付多少钱给提供故事素材的人，对您来说都不值一提。”我开玩笑地说道，“费总，您不会是为了赚这个钱才来找我的吧？”

他也笑了，好像意识到自己问了一个傻问题。缄默一阵后，他的脸绷紧了，神色肃穆起来，这使我意识到，他终于要开始讲述重点了。

“千秋小姐，在我把这件事情讲出来之前，你能不能答应我两件事？”他盯着我的眼睛。

“您说。”

他深吸了一口气：“我接下来要告诉你的这件事，不是关于别人，而是发生在我自己身上。这件事情……太过怪异和离奇了。怪异到……一般人在听完后会认为全不可信。所以，我的第一个要求就是，希望你能相信我，像我这样的人，应该还不至于无聊到会专程来这里，瞎编一个故事给你听这种地步。”

我颔首：“费总，就算您不说明这一点，我也会完全相信您的。”

“十分感谢。”他接着说，“第二点就是，这件事情，到目前为止，我从没有讲给任何人听过，包括我的妻子和女儿，或者是我最亲近的朋友。个中缘由，你在听完后大概就知道了。所以我的请求就是，在你得知这件事情后，请一定要为我保密，好吗？”

说实话，他这样说，简直令我诚惶诚恐了，感受到了无形的压力。但他做的这些铺垫使我对他要讲的事情十分好奇，我的直觉告诉我，这绝对是一件极不寻常的事。所以，我几乎没怎么考虑就答应了下来："好的，我保证。"忽然，我意识到一件矛盾的事情，"可是费总，我是个小说作家。您把您的故事提供给我，暗示我可以将它写成小说。这样的话怎么谈得上保密呢？"

"这个没有关系。我说了，这件事情除了你之外没有任何人知道。你将这个故事写出来，只要把故事主角的名字和身份换了，那么谁也不会联想到这是发生在我身上的故事。"

"我明白了。实际上，就算您要求我使用您的真实身份或名字，我也不敢。这是不符合出版规定的。"

他牵动嘴角勉强笑了一下，我看出来他没法轻松。现在，我已经答应了他的两个要求，他终于可以讲了。

"千秋作家，我现在四十四岁。在一般人的眼里，我事业有成，家庭美满，似乎应该是这个世界上最无忧无虑和幸福的那一类人。但实际上，没有人知道，我身上有个秘密，这个秘密恐怖而神秘，多年来就像恶魔一样缠绕着我，简直可以说是无处不在、阴魂不散。我痛苦万分，却又无处宣泄。我甚至不敢告诉身边最亲近的人，原因是，我害怕他们得知我的这个秘密后，会认为我精神异常。更严重的是，如果这件事被我的竞争对手知道的话，一定会大做文章，作为攻击我的利器。所以多年来，我只能选择默默承受。但最近……我感觉自己快要受不了了。我必须……寻求帮助。"

眼前的情景令我目瞪口呆——执金融界之牛耳的费云涵，如此沉稳、有魄力的一个成熟男人，现在竟双手掩面，痛苦万分地坐在我面前。我相信若不是他有着超强的自控力和意志力，现在说不定已经泪流满面了。上帝啊，我眼前不是一台电视，他本人就坐在我的正前方！我的震惊程度难以言喻，呆呆地望着他，不知道该如何是好。

费云涵陷入他恐怖的回忆中："在我二十岁以前，都过得十分正常。但是——具体时间我也记不起来了——应该就是我二十一岁的时候吧，我发现一种不可思议的、恐怖的事情毫无理由地发生在了我身上。”

他停了下来，紧紧抿着嘴，我注意到他的身体在微微颤抖。我知道他正在和内心的恐惧作战。本来我是不该催他的，但我实在是太好奇了。我接待过无数个来访者，但从没像现在这般紧张和期待过，我忍不住问道：“是什么事情，费总？”

好一阵后，他抬起头来，张了张嘴，却又没能发出声音。我意识到这段谈话恐怕会像拔牙一样，既漫长又痛苦。

我不知道他是怎么鼓起勇气的。他终于说出来了：“千秋作家，你能相信吗？**我会在所有能反光的物体上，看见我自己的脸……变成了一个陌生的、恐怖的女人的脸。**”

我花了大概十秒钟的时间来理解他说的这句话的意思。突然，我浑身像遭到电击般地猛抖了一下。**我想到了一件事情！**老天啊，该不会……我无法掩饰自己的震惊和骇异，不由自主地瞪大了双眼，一只手捂住了嘴。

也许是我的反应太过激烈了。费云涵有些不解地望着我：“千秋作家，我说的话，吓到你了吗？”

我咽了口唾沫：“是的，我有点被吓到了。”

“我还以为你们悬疑惊悚作家，对这种事会有一定的抵抗力呢。”他带着些许疑惑的口吻说道，“我听我女儿讲过一些你书中的内容。实际上，你以前写过的有些故事更可怕。为什么你会对我说的事感到如此惊骇呢？”

毫无疑问，他是一个心思缜密的人。在他的理解中，或者说在他的预想中，我应该会感到惊讶，但不至于会如此夸张——这一点他都察觉到了。这个细节使我明显地感觉到，费云涵是一个表面温和，内在却很厉害的人物。我有点明白他为什么会获得今天这样的地位了。

现在，我要做的是，把我刚才表现出来的情绪掩饰过去。**我不能让他知道，他说的事实际上勾起了我的某段回忆。**

“费总，我以前写的那些故事，多数都是虚构的。但您在讲述这件事情之前，跟我强调了其真实性，所以我才会觉得格外震惊和害怕。”

费云涵想了想，点了下头，看来他相信了我的说辞。

“费总，您说会在反光的东西上看到自己的脸变成一个女人的脸？您能说得再详细一些吗？恐怕我不是太懂。”我将话题引到正题上。

“最开始的一次，发生在我二十一岁那年。当时我在读大学，住在学校的宿舍里。那天晚上，我在宿舍的阳台上想一些事情，无意间瞥到了正对着的一块窗玻璃，结果我从里面看到的不是本来应该反射出来的自己的影像，而是看到了一张陌生女人的脸！当时我吃了一惊，还没看清楚，那张脸就转瞬即逝了。那一次，我并没有太在意，认为自己也许只是眼花了，或者是出现了短暂的幻觉。”

我没有打断他，听他继续说。

“然而，我怎么也想不到，自那次之后，这种情况就开始屡屡发生。而且几乎都是在晚上。不管是玻璃、镜子、金属、光滑的墙面，甚至是水中的倒影，我都能看到那张恐怖的脸！生活中能反射出影像的东西太多了，几乎无法避免！”

他说到这里，连我都感到害怕了。想想看，一个人在照镜子的时候看到的不是自己的脸，而是一张陌生女人的脸，那是多么恐怖的一件事情。

“我不知道自己出了什么问题。我既害怕又无助，身边的亲人、同学、老师，没一个能帮得了我。”

“您为什么不试着把这件事告诉别人呢？”我惊叹于他的承受能力，“你就这么肯定没人能帮上忙？”

费云涵摇着头说：“这件事太怪异了，没人会相信的，只会让他们认为我精神错乱。”他苦笑一声，“我从小到大所受的一切教育都示意我必须崇尚科学。别说别人，就连我自己都不愿相信这是真的。你知道吗？我一度认为自己真的得了精神病。”

“那么……”我谨慎地措辞，“您后来是怎么排除这种可能性的呢？”

“首先我冷静下来细想，认为自己没有任何患精神病的可能性。我之前也说了，这种诡异的状况出现得毫无征兆。我之前并没有受到什么刺激或精神压力。况且我的家族也没有精神病史。”他沉声道，“后来，我有机会到美国和一些欧洲先进国家去的时候，我请精神科专家为我做过精神测试——每次得出的结论都是我的精神状况十分正常。”

我深吸了一口气："费总，您记不记得这种状况一共出现过多少次？"

"无数次。我没有统计过。。"

"您每次看到的都是同一张脸？还是有所不同？"

"绝对是同一张脸。这张脸我早就已经记熟了。可惜我没学过美术，不然的话我可以准确地画出这个女人的模样。"

"您能向我描述一下这张脸吗？"

听了我的这个问题，费云涵身子向后仰了一下，打了个冷噤，脸色变得十分难看。

我赶紧说："没关系，费总，如果您不想回忆或描述的话……"

"不，没有必要回忆。"他绷着脸说，"我对这张脸的熟悉程度，简直超过了自己的脸。你知道，我后来几乎都不怎么敢照镜子了。"他的头仰向上方，吐出口气，像是做了某种决定，"既然我已经来了，当然就要向你描述这张恐怖的脸。"

我有些紧张地看着他。

"这是一个四十岁左右的中年女人，头发是盘起来的，发型有些老气。因为我只看见了她的脸，所以衣着只能描述颈子这一部分——她的衣领看起来像是那种旧时穿的棉服。"

费云涵说到这里停了下来。我发现他没有说最关键的部分，于是提醒道："费总，您只说了她的发型和衣着，还没说她的长相呢。"

费云涵的脸一下白了，眼睛里流露出惊惧的神情。他颤抖的声音让我感到悚然："她长什么样，那是无所谓的……重要的是……是……"

我惶惑地望着他："是什么？"

费云涵盯着我的眼睛看了许久，终于将这句最关键的话说了出来："千秋作家，这是最恐怖的一点……**我看到的不是一张普通的脸，而是一张上吊后死去的女人的脸！**"

# 三

费云涵的这句话令房间的温度一下子下降了十度。由此产生的恐惧联想使我的眼前浮现出一幅可怕的画面。我立刻感到毛骨悚然、汗毛直立。

“对不起，千秋小姐，吓到你了。”他不安地说。

“太可怕了……”我捂着嘴说，“这种画面光是想起来就令人头皮发麻。您居然看到过多次？”

费云涵阴郁地说：“现在你多少了解我的痛苦了吧？我敢说，这种事情如果换到一些心理承受力弱的人身上，恐怕早就被吓疯了。”

“没错。”我点头道，“我不敢相信您居然忍受了这么多年。”

“不，我没有勇气和胆量一直忍受。”他面露愧色，“**我选择的是想尽一切办法回避**。从我拥有自己的第一套房子之后，我就尽量避免在房间里布置任何可以反光的东西——地板是仿古的木地板；茶几也是实木的；窗玻璃整天都用窗帘遮着；镜子更是一块都不敢摆——只有采取这些措施，才能使我尽量避免看到那张可怕的脸。”

我点头表示理解。

“可惜的是，这些方法会引起某些麻烦。”费云涵苦着脸说，“那就是，我的家人没法理解我的这种‘怪癖’。我的妻子和女儿不止一次地和我沟通，试图获知我这样做的缘由，这令我十分头痛。”

“那您是怎样应对的呢？”

“我有什么办法？总不能告诉她们实话吧？她们根本不会相信，只会要求我去看精神科医师；我也不想吓着她们。”费云涵无奈地摇着头说，“我只有告诉她们，我不喜欢光滑的东西。但后来她们渐渐发现这不是个人喜好的问题，而是近乎偏执的病态。我猜她们一定认为我有某种心理问题。我真是有苦说不出。”

我违心地安慰他：“费总，也许她们不是这样想的，您多虑了吧？”

“不，你不知道，近期发生的一件事……非常糟糕。我猜我女儿大概都认为我有精神病了。”他痛心疾首地说，“我女儿从法国旅游回来，给我带了一件精美的礼物——一个Givenchy的全金属打火机。我非常高兴，可惜在拆开包装盒，取出打火机的时候……”

“您又看到那张脸了。”我猜到了，他说“全金属”三个字的时候我就猜到了。

“是的……当时我全无戒备，将这精致的小礼物捧在手心仔细端详。突然，我在打火机的金属表面看到了那张可怕的面孔。我一时失控，怪叫了一声，然后将打火机丢出去老远。当时我妻子和女儿都在场，她们惊呆了。随后，我看到女儿眼眶里噙满了泪水，委屈地跑回到自己的房间。我想，我伤了她的心，但我却没法向她解释……真是，糟透了。”他不断地叹气、摇头，眉毛拧成一个结。

我同情地望着费云涵。此刻坐在我面前的，不是一个金融界大亨，而是一个伤心的慈父。

为了让费云涵从悲哀的心绪中走出来，我试着引开话题：“费总，这么多年了，您自己有没有想过，您身上为什么会发生这种奇怪的事情？”

这句话显然问到重点了。费云涵一下把头抬了起来：“千秋作家，这正是我想和你探讨的！”

他的态度使我明显感觉到，他对这个问题并不是一无所知。这使我十分感兴趣，身子不由自主地向前倾了一些：“您好像已经发现了些什么，对吗？”

“不能说是有所发现，只能说是……有种难以言喻的奇妙感觉。”他歪着头，若有所思，好像在寻找那种感觉，“说出来有些荒唐……”

我鼓励他：“没关系，您说吧。”这本来就不是一件符合常理的事。我在心里想。

好几秒后，他盯着我的眼睛说：“**我每次看到那个女人的脸，都有种熟悉的感觉，就好像……我曾经认识她，或者在哪里见过她似的。**但又死活都想不起来……”

“您本来就见过她许多次。”我提醒道。

“不，不是这个意思。”他解释道，“我知道，我在各种反光物中看到过她无数次了。但我不是因此而熟悉她的，而是……从一开始就很熟悉。这种感觉十分微妙。这么说吧——有的时候，我会有种强烈的感觉——那个吊死鬼女人好像就是我自己一样！”

我心中发瘆：“恐怕我不明白您的意思。”

“我也不明白。”他沮丧地说，“我刚才就说了，这只是一种微妙的、难以解释的感觉。要是我能清楚地知道这是怎么一回事，也就不会如此烦恼、困惑了。”

办公室里沉寂下来。窗外的天色已经阴暗得如同夜晚了，雨点的声音忽大忽小，还不时夹着一两声闷雷。还好我在费云涵进来之前将灯打开了，否则我怀疑自己能不能在这种诡谲的氛围下承受这个可怕的故事。

良久之后，我问道：“费总，我能知道您告诉我这件事，或者是提供这个素材给我，是什么目的吗？”

费云涵神色委顿地望着我：“千秋作家，不瞒你说，从出现这种奇异的现象起到现在，已经有二十多年了。我本来都以为自己已经被迫适应了这种怪事。但最近我发现自己承受不了了，我快要被逼疯了。”

“最近？为什么？”

他的眼睛里流露出饱受痛苦折磨的那种无尽的悲哀：“以前，我只是偶尔在晚上的时候才会在反光物中看到那张脸。所以我只需要在夜晚的时候特别注意别靠近反光物就行了。但最近，我在白天也能看到了……”

他的手缓缓举了起来，指向我旁边巨大的落地窗，眼睛却没有望过去：“事实上，我一直没说出来而已——从走进这间办公室的那一刻起，我就看到窗子上浮现出那张脸了。你可能没注意到，我一直都不敢望向那边。”

我心中一凛，顺着他的目光望过去，虽然什么都没看到，但还是感到后背一阵发冷。

“你看不到的，只有我能看到。”他说。

我将目光收回来，手指撑着额头，长长地舒了口气。片刻过后，我问道：“您说，这种情况是最近才开始变得严重的？”

"是的，准确地说，就是从今年年初开始。"

"您认为这是怎么回事？"我换了个问法，"您对此有自己的理解吗？"

他不置可否，思忖了好一阵后，带着明显不确定的语气说："我能想到的只有一种可能性……这张脸，或者是这张脸的主人在向我传达某种信息，或者暗示着什么。"

"那您认为是什么？"

他抬起头来，眼睛里有一种绝望的神色："它在暗示我……要我自杀。"

我吓了一大跳，差点从皮椅上弹了起来："费总，您怎么会这样想？"

"要不然，你认为该怎样理解呢？"费云涵反问道，"一张上吊女人的脸越来越频繁地出现在我面前，除了认为它是想把我逼疯或是逼死，我总不可能理解为它是要为我带来幸运和福音吧？"

我一时语塞。半晌过后，我问道："费总，您之前说您现在必须寻求帮助。我想知道，我能为您做些什么？"

费云涵用求助的目光凝望着我："千秋小姐，我告诉你这件事有两个目的。第一，我猜想，作为悬疑作家的你可能会经常接触或获悉一些怪异的事，我想看看你对于发生在我身上的怪事，有没有什么见解。"

我思考了一会儿——事实上我一直都在思考。最后只能带着歉意实话相告："抱歉，费总，我对于这件事实在是摸不到头绪。"

费云涵轻轻颔首，表示理解："没关系，我知道这件事情不是那么容易获得解答的。所以，我的第二个目的就是，希望千秋作家能根据我的经历写成一本小说——当然，如果你认为有价值的话。"

"您的故事我非常感兴趣，是一个绝妙的悬疑小说题材。"我告诉他，同时试着理解他这样做的理由，"您是希望，这本书出版之后能引起大众的关注？"

"没错。当然，我希望大家关注的不是我，而是这件事本身。这本书的主人公显然会是一个虚构的角色。"他再一次巧妙地提醒我不要暴露他的秘密，"但是关于书的内容，你可以在引言中说明，这是一个根据真实事件改编的故事。"

我想到一个问题："费总，您不怕这本书出版后，您的妻子和女儿会看到吗？别忘了，您的女儿是我的书迷。”

“她们也许会看到，起码我女儿肯定会。但我猜她们不会想到我就是这个故事中主角的原型。她们不知道我来找过你。”他沉默了一下，“她们可能会认为这个世界上还有和我类似的人。最好她们就是这样想。”

“这就是您希望我写这本书的目的吗？”

“不完全是。”费云涵诚恳地望着我，“千秋作家，你写的每本书都十分畅销，这本书也不会例外。如果很多人都看了这个故事，并且形成一个谈论的话题，那么我想，总会有各种各样的猜测和分析。说不定有些能对我形成启发。”

我懂了：“您是想通过大众舆论来寻求这件事的解答。”

“是的！”他忽然激动起来，“二十多年了，我每一天都在受着煎熬——我指的不仅是那张脸所带给我的惊吓。还有对于这件事的困惑。我实在是想不通，这到底是怎么回事！为什么我身上会莫名其妙地发生这种怪事？我看到的这个女人究竟是谁？她和我有什么关系？她要干什么？如果有一个人能告诉我这所有一切的答案，我愿意把我十分之一的财产送给他（她）！”

我愣愣地望着他，心里竟不由自主地猜测费云涵十分之一的财产会是一个多么庞大和惊人的数字。我希望他没看出我的心思。

他确实没看出来。费云涵见我呆了，调整脸部的表情松弛下来：“不好意思，千秋小姐，我有些失态了。吓着你了吧？”

“没关系，费总，我理解您的心情。”

“既然说到了钱，千秋作家，请允许我对于这次唐突的拜访和提出的冒昧要求表示歉意。”他说话的方式真的让人感到非常舒服，“这本书出版之后，我愿意付给你一百万作为感谢。”

天哪，可恨又可爱的有钱人！他付一百万好像比一般人买个冰激凌还容易。等等——矜持、客套——我不能太过兴奋而失礼。“啊……不，费总，您太客气了。您提供了您的亲身经历给我作为写作素材，还反过来付钱给我，哪有这种道理？”

“这是你应该得的，千秋作家，你答应了我的不情之请。”费云涵从皮沙发上站起来，再次伸出手来，“我该告辞了。”

我站起来和他握手：“费总，我答应您，三个月内就会让您和广大读者见到这本书。”

“那真是再好不过了。”费云涵长长地舒了口气，像是完成了一件非常重要的事，“真的很感谢你。这么多年了，我第一次将这件怪事和心中的苦闷倾诉出来。现在感觉好多了。”

“能帮到您我十分荣幸。”这也是我的肺腑之言，不管从哪个方面来说，我都要感谢他。

## 四

送费云涵离开后，我回到办公室。现在已经六点多了，但我暂时不想回家。

我坐在舒适、柔软的皮沙发上，思绪万千。今天下午这个特殊的来访者，牵动起了我若干种复杂的思绪。

首先，我真的要感谢费云涵。他让我同时获得了下一本书的写作题材和一大笔可观的收入。一百万，就像是从街边捡到这么容易。再加上这本书本身的版税。我想我明年可以大半年不用工作，到国外一个美丽悠闲的地方去好好度个假了。

和费云涵这样的人相处，实在是一件十分享受的事情。他拥有每个男人想要的、每个女人需要的一切——也许，除了那张时刻伴随着他的恐怖的脸。他魅力十足、风度翩翩、毫无大架子，说话、做事又总是那么得体，不会让你感觉到大人物的那种压迫感。其实他心里十分明白，他所讲的这件事，换成任何一个作家都不会放过——这无疑是一个绝妙的写作题材！但他却再三表示歉意，好像自己真的提出了什么不情之请。这种处事风格会令所有跟他接触的人都感到非常舒服。上帝，我是不是有点喜欢上他了？

但是，他越是这样客气和温和，就越是增加了我心中的负疚感。

**有件事情，我在他一开始说那件怪事的时候就想到了，但我一直没有告诉他。**

现在，我需要仔细回忆大概两个月前的一次会面。我要把这两件事情整合起来。

打开抽屉，翻出记录来访内容的笔记本。我往回翻了数页——找到了！没错，2月16日的记录。

为了让听故事的人明白这到底是怎么回事，我有必要将2月16日发生的事简要叙述一下。

那天跟今天一样，是和来访者会面的日子。前面来的几个人我就不提了，直接说关键的那个人。

当她走进我办公室的那一瞬间，我就意识到这不会是一个普通女人。年龄三十七八岁，有可能实际年龄要比看起来大些，当然是拜高档化妆品和保养品所赐。她相貌出众，身材匀称，气质高雅。身穿一件价值数十万元以上的高档皮草大衣，一条白色水貂披肩随意地披在肩上，在摘下灰色的鹿皮手套时，一大块方形钻石在闪闪发光。这女人浑身都在辐射着金钱的光芒。当时我就敢说，她不可能是一个人前来。在这栋大楼的下方，肯定正停着一辆高档轿车，里面坐着司机和保镖。那个时候，我没法准确猜出她的身份，而现在我显然知道了。

当时，我不知道这种阔太太到我这里来是做什么的，反正肯定不会是为了赚那一点儿“素材提供费”而来。所以我很聪明地提都没提，免得被她笑话。在她坐下来后，我们开始交谈。

阔太太告诉我（态度还算好，没有特别颐指气使的感觉），自己有一些积累多年的困惑，想和我谈谈。我表示很感兴趣，示意她可以畅所欲言。

配合着笔记本上的记录，我几乎能想起她的原话：

“我二十五岁那年，嫁给了现在的丈夫。这是我的第一次婚姻，也将是唯一的一次。我嫁得很好，丈夫是一个事业有成的人，他使我们的家庭生活富足、应有尽有。但是，从嫁给他的那一天起——或者说，从住进我们的新房那天起，我就感到十分困惑。

“房子很大，家具也很齐全、高档。一开始我并没觉得有什么不妥。但很快，我发现一件奇怪的事——这个家里没有一件可以反光的东西。你知道，我指的是就像玻璃、镜子一类的东西。”

当时我有些诧异，问她难道这个家里的窗子上没安玻璃？

“安了，但是那种不反光的磨砂玻璃。我十分不解——这种玻璃不是一般都只会安在学校的教室里吗？谁会在家里安这种玻璃？这会使房间的采光变得很差。但这好像正是我丈夫想要的。我问他为什么要安这种玻璃，他只说自己喜欢。

“地板、墙面、衣柜、餐桌……总之家里的每一部分都是由粗糙不反光的材质组成的。好吧，这些我都能接受。但有一点是我绝对不能忍受的——这个家里的卧室和浴室里，居然没有一面镜子！

“作家（她以一种严厉的眼神望着我），你也是个女人。你知道镜子对一个女人来说意味着什么，那是仅次于生命的东西。世界上没有任何一个女人是不爱美的，离开了镜子，你叫我怎么活？”

我当即点头表示同意，确实，这太过分了。

“后来，我和丈夫做过多次沟通，提出了非常强烈甚至是强硬的要求——我必须要一张带有一面大镜子的梳妆台。我丈夫终于同意了，但条件是，这东西不能摆在卧室，只能放在书房里。唉，算了吧，总比没有强。于是，每天晚上，我只能一个人躲在书房敷脸和化妆，简直让我想起了《画皮》里的女鬼。这算是怎么回事？

“关键是，这还不是最怪异的。我发现，自从我买了那张梳妆台后，我丈夫就几乎不进书房了。他把他要用的资料和用品都搬到了另一间房间。而且，他买了很多块深色的、粗糙的布回来，要求我在使用完镜子之后，要将镜子遮盖起来——对了，家里的电视机和电脑屏幕也是如此。一旦不用的时候，就要用布盖住，必须严格执行。他在说这些话的时候没有商量的余地。你能想象吗？我每天化妆的时候都要像揭盖头一样掀开一张布，那真是既烦人又滑稽。

“有的时候，我，后来还有我的女儿，我们难免有忘记替那些东西盖上布的时候。每次出现这种情况，我丈夫就会很生气。他的涵养很好，不至于大发雷霆，但还是会责怪我们粗心大意。唉，我和女儿都感到十分委屈，却只能默默忍受他的这种怪癖。”

当时我听到这里的时候，真是兴致盎然。阔太太则继续讲述着她那怪异的丈夫。

“日子长了，我渐渐注意到。有些时候——比如说在外面——我丈夫始终会看到一些会反光的东西。那时，他会露出一种惊恐的神情，就像看到了什么可怕的怪物似的。这真是让我困惑极了。

“对了，后来我们搬过好几次家。房子越住越大，越来越宽敞、豪华。但‘家里不能出现反光的东西’这一原则却一直延续至今。这条定则在我们家来说，就像万有引力定律一样不容更改。”

当我问到，她有没有问过丈夫这样做的理由时，阔太太牵动嘴角一阵苦笑。

“我怎么可能没问过？我问过无数次。但我丈夫总是拒绝告诉我理由。啊，当然，他也说过一些理由，但我听得出来那是敷衍我的，绝对不是真正的理由。唉，我意识到自己必将永远面对一个充满谜团和不信任的婚姻。可是我又无可奈何。我没法过多地责怪我丈夫，因为他在其他方面，都是那么优秀。我爱他。我挑不出他的其他缺点和毛病……只有这件事，一直让我耿耿于怀。我敢肯定他一定有什么事情在瞒着我。”

当阔太太倾诉完毕后，她急切地询问我，以前有没有听说过类似的事，或者对于她丈夫的怪异举止能否做出合理的解释。我告诉她——虽然我写的书中记述过许多光怪陆离的事，但不代表我经历过那些事（因为有不少是虚构的），更谈不上对身边切实存在的怪事做出解释了。很显然，我让她失望了。

最后，她离开的时候说，要不要以此作为题材写成小说，那是我的自由。但如果我要写的话，务必不能在书中提到她，甚至不能塑造一个和她类似的人物。还有就是，她要我保证不对任何人说起她来找过我的事。

说到这里，相信所有人都明白这是怎么一回事了。

现在，我心中阵阵悸动——这实在是太富有戏剧性了——费云涵夫妇可能做梦都想不到，他们分别先后来找过我，从各自的角度向我讲述了同一件事。这件事最后由我整合起来，构成了一个绝佳悬疑故事的雏形。

而且，有趣的是，我猜这本书写出来后，费云涵夫妇都会看到。而他们肯定都会认为这是自己来拜访我之后的结果。只是不知道他们在看完我的书后，分别会作何感想。

这个我管不着了。我已经获得了足够重要的东西。这个以真实事件为原型的故事，是我这么多年来遇到的最好的悬疑小说题材，它的框架已在我心中悄然成形。

我隐隐有种感觉，这个故事会成为我写作生涯的一个高峰。我必须把握好它，借助这个故事，我有可能成为国内顶级的著名作家，身价自然扶摇直上。

想到这里，我心潮澎湃，似乎已经看到了自己名利双收的可喜局面。

**可惜，后面发生的事我始料未及。**那是后话，暂且不表。

## 五

仅仅两天的时间，我就构思出了新故事的大体内容，将书名暂定为《反光》，故事情节我非常满意。

实际上，在我几个月前会见费云涵的夫人（当时我不知道她的身份）之后，就想过写这个故事。可惜她那时提供的材料十分有限，而我又一时没能对她所讲述的怪事找到合理的解释，所以这个构思就被搁置下来。费云涵来找过我之后，一切问题都迎刃而解了，我只需要给出一个极富戏剧性的起因和结果，再添加一些悬念和故事性十足的情节，一部长篇畅销小说就应运而生了。

我把内容简介和故事大纲发给我的出版编辑罗敏——一个比我小两岁，拥有像鹰一样敏锐洞察力的精明出版人。她在第一时间看完了。之后——我知道她很激动——因为她放弃了网上聊天而直接打电话过来。

“天哪，千秋，太棒了！”电话一接起来就听到了她惯用的夸张语调，“你怎么能想出这么好的故事创意来？”

我淡淡一笑。其实她知道我向大众征集写作素材这件事，但她就是不说穿，而将赞誉全部归功于我。我想，这是一个聪明的编辑鼓励作者的方式。“你喜欢吗？罗敏。真是太好了。”我迎合着她说。

“喜欢得不得了。我想读者也会非常喜欢的。”她说，“我保证这本书会大卖特卖！”

“希望如此。”我按惯例征询她的意见，“你觉得有没有什么需要修改的地方？”

“你知道，千秋，你是我最放心的作者。我什么时候要你改过稿？这本书具备了读者想要的一切——悬念、故事、惊悚、情感——所有要素都集齐了……嗯，我只有一个提议。”

“哦，是什么？”

“这本书你打算只写一本吗？”

“那你的意思呢？”其实我已经明白了。

“你知道我的意思。”她就像我肚子里的蛔虫，“如果这本书非常畅销的话，读者会觉得不过瘾，他们会期待续集或者前传什么的。”

我思索了一下：“可是，这个故事的结构好像不适合写成好几部。”

电话里短暂地沉默了一会儿，显然罗敏也在思考这个问题。“没错，”她承认道，“如果写成分好几季的那种长篇，确实有点勉强……但是，我觉得起码两本书是能够做到的。”

“上、下部？”

“对，你在第一部中留下一些悬念和疑问，然后用第二部来补充和揭谜。当然，人物和情节就得再扩展开些才行了。”

“罗敏，你是在增加我的工作量。”我假装抱怨，实际上在心中肯定她的提议。

“也是在增加你的收入，亲爱的。好好考虑一下吧。”

聪明的女人。我挂了电话后，莞尔一笑。将一个绝好的题材挖掘到最大程度，就像开采金矿和煤田的矿主一样贪婪——这就是她们这些人的工作。不过，这确实是一个很好的提议，把这本书写成两部，我的版税也会翻番。

分为上、下部的新的故事大纲在四天后发给了罗敏。她非常满意，立即上报选题。一番讨价还价后，确定了我的版税收入。合同里希望我三个月就能将稿子交出来，正好，这也是我和费云涵约好的。我毫不犹豫地签字了。

## 六

我承认，在写这本书的时候，我找到了久违的创作激情。不仅是利益的诱惑——这个精彩的故事几乎把我自己都打动了。有时候，我会像读者一样强烈期待着后面的剧情，从而推动着我快速地写下去。结果，本来预计7月完成的书稿，6月初就交给出版社了。

这种情况显然对于我和出版方来说，都是可喜的。我提前获得了假期，而出版方能够赶上暑假这个黄金档期。7月中旬，我的新书《反光》开始发行了。像之前承诺的那样，出版公司投入了大量的金钱和精力在这本书的包装宣传上。罗敏告诉我，这是他们今年最强档的重点书，他们对这本书的期望恐怕比我还要高。

事实证明，我没有让所有人失望。这里的“所有人”指的是读者、书商和我自己。新书上市两个星期后，图书销售报表显示，短短半个月的时间，《反光》就卖了近50万册，跻身图书销售榜前十位。出版方高兴得发了疯，不仅提前将稿费如数打给我，还向我表示，一个月之后这本书就会开始加印。更贴心的是，出版公司问我要不要到马尔代夫度个假，所有费用当然由他们承担——他们希望我能在休闲放松之后，尽快开始第二部的创作。我礼貌地谢绝了，表示愿意留在国内帮助宣传新书。实际上，我现在确实对马尔代夫不感兴趣，我期待的是更长远的效益。

我跟费云涵打了电话，告诉他新书出版了，而且相当受欢迎。费云涵告诉我，他女儿在上周就已经把书买回来了，但他自己由于工作原因，还没来得及细看。但只是粗略翻了一下，他已是非常满意。我告诉费云涵，这本书只是第一部，还会有第二部。费云涵显得很有兴趣，对我说，第二部出版后，他会再付我一百万。听到这句话，我因为巨大的喜悦而快撑不住了，表面上却必须努力维持平静，这真难。

费云涵要我提供他一个银行账号，好把之前说好的一百万汇入我的户头。我假意推脱、欲擒故纵，直到费云涵表示，如果我实在不愿提供账号，就只有亲自给我送来，我才“勉为其难”地告诉了他一串我早就背好了的数字。可怕的是，我在做这些事的时候，丝毫没有为自己的虚伪而感到羞愧，也许在文艺圈混久了的人都是这样——我只能这样安慰自己。

一百万就像之前设想的那样，不费吹灰之力就到手了。加上我的稿费，我一下就拥有了一大笔钱。当然，我之前也不缺钱花，但毕竟同时获得这么多收益，是以前从未有过的事。看着我日益增加的知名度、影响力和不断飙升的身价，欣赏着我户头上那令人赏心悦目的数字，想到在第二部出版后，这种情况还会再出现一次，我明白我获得了之前预期的一切。随之产生的幸福感和满足感几乎使我感到眩晕，我知道幸运女神降临在了我的身旁。

但接下来发生的事表示，幸运女神看来只是路过罢了，她走得如此之快，简直令我措手不及。

《反光》出版后的一个月，在一个上午，我接到了罗敏打来的电话。

“千秋，这是怎么回事！？”她突兀地发问，搞得我莫名其妙。但我从她焦急和气恼的语气中听出，肯定是出什么事了。

“什么怎么回事？”我有不好的预感。

“你没上网看新闻吗？”

“没有，我今天还没打开电脑呢，怎么了？”

罗敏长嘘一口气，好像在把胸中的闷气排出来：“那你赶快打开电脑……算了，我等不及你慢慢看新闻了，直接告诉你吧。”

我焦虑地握着手机。

“今天早上的新闻，我刚才才看到，让我震惊地好半天没回过神来。是关于你的，千秋！那则消息披露说，**你出版的这本新书《反光》，和另外两个作家写的新书几乎完全一样。**现在，你们三个人都涉嫌抄袭，而情况恐怕对你最不利！”

我呆住了：“你说我的书和另外两个人的书完全一样？什么意思？哪些地方一样？”

“我不知道，我又没看过他们的书！但网上那则消息说，除了人物名字不一样，题材和内容都差不多。”

“这……怎么可能！”我忍不住叫了出来。

“千秋。”罗敏用一种我从没听过的严肃口吻问道，“你实话告诉我，你真的不知道这件事？”

“我当然不知道！”我着急地说，“我十点多才起床，之后就吃了点儿早餐……”

突然，我意识到她这个问题的真实意图：“罗敏，你怀疑我抄袭？”

“你老实告诉我，你有没有借鉴过某人的故事构思？”

我气呼呼地说：“别说得这么委婉，抄袭就是抄袭，什么借不借鉴的！”

“好吧。”她懒得跟我绕弯子了，“你抄了吗？”

“如果我说我没有抄袭，你会相信我吗？”

她回答道：“我相信。千秋，咱们合作这么久了，我了解你。我知道你不会跟我说假话的。何况，我必须相信你，因为我是你的责任编辑，咱们是一条绳子上的蚂蚱！”

她一方面说会相信我，另一方面又暗示我这是无可奈何的事。这种模棱两可的态度令我十分生气。我的声音几乎都有些发抖了：“罗敏，你听着，我不需要你勉为其难地来相信我。如果你们怀疑我抄袭了，那就尽管去调查吧，只要能拿出证据证明我抄袭，我愿意拿稿费的十倍来赔偿给你们！”

说完这句话，我狠狠地摁下挂断键，将手机摔到桌子上。

我走到阳台上，深吸了几口气，调整着自己的情绪，然后迅速地回到房间，打开电脑。

见鬼，腾讯网的首页上报道的！我之前还寄希望于这则消息是源于某个不知名的小网站，现在看来，怎么都不像是空穴来风。

我快速浏览着这则消息，大致上就是罗敏刚才告诉我的内容，只是得知了一些更具体的情况——一个叫安玟的女作家，和一个叫渔歌的新人作者，分别写了一本叫作《镜中的女人》和《诡脸》的悬疑小说。报道称——“这两本书和著名女作家千秋的新书《反光》在内容和题材上几乎如出一辙”“很明显，三个人中，至少有两个人涉嫌抄袭”“读者和书迷非常不满，强烈要求国家新闻出版总署调查此事，查出抄袭者。否则会助长文学界的抄袭之风……”

我的眉头越皱越紧，几乎成为两条绞在一起的绳子。就像刚才罗敏说的，情况看起来似乎对我特别不利。虽然报道上没有明确说我抄袭，但听起来怎么都像是在暗示我的可能性最大——“一位千秋的书迷表示，她非常失望，如果查明千秋有抄袭行为，她将永远不再购买千秋的任何一本书”“也有书迷表示，就算千秋真的抄袭了，但只要她能公开道歉，大家还是会一如既往地支持她——毕竟谁都有犯错的时候。”

该死，该死！我猛地将鼠标摔到一旁，气得七窍生烟，简直想将电脑屏幕砸烂。而就在这时，手机响了起来，我正在气头上，懒得去接，但打电话的人却异常执着，竟然一直不挂机。手机铃声让我心烦，为了让它不再作响，我接了起来。

“您好，请问是作家千秋吗？”一个陌生男人的声音。

“是我，你是谁？”我没好气地回答。

“我是新津晨报的记者，想采访一下关于您的新书和另外两部作品出现巧合的事。也许您愿意通过我们报纸向广大读者做一些解释，假如您有空的话……”

“抱歉，没什么好解释的，而且我也没空。”没等他说完我就挂了电话。

在接下来的半个小时内，我又接到了不同媒体打来的两通电话，都被我不客气地回绝了。这些记者一方面令我反感，另一方面又令我佩服，他们真的是神通广大——我从没公布过我的手机号码，但他们还是能通过各种途径打探到，准确无误地找到我。可是他们没选对时候，我现在心烦意乱，不想见任何人。况且我确实不知道该告诉他们什么，我自己都是一头雾水。为了不再被骚扰，我把手机关机了。

我正想在网上搜索一下关于那两个作者和他们作品的信息，门铃响了。我翻了下眼睛——天哪，该不会那些记者找到我家里来了吧？

“是谁！？”我冲着门的方向大吼一声。

“是我，千秋。”

罗敏的声音。我迟疑了一下，走过去将门打开。

我的责任编辑站在门口，脸上带着一丝歉意。她的口气比起在电话里明显软了下来：“对不起，千秋，我相信你没有抄袭，真的。”

我无法再对她生气了：“进来说吧。”

这个女人。刚才还一副表示歉意的样子，进门之后不过五秒钟就露出本色了：“不管怎么说，你怎么能挂我电话呢？而且后来还关机了！你至于这么生气吗？”

我一下倒在沙发上，仰面叹了口气：“我不是生你的气，只是不希望那些记者一直骚扰我。”

罗敏坐过来，盯着我：“记者这么快就找到你了。那你怎么跟他们说的？”

我扭头望着她：“你叫我说什么？我根本就什么都不知道！我甚至连那两个作者都不认识，更别说他们的作品了。这种状况我从来都没有遇到过，天知道怎么会发生这么巧的事情！”

“你认为这是巧合？”罗敏蹙了下眉，“以我在出版界待了这么久的经验来看，如果两个作者写出了同样题材的作品，尚有可能是巧合，但是三个人——而且是在如此接近的时间里写出了同样内容的书，这种概率太小了，几乎是不可能的。”

罗敏的话让我想起了一个重要的问题：“对了，他们的书分别是在什么时候出的？”

“我查了，第一个出的是那个叫安玟的女作家，她那本《镜中的女人》是在今年6月出版的；《反光》是在7月出版的，所以你是第二个；而那个叫渔歌的新人写的那本《诡脸》上周才上市，也就是8月初，他是最后一个出版的。”

我惊讶地张大了嘴：“时间这么接近！我们三个人出书的时间分别只相差一个月！”

“很蹊跷，对吧？”

“你看过他们的书吗？”我问。

“你说呢？”罗敏望着我，“我今早才得知这件事，怎么可能就看过他们的书了？”

“内容简介呢？”

“网上应该能查到。”

“我马上查一下。”我走到电脑桌旁，打开搜索引擎，分别输入这两本书的书名和作者名，很容易就找到了相关的介绍。罗敏站在我旁边，和我一起目不转睛地盯着电脑屏幕。

几分钟后，我们基本了解了——安玟是一个不太出名的作家，以前也就在杂志上发过几篇短篇稿，两年前出过一本书，没引起太多关注，《镜中的女人》是她出的第二本书；而渔歌是一个网络写手，更没有名气，这本《诡脸》是他第一次出版实体书。

作者简介没有什么太多值得注意的，重点是这两本的内容介绍，看得我瞠目结舌、喉头发紧。

网上那则消息没有说错，这三本书实在是太相似了，简直就像是一起诞生的三胞胎！**三本书描述的，都是一个主人公会在反光的东西里看到一张恐怖的脸，而且这张脸是一个女人上吊的模样！**

作为悬疑小说的介绍，自然不会将剧情透露太多，更别说结局了。但这已经不重要了，仅仅是看到这个大致的内容简介，我已经感到无比震惊和骇异。毫无疑问，就算是傻子看到这三本书的内容简介，都会立即想到“抄袭”这个词。

“见鬼了！真的完全一样！”罗敏在一旁惊叹道，这才令神思惘然的我想起还有她的存在。我刚才整个人都呆掉了，几乎忘记了身边的一切。

我离开电脑桌，坐到沙发上，拿起茶几上的一盒女士烟，抽出一支点燃，深吸一口。吸得太猛，导致肺部不适，引得我接连咳嗽。

罗敏坐过来挨着我：“我以前从没看过你抽烟啊，最近才抽上的？”

我摇头：“一直都抽，只是抽得很少。”

罗敏叹了口气，从烟盒里取出一支烟，用茶几上的打火机点燃：“我也是，只有烦心的时候才抽两支。”

我们两个女人就这样靠在沙发上，吞吐着烟雾，许久没有说话，沉溺在各自的沉思中。

终于，我发现香烟不能使我清醒，只会让我陷入更深的迷雾，我将烟灰缸拖过来，伸手将烟摁熄。问道：“你觉得这是怎么回事？”

“抄袭，百分之百是抄袭。”罗敏说出自己的结论，然后望着我，“当然，我不是说你。”

我没有说话。

“你觉得呢？”她问我，“会不会是他们两个人抄了你的？”

我绷着唇思索了好一阵：“老实说，我认为这种可能性不大。我在出版之前没有向任何人透露过这本书的情节，也没有在网上发布或预告过，他们怎么可能得知书的内容？除非……这两个人都是超级黑客，能盗取我电脑中的资料——但这会不会太夸张了？”

“确实。如果他们有这个本事，恐怕就不会选择当什么作家了。”罗敏将烟摁灭，“你仔细想一下，在写这本书之前，你真的没跟别人讲过故事内容吗？除了我。”

我认真思索了良久，回答她：“我可以十分肯定地说，我除了发给你看过内容简介和故事大纲之外，再没别人知道了。连我的助手小雅都不知道。”

说到这里，我忍不住问道：“该不会……是你那里出了问题吧？”

罗敏身体弹了一下，就像在草地散步时看到了蛇。“你怎么怀疑起我来了！”她尖声道，“我是你的责任编辑，出了问题，我也要一起承担责任的！难道我还会害你不成？”

“你别这么激动。”我觉得她尖溜溜的声音令我更加心烦了，“我知道你不会害我。我的意思是，会不会有人在你不知情的情况下，通过你的电脑获取了关于这本书的信息。”

她不耐烦地接连摆手。“绝不可能。好了，别再探讨这个问题了。”思忖片刻后，她问道，“对了，你这本书的题材是怎么来的？”

我微微张了张嘴，想起了费云涵和他的夫人，但我不知道该怎么对罗敏说：“嗯……你知道，我有间工作室，专门接待一些来提供故事素材的人。”

“我知道。你直接告诉我，是谁向你提供的这个素材？”

我变得局促起来：“……抱歉，罗敏，恐怕我不能告诉你。”我答应过费云涵的。

罗敏一双眼睛瞪着我：“现在都什么时候了，你还跟我打哑谜！你为什么不能告诉我？难道这里面有什么隐情吗？”

“没什么大不了的。只是，提供故事素材的人要我保证，绝对不能把他的名字和身份告诉任何人。”

“我想那应该不包括我吧，你的责任编辑！”

“我想他指的是所有人。抱歉，罗敏，我……答应了他。”

我们对视了好几秒钟。

罗敏吐了口气，摊开双手：“千秋，这样你叫我怎么相信你？”

我一下拉住她的手：“你必须相信我！罗敏，我只是收集了素材，然后在这个基础上进行艺术加工，我绝对没有参考任何人的……”

突然，罗敏伸出一只手，示意我停下来。她一脸严峻，似乎想到了非常重要的问题。

“千秋。”她凝视着我，“你看，会不会有这种可能性——这个提供故事素材的人，不只找过你一个人，他还把这个故事素材提供给了另外两个作家。”

我整个人都呆住了。

罗敏说的话提醒了我，仿佛让一个身处迷雾森林的人一下看到了出口。

我之前又恼又急，几乎丧失了冷静的思考力。现在，我不得不承认，这是目前最合理的假设。

但是，这可能吗？费云涵不是说，这件事情他只告诉过我一个人吗？难道他骗了我？可是，他这种身份和地位的人……

“千秋，你在想什么？”罗敏打断了我的沉思，“你觉得我说的这种情况有可能吗？”

我望向她，语气不那么肯定：“我觉得……应该不会吧。”

“为什么？”

“凭我对他的了解，他应该不会做出这种事来。”

“你对他有多了解？他是你熟知的一个人吗？”

“不算……但他说过只跟我一个人讲过这件事。他是一个很真诚的人，我觉得他不会骗我。”

罗敏翻了下眼睛：“如今这年头有谁是值得完全相信的？好了，别在这里猜测了，打个电话跟他求证一下吧。”

我感到为难。费云涵刚在我的账户上汇入了一百万，关键是他承诺还要付我一百万（第二部出版后），现在要我打电话去责问他有没有对我说谎，叫我怎么开得了口？

罗敏见我还在犹豫，有些着急了。正要开口说什么，她的手机响了起来。她看了一眼来电显示，迅速地接起电话：“主编，我正在千秋家里……什么？”

她皱着眉头聆听了一阵，说道：“好的，我知道了，我马上告诉她。”

她挂了电话，我立刻问道：“主编说什么？”

罗敏说：“有几家报社的记者找到我们出版公司那儿去了，要求我们或你出面回应这次的事件。”

“该死，真是阴魂不散！”我骂道，“被我回绝后，又找到出版商那里去了！”

“你是怎么回绝他们的？”

“这很重要吗？”

“当然了，快说。”

我无奈地吐了口气：“他们要我通过报纸向读者做一些解释，我当时正在心烦，就不客气地说无可奉告，然后就挂机了。”

“哎呀！”罗敏叫道，“你怎么能得罪记者？现在这种状况下，能不能取得有利形势，就全靠他们了呀！主编让我告诉你，明天下午你必须配合着我们一起召开一次新闻发布会，努力澄清事实。现在主编正在饭馆里好酒好菜地伺候着那些记者呢，你却……唉！”

罗敏这番话让我激起一身冷汗。我这才意识到之前太意气用事了，深感后悔。我焦急地望着罗敏：“明天就举行新闻发布会？你叫我跟记者说些什么呀？”

罗敏从沙发上站起来，看了下手表：“主编催我赶快回去了，帮他应付那些记者，还要准备明天新闻发布会的事。你一会儿立刻跟那个提供故事素材的人打电话，问清楚这是怎么回事。”

事到如今只能如此了。“但是，如果他不承认提供给别的作家，怎么办呢？”我问道。

罗敏想了想：“总之，你今天要准备好一套说辞，在明天的发布会上公开表示自己的作品绝对是原创。另外，你要预想好某些刁钻的记者可能会问到的问题，提前想好怎么回答，别到时候被问个哑口无言，那就不妙了。”

罗敏走到门口，又回过头来对我说道：“总之，明天的新闻发布会非常重要，如果能获得媒体的信任和支持，反而是对你的一次极好的宣传；但如果没掌控好，那就糟了。”

说完这句话，她叹了口气，走了出去。

## 七

罗敏离开后，我意识到这件事情的重要性。不能再碍于情面了，我拨通了费云涵的电话。

他很快就接了起来：“千秋小姐，我正准备一会儿打电话给你呢。”

我一愣：“费总，你已经知道这件事了？”

“对，早上我看到了这则消息。怎么会发生这种事呢？”

听到他这样说，我心里一下凉了半截——他居然问我这是怎么回事？那我还有必要问他吗？

费云涵见我没说话，大概猜到了几分："千秋小姐，我能猜到你心里的疑问……但请你相信我，我看到这则消息后的震惊和疑惑，丝毫不亚于你。我真的不明白为什么那两个作家也会写出相同的题材。这件事情，我绝对只跟你一个人讲过！"

他说得斩钉截铁，让我无法不相信他："费总，我就是想打电话来向您求证一下。既然您这样说，那我想一定是在其他方面出了问题。"

"感谢你对我的信任。这件事情会不会对你造成不利的影响？"

他是一个值得信任的男人，在他面前我不愿藏匿任何心事和情感，我坦白地告诉他："……是的，现在一些读者和媒体似乎在质疑我抄袭。"

电话里沉默了一刻。"千秋作家，你是不是希望……我能出面帮你澄清？"

"不，我不是这个意思。"我连连摇头，忘了他根本不可能看到："我知道这是不可能的，那样会暴露这个故事主人公的原型就是您。"

他的语气充满歉意："我真的很想帮你，但是……唉，我没想到会发生这种蹊跷的事。"

"没关系，费总，我能理解。"

"那你打算怎么办呢？"

我如实相告："明天下午，我的出版公司要举行一场记者招待会，要求我出席，当面回应质疑。"

"……哦，哦。"

隔着电话，我还是能感受到费云涵的不安："费总，您放心，我会用我的方式来回答记者的提问，不会把您说出来的。"

"谢谢你，千秋。"

"那么，没什么事了，我挂电话了。"

"等一下。"他喊了一声，"我能问你几个问题吗？"

"您问吧。"

他迟疑了许久才说出来："千秋作家，我知道你当然是谈不上抄袭的。那么，你认为那两个作家有没有抄袭你的作品呢？”

这个问题刚才罗敏问过，但我还是再次思考了一番。“我不知道。我认为可能性不大。我没有向任何人透露过内容，况且这三本书出版的时间挨得太近了，他们不可能是在看到我的书之后才抄袭的，那样时间上无论如何都来不及。”我没有告诉他其实那个叫安玟的作者比我还出得早。

“那么，他们俩互相之间有没有抄袭呢？”

“这个我就不知道了，我不认识他们。”

“是的……”费云涵尴尬地笑了一下，“这是个傻问题。”

“费总，你为什么会问这个问题呢？

电话里短暂地沉默了一下。“我就是觉得……太好奇了。**假如那两个作家没有抄袭，那他们怎么会知道发生在我身上的怪事呢？**”

我本来想说，这也正是我感到困惑的。突然，我想到了一个人，将已经到嘴边的话又硬生生地咽了回去。

费云涵的夫人！

当我想到这种可能性的时候，全身就像被电击了一下。对了，费云涵说过他只跟我一个人讲过这件事，但他夫人可没这样表示过！她完全可能找好几个人倾诉。

但是，我又想到，费云涵的妻子不是说她不明白丈夫为什么会这么怕反光的东西吗？也就是说她应该不知道丈夫会在反光物中看到一个上吊女人的脸这件事。既然如此，就算她把这件事告诉了不同的人（其中可能就包括那两个作家），那些人也不能准确地推测出费云涵看到的是什么呀。

**除非，费云涵的妻子没有说实话，其实她……**

我自顾思忖，竟然忘了自己手握电话听筒。费云涵大概是见我许久没有说话，问道：“千秋作家，你还在吗？”

“哦，是的，对不起，我走神了。”

费云涵是个很聪明的人，立即问道：“你是不是想到了什么？”

我无法告诉他，他的妻子来找过我的事。我既然一开始就瞒了他，现在只好瞒到底了。我试探着其他的可能性：“费总，我是在思考您问的那个问题。您介意我帮您彻底分析一下这件事吗？”

“当然不介意，这正是我急切想知道的。”

“我只能提供一些假设。比如说，费总，您写网络日志吗？”

“不，我没有时间写。顶多在空闲时发两条微博，但我绝对不会提到这件事。”

“那么，传统的日记呢？”

“也不写，我早就没有写日记的习惯……”

说到这里，他忽然停了下来。

我意识到他想到了什么：“费总，怎么了？”

“等等，你说到日记，我想起来了……**我在十多年前，是写日记的！**”

“而您在日记中记录过这件事。”

“没错……但是，我结婚后，害怕家人看到我写的东西，就把日记本撕了，丢进了垃圾箱。后来就再没写过日记。”

“那么，您觉得问题会不会出在这里呢？”我进一步暗示。

“你的意思是有人看过我的日记，得知了这件事？但是……谁会偷看呢？就算有人看过，怎么会在十多年后才将这件事（以小说的方式）公布出来呢？而且刚好和你的小说在同一时期出版，这也未免太巧了吧？”

确实，这是个问题。我又陷入迷茫了。我和费云涵都沉寂下来。

良久后，费云涵说：“千秋小姐，这件事，我再想想吧。总之我有种感觉——**这件事十分不寻常。**”

“是的，我也觉得这件事不寻常。”

“不管怎么说，我都要感谢你为我做的一切。如果可以的话……”

“好了，费总，千万别再说钱的事了。”我打断他。我不希望他太看不起我。

费云涵似乎也意识到了这一点。他没有坚持，只是再次诚恳地向我道谢，之后才挂了电话。

# 八

新闻发布会下午三点钟开始，地点是市中心一家大型图书城十五楼的会议厅。我两点过一点儿就到了那里，先在十一楼的水吧稍作休息。出版公司的老总、主编等人都聚集在了那里，我跟他们寒暄一下，简单地聊了一会儿。之后，罗敏把我拉到一旁。

“你跟那人打电话了吗？”她问。

“打了。但是他说没有跟其他人说过这件事。”

“他会不会是在撒谎？”

“我看不像。再说了，如果他真打算骗我，我又能把他怎么样？”

罗敏叹息一声：“算了，我就猜到会是这样——你准备好怎么回答记者的提问了吗？”

我捋了一下精心梳理过的长发：“有什么好准备的，我本来就问心无愧，该怎么回答就怎么回答。”

罗敏瞪着我：“你还真是轻松啊，我们都比你紧张。希望你到时候真的能应对自如。”

我扬了下眉毛，优雅地坐到一张皮椅上，接过侍者递给我的一杯柠檬水，显得悠然自得。罗敏看到我这副模样，有点气不打一处来的样子。我看她想要发作，但碍于旁边有许多人，她忍了下来。

其实，我的轻松姿态是假装出来的，实际上我心里很紧张。以前出席新闻发布会，多半是宣传新书或担当嘉宾。但这次，是要像庭审一样接受盘问。虽说我的确没有抄袭，但我没有证据来证明这一点，这是最大的问题。另外，要为费云涵保密也是一个难点。如果我无法说出提供故事素材的人的名字，记者会不会把这当作一个疑点？他们会相信我的一面之词吗？

我不知道罗敏有没有看出我是在强装镇定，反正她没有揭穿这一点。她吐了口气，将一把皮椅拖过来，坐在我对面，严肃地盯着我。

“听着，千秋。”她压低声音，耳语般地说，“收起你那一脸无所谓的表情，认真听我说。**我接下来要说的事对你非常重要。**”

我稍微专注了一些。

“一会儿记者提问的时候，不可避免会问到关于抄袭的问题。我们希望你能在回答这一类问题的时候，不要表现出什么都不知道，而要微妙地暗示出——**有可能是那两个作者抄了你的。**”

我微微一愣，避重就轻地问道：“你说的‘我们’是指的哪些人？”

“主编和我，或者还有老总。”

我蹙起眉头：“但我认为他们不太可能抄了我的。”

“我知道。”罗敏左右四顾了一下，像间谍在交换情报，“我们当然也分析过了，确实不太可能。但你还是得这么说。”

“为什么？”

“原因有两个。”她把声音压得更低了，“第一，现在媒体和公众已经认定了这就是一起抄袭事件，如果你说你什么都不知道，只会让他们认为你其实是无话可说。第二，我们分析，另外那两个作者和他们的出版商，肯定也会在近期回应此事。如果被他们先咬一口，我们就被动了。所以……”

“我们要先下手为强？”

“小声一些。”罗敏拉了我一下，“你懂我意思就行了。”

我思量着：“你叫我怎么先咬他们一口？我又没有证据能证明他们抄了我的。”

罗敏眼睛向上翻了一下：“老天啊，要是我们有证据的话，那还用得着在这里商量对策吗？早就出示给记者了！就是因为没有证据，所以才只是要你暗示他们抄袭。暗示，懂吗？不是叫你直接指出！”

“你的声音有点大了。”我提醒她，“这里有记者吗？”

“记者在会场，这里基本上都是我们的人。但这种事情是不能让所有人都知道的。”她的声音又低了下来。

虽然我明白罗敏说得有理，但我还是觉得有违道德：“这样做算不算是污蔑？”

“当然不算，你又没明说什么。再说了，文艺圈的人每天都在互相污蔑和攻击，这是这一行的生存法则，你懂的。”

我不说话了。

罗敏看了一下手表：“已经两点五十了，我们得准备进场了。灵活应对吧，千秋，你是个聪明的女人。”

我和出版公司的人一起乘坐电梯到十五楼的会议厅。借助电梯里的镜子，我审视着自己的妆容——今天我打扮得比较素雅，只上了点儿淡妆，希望给人的感觉是知性胜过美艳。我深吸了一口气，和一群人一起走进会场。

“千秋，千秋来了！”我听到一些激动的呼喊，显然不会是源于见多识广的记者。我一边走向主席台，一边扫视着台下——老天，人比我想象中要多上好几倍。除了各路记者之外，还有众多书迷。见鬼，这又不是签售会，是谁邀请书迷来的?

我的脸上可不敢把这种不满情绪表现出来，我在台上就座之后，伸出手微笑着跟书迷们挥手致意，尽量表现出一种底气十足的模样。很快，工作人员要求现场安静下来，新闻发布会开始了。

主持人先将台上的主要来宾做了介绍，然后对到场的各位媒体朋友和热心书迷表示感谢。接下来，出版公司的老总做了一番开场白，主要是表示出版方的态度——他们对这次的事件深感震惊，希望能通过媒体告知公众事实（我们单方面的事实），并对抄袭行为表示出了强烈的谴责和鄙视。老总说，凭他和我多年的合作，他百分之百地了解我，坚信我的作品是绝对的原创。接下来，他把时间交给了记者，示意记者可以向我自由发问。

第一个提问的是文化周刊的记者：“千秋女士，据我所知，您是第一个对这次的事件做出正面回应的作者。请问您是什么时候得知这件事的？”

“昨天上午。”我回答他。

“怎么得知的呢？”

“我的出版编辑告诉我的，然后我立即上网，看到了那则消息。”

“您当时的感觉是怎样的？”

“非常震惊，以及……愤怒。”

“您愤怒的原因是？”

“这本书，”我做出一副愤慨而痛心的样子，“是我通过收集素材，然后精心构思并全心创作的一部新作。耗费了我大量的时间、精力和心血，是我用无数个辛苦熬夜的晚上和方便面伴随的低质量晚餐换来的，是我目前最满意的一部作品。但我没想到，竟然会有另外两本书和我的作品在题材和内容上如此接近。我不知道这个题材是怎么泄露出去的，但我敢保证，我是这个故事最早的，也是唯一的创作者。我现在只觉得很后悔，也许在题材保密这方面，我做得太不够了。我会通过这次的事件吸取教训。”

说完这番话，我不易察觉地瞟了右侧的罗敏一眼。我看到她满脸通红，灵活发亮的眼睛兴奋地望着我，分明就是在说——你说得太棒了，千秋！

这个记者坐了下去，低头记录。第二个记者站起来问道：“千秋小姐，您说‘题材泄露’的意思，是暗指另外两个作家可能通过某种途径获取了您的创意和构思吗？”

“我不知道，这只是我的猜测。但除了这种可能性之外，我想不出其他的解释。”

“您以前认识安玟和渔歌这两个作者吗？”

“完全不认识，这是我昨天才听到的两个名字。”

“您觉得这个故事的题材可能是怎样泄露出去的？”

“我无法肯定，有太多种可能性。”

“您在写作之前把故事构思透露给过别人吗？”

“我没有让太多人知道，我在4月初的时候就把提纲发给了我的责任编辑。”从这里起，我开始撒谎了，“之后，我跟几个最要好的朋友提到过这个故事的一些情节，想请他们帮我参考一下。我想……问题有可能就是出在这里。”

“您的意思是您的朋友把故事内容透露给了另外那两个作者？”

“不，不可能。”我坚决地摇头，“我相信我的朋友，他们都是我的死党，绝不会出卖我的。我想他们可能无意间透露了出去，或者是他们又讲给了其他一些人听，要不就是在网络上提到过……你知道，我的朋友中有些也是我的书迷，也许他们按捺不住想提前预告一下我的新书的冲动……总之，太多种可能性了。我真的无法确定。不过，是我没有叮嘱他们保密，这是我的错，不能怪他们。”

我本以为那记者问完这问题就该坐下来了，但他还不罢休：“那您向您的朋友们求证过吗？”

“还没来得及。我昨天才知道这件事呢。但我不想找我的朋友兴师问罪。我刚才说了，这不能怪他们，是我自己不小心。”你可以坐下了吗？我不想再讨论这个问题了。

他坐下了，放了我一马。我松了口气。

一个女记者起身问道：“千秋小姐，我们都知道您有一间工作室，成立好几年了，专门接待一些来向您提供故事素材的人。那么，这个故事的素材，是不是也是这样来的？”

来了。我就知道这是一个无法回避的问题。“没错，是一个在4月份来拜访过我的一个客人提供的，他说这是他的亲身经历。当然，他提供的只是一个很好的‘点’，而不是完整的故事。绝大多数情节，都是我在这个基础上自己构思创作的。”

女记者点了点头：“您能告诉我们提供故事素材的人的名字和相关信息吗？”

“很抱歉，不能。他在告诉我这件事之前，曾要求我一定要替他的身份保密。他不希望引起公众的关注。”这倒是实话。

女记者显然不满意我这样的回答，她歪着头问道：“如果您能请这个人出面帮您证实此事的话，我想大家也就没什么好质疑的了。您不这样认为吗？”

贱人。“没错，但这样的话我将成为一个不守信用的人。所以，我宁愿面对你们的质疑，也不能违背自己的承诺。这是我的原则。”我义正词严地回答她。

那女记者噘了噘嘴，坐下了。

这时，后排一个年轻女孩举起了手，我示意她可以提问。

“对不起，”这女孩怯生生地说，“我不是记者，只是您的书迷。也许，我不该在这时候说话的。但我实在是忍不住要说——千秋姐，我追您的书看已经有近十年了。我通过您的作品了解到您是怎样的一个人。这次出了这样的事，我感到很无奈，但我只想从读者的角度说，我是绝对相信您的！”她骤然提高了音量，显得有些激动，“您是一个真诚的人，从您公开征集写作素材这件事上就能看得出来。所以，我相信您绝对不可能抄袭！我永远都支持您！”

上帝啊，这个女孩是您派来的天使吗？她出现得太是时候了！虽然她说的话令才撒了谎的我内心汗颜不已，但我真的被她感动了。我对她点着头，深沉地对她说：“谢谢，非常感谢。”

一些记者转过头去举起照相机对那女孩拍照。我想报道上会出现“千秋忠实书迷现场表示，完全相信和支持千秋”这样的语句。

接下来，又有几个记者提问，问的都不是什么尖锐的问题，而是对我有利的问题。诸如——“假如最后确认是那两个作者抄袭了您的作品，或者您的构思，您会不会诉诸法律？”“《反光》这个故事是否根据真人真事改编？”“这本书只是上部，下部您计划什么时候出版？”……我一一作答，尽显我的大度和敬业。出版公司的人也满面红光，有时会配合着我一起回答，现场气氛变得轻松而活跃。显然我们已经掌控了全局。

这时，后排一个戴着墨镜和帽子的女记者举起了手。我伸手示意她提问。

这个女记者以一种低沉、沙哑的声音说道：“千秋作家，我能问你一个问题吗？”

“当然，请问。”我微笑着回答。

这声音不紧不慢，吐出的每个字却充满了怨毒和愤懑：

**“说真话，对你来说就这么难吗？”**

# 九

我的笑容立刻凝滞了，脸上的肌肉变得僵硬起来。

所有的人都回过头去望着这个女人，不明白她是何许人，为何会突然发难。

“你这么说是什么意思？”我控制着自己的情绪。

她牵动嘴角，发出一声冷笑：“你心里明白。”

“对不起，我不明白。”我盯着她，回敬道。

“我今天有幸到这里来，虽然没能听到什么真话，但是能欣赏到你出色的表演和精彩的谎言，也算是不枉此行了。”她慢悠悠地说。

此话一出，一片哗然。主席台上的老总站了起来，愤怒地瞪着这个搅局的女人。另外几个人都呆了。我尴尬地坐在原位，竭力保持镇静。

“你是哪家报社的记者？”老总怒气冲冲地问道。

“我不是记者。”这女人慢慢摘下帽子和墨镜，“当然也不能跟台上道貌岸然的大作家相比。我只是一个小小的作者，叫作安玟。”

我惊呆了，安玟！就是那个写《镜中的女人》的女作者！她……居然跑到这里来了！在我和出版公司的人惊诧不已之际，记者们却兴奋了，也许他们来这里就是为了等待这种戏剧性场面的出现。现在，闪光灯对着这女人疯狂地闪烁着，她顿时成为全场焦点。

主编显然看出这女人来者不善，他站起来说道：“安玟女士，今天是我们公司和千秋作家举行的记者招待会。很抱歉，我们没有邀请你出席，请你马上离开。”

“太高明了。”安玟讥讽地说道，冲主编竖起大拇指，“你做得很对，立即赶我走是明智的，在我将真相说出来之前。”

“保安！”主编怒不可遏，“把她请出去！”

两个身材高大的保安快步走向安玟，他们一人拖住她一只手臂，几乎想把她架出去。安玟高声叫道：“太好了，这就是你们的本事！把我赶出去，你们就能继续欺骗下去了！”

“把她放开！”我大喝一声。两个保安松了手，站到一旁。安玟舒了口气，拉一拉被弄皱的衣服下沿，抬头瞥我一眼，闷哼一声。

我怒视着她，一字一顿地问道：“你告诉我，什么是真相？我撒了什么谎？”

“真的要我说吗？”她挑衅地问道，“你确定？”

“少废话，有话就说——”我差点把“有屁就放”这个不雅的词都说了出来。这个女人快把我气疯了，几乎让我忘了这是新闻发布会现场。我还保持着最后一分理性，否则真想立刻下台铆足了劲给她一耳光。

安玟拖长声音说道：“本来，我来参加你的记者招待会，不是打算来拆台的。我只是感兴趣你会怎么说。如果你说，你的作品只是凑巧和我的构思雷同，那倒也就算了。没想到的是，你居然说什么自己不慎透露了故事构思，还暗示我和另外一个作者照抄了你的题材。这实在是让我有点听不下去了。千秋大作家，我都没说你抄袭我，你倒反咬一口，污蔑起我来了。”

她故作无奈地叹了口气：“唉，不过，谁叫我不是大牌作家呢？没法像你这样，搞出这么大的排场来。你这一招可真高呀。你就是吃定了我们这种小作家，不可能像你一样召开什么记者招待会，所以才敢这么明目张胆地撒谎吧？”

我全身都在发抖，现在我杀了这个女人的心都有。我不知道她哪来的自信，就认定是我抄了她的。不过我必须保持冷静，记者和读者都看着我呢，我一定要做出强有力的反击，不能乱了阵脚。

“如果你是一个有知识和修养的人，就请你用事实来说话。听你的意思，好像是我抄了你的？你有证据吗？”我压住火气问道。

“好啊，正好这里这么多记者在场，我就把话说清楚吧。你刚才说，4月初的时候，你把内容简介发给了你的编辑，然后你又跟你的朋友讲过这个故事，对吧？”

“没错，怎么了？”

“然后你暗指我们在这之后获知了你的故事构思。但是你知道，这是不可能的。”

“什么意思？”

“3月的时候，我就已经在网上连载这个故事了。请问，我怎样盗用你的构思？”

这句话像是给了我当头一棒，将我打蒙了。我一时不知该作何回应。

安玟见我说不出话来，气焰更加嚣张了：“别佯装不知情了，你心里清楚得很。我那篇小说是在一个小网站上连载的，引起的关注不是太多，却不知怎么被你这个大作家看到了。也许在不知名的小网站上搜寻可以借鉴的题材，是你获取写作素材的方式之一吧？你看了我的文章，觉得这个题材不错，于是……”

“少在那里胡说八道！”我怒斥道，“谁看过你的什么鬼文章？这篇小说的素材，是……”

我差点脱口而出“是金融巨子费云涵告诉我的”，但话到嘴边又硬咽了回去。该死的！只要说出这句话，就能够救我，但我却偏偏说不出口！

“是什么？说呀，千秋大作家，说不出来了吧？”安玟咄咄逼人地说道，“别装了，要是真的是某个人提供给你的素材，你早就说出他是谁了。为他保密，有这个必要吗？恐怕根本就没这个人吧？但我跟你不同，我有铁一般的证据能证明我的文章绝对写在你之前——我在那个网站上发文章的时间，是无法更改的，有时间戳为证呢。有兴趣的话，你下来慢慢查吧。”

我哑口无言了，这可恶的女人说起这番话底气十足，使我根本就无从辩驳。我本来可以说“就算你的文章写在我之前，也不能证明我抄了你的”；但问题是，我也不能证明我没抄！因为我不能说出费云涵的名字！这关键的一点导致我一败涂地。我的心理防线已经垮了，我知道自己已经彻底地输给了她，尽管我是被冤枉的！

现在，我就像一只斗败的公鸡一样垂头坐在主席台上，脑子里嗡嗡作响。我能感受到主编、老总，甚至是罗敏都在用怀疑的目光注视着我，连他们都不相信我了！老天啊，我从没预料到这次新闻发布会会演变成这样的结果，实在是糟透了！

然而，那个天杀的安玟还没罢休，形势一发不可收拾。她见我不说话了，又指着刚才那个表示会支持我的女书迷说：“姑娘，难为你了，要配合着他们演戏。你告诉我，你的演出费是多少呀？”

我不禁抬起头来，目瞪口呆地盯着那女孩。我发现她的脸一下就涨红了，吞吞吐吐地说道：“你说什么……我本来就是千秋姐的忠实读者……”

安玟“嗤”地冷笑一声。“行了，这一段没排练过吧？你看，演不下去了？”安玟突然指着主席台上的罗敏说道，“我今天中午在下面餐厅吃饭的时候，无意间看到她（罗敏）在跟你窃窃私语——正在教你台词吧？你老实说，是出版公司要你配合演出的，还是千秋大作家本人呀？”

“别……你别胡说，没有人教我什么！”那女孩明显已经露怯了。

“好吧。”安玟盯视着她，“你不是说你是千秋的忠实读者吗？你追她的书看已经有近十年了。那现在你告诉我们，她写过些什么书？你把书名告诉我们就行了。”

那女孩的脸红到了脖子根，戳在那里一个字也说不出来。在巨大的压力下，她实在是撑不住了，用手挡着脸快步离开了会场。

这下，一切再明显不过了。会场几乎炸开了锅，记者们再也按捺不住兴奋和激动——文艺圈丑闻是他们最感兴趣的题材之一。现在，一大半记者涌到主席台前面来（还有一些采访安玟去了），几十个录音机对着我，一大堆问题像炮弹一样疯狂地向我轰炸过来：

“千秋小姐，对于安玟的指责，你承认吗？”

“那个表示支持你的女读者，你之前认识她吗？”

“千秋小姐，请告诉我们实情是不是真像她说的那样？”

“对于安玟提出的疑问，你为什么不再反击了？

“这件事，是不是出版公司和你一起策划的……”

后面的问话，我都听不见了，我头脑里就像是有几百只蜜蜂在乱飞乱撞，嗡嗡作响。我感到一阵阵眩晕。浑浑噩噩之中，我看到老总拂袖而去，主编等人也跟着离开。他们放弃了我，留我一个人在这里独自承受巨大的痛苦。

我知道，一切都完了。

# 十

接下来的两个星期，是我人生中最灰暗的一段日子。

为了躲避媒体的追访，我被迫整天关闭手机。电脑也不敢打开——网上关于我的报道可能会让我忍不住砸了电脑。我整日窝在家里，哪儿也不想去，在烟酒和零食的陪伴下虚度光阴。这次的事件对我造成的打击和伤害，远远超出我所能承受的范围。

十多天来，和我有过接触的人只有两个人。一个是我的助手小雅，她没打通我的手机，便找到我的住所来。很显然，她通过各种途径知晓了一切。她一句都没问我发生了什么事，只是叫我好好休息一段时间，她会处理好工作室的事务，然后出门去为我买了一大堆水果和食品，便识趣地离开了。

另一个来访的人是罗敏。我怀疑她来这里的目的是确认我是否还活着——她眼睁睁地看着我从高峰坠落到谷底。按她的理解，遇到这种事的人完全有理由自杀——当然，这是我的猜测。她跟小雅一样，也没有再提起那件事，只是告诉我她辞职了，离开了我的老东家。她没有提到出版公司对我的态度，我也不想问。我甚至没有质问关于那天那个“女书迷”的事。事到如今，我们俩都身心俱疲了，谁也无法怪谁。她在我的家只待了十五分钟就走了。

之后的好几天，我继续沉浸在孤独和悲哀之中。直到三周后，才迎来了第三个客人。正是他，把我从颓废和绝望的深渊里拉了出来。

陈思达，我的一个大学同学，算是我最好的一个异性朋友。我们俩在同窗期间互相都有些好感，本来是有机会发展成一对恋人的，但出于各种原因我们没能走到那一步，关系只发展到好朋友就止步不前了。不过这样也好，我可不是那种会成为贤妻良母的女人，以前不是，现在就更不用提了。而陈思达也不是一个热衷居家过日子的男人，三十好几了，还是独身一人。

陈思达是一个私人心理医生，同时服务于好几个富豪，定期为他们做心理咨询。他不用每天上班，收入却是普通心理医生的两倍以上——原因是他不但专业精通，人又长得阳光帅气，自然成为上层社会的宠儿。

陈思达跨进我的家门，立刻发现屋内一片狼藉——啤酒罐东倒西歪、烟灰缸里堆积成小山的烟蒂和灰烬、各种零食的包装袋散落一地。他再回头注视我憔悴的面容，惊诧得就像看见了复活的僵尸："发生什么事了，千秋？"

看来这是一个不关心文艺界新闻的人，这倒使我自在了些。"我这里刚刚被抢劫了。"我有气无力地说，倒在了沙发上。

"抢匪还和你一起喝了啤酒，吃了零食。"陈思达坐到我身边，侧着身子看我，"别开玩笑了，告诉我实话。我打你的电话老是关机，就想过来瞧瞧，看来你真的是遇到什么事了。"

我不想再去回想和叙述我所遭遇的事。我是一个要强的人，不愿得到别人的同情。但是——我忽然想到，陈思达是一个心理医生，他现在自己送上门来，我为什么不做一次免费的心理咨询？我不要安慰，我只想获得一些切实可行的建议和帮助。

想到这里，我将身子坐直了一些，望着陈思达。

"你真的不知道关于我的事？"我问他。

"真的不知道。怎么了？"

我思忖着该怎样告诉他这件事，如果想要他清楚地了解一切，就必须把费云涵的秘密说出来。我犹豫了片刻，问道："你们心理医生是不是就跟教堂的牧师一样，保守秘密是你们的职业道德。"

"没这么神圣，不过意思差不多。"陈思达说，"你现在是希望我以心理医生的身份和你谈话？"

"……也许吧。"

"为什么不能是作为朋友？"

"我希望获得你的专业意见。老实说，我现在真的很困惑、迷茫。"我无法掩饰自己的无助了，我始终是个女人。

陈思达盯着我看了一阵："好的，你说吧。"

说完这句话后，他好像立刻就进入了专业状态。“看着我的眼睛。”他要求道，我照做了。然后，他以一种深沉的、带有心理暗示的语调对我说道：“现在，尽量放松。记住，要百分之百地信任我，告诉我一切，不要有一丝隐瞒。”

他的话就像具有某种魔力，使我很容易就敞开了心扉：“你知道费云涵吧？”

“当然知道，你说的是那个执全国金融界之牛耳的费云涵？”

“没错，就是他。”

“他怎么了？”

“4月初的时候，他来找过我。我当时很惊讶，像他这样的大人物怎么会来拜访我这样一个写书的作者……”在陈思达的引导下，我清楚地将整件事的过程叙述了出来。当讲到因为答应了要替费云涵保守秘密，我不得不在新闻发布会上遭受质问和委屈，陷于尴尬处境的时候，我终于流下了眼泪。当天我都没有哭的，但是在陈思达面前，我变得毫无保留。我自己都不明白这是怎么了。我只知道当我把这一切全都讲完后，我已经扑在了陈思达的怀里，哭得稀里哗啦。

陈思达显然有点不知道自己该扮演什么角色了。我之前要求他以心理医生的身份和我交流，他大概是真的进入了职业状态，对我现在的举动有点手足无措。他没有抱住我，只是微微拍着我的背，同时递了一张纸巾给我：“好了，千秋，别哭了。让我帮你分析一下。”

我重新坐直，用纸巾拭干泪水：“不好意思，我失态了。”

他微微摇着头：“你说的这件事情，真是太奇怪了。作为心理学研究者，我会接触到各种关于人类异常心理和行为的古怪案例。运用专业知识和经验，我总能找出成因或缘由。但是说实话，你告诉我的这件事情，我无法判断到底是怎么回事，起码目前不能。”

我已经将情绪控制住了，心情平复下来：“你指的是哪方面？费云涵？”

“不只是他。整件事情都让我琢磨不透。比如说，那个叫安玟的作者，从她的行为模式来看，她好像真的认为是你抄袭了她的创意，而不像是在故意污蔑你——抱歉，千秋，希望你不要不高兴。我是就事论事。”

我没有说话。我恨透了那个姓安的女人，但我又不得不承认陈思达的分析很有道理。

“当然，我是百分之百地相信你不会抄袭的。”陈思达接着说，“不是因为我是你的朋友才这样说，而是因为这实在不合情理。”

“为什么？”

“别慌，这个我一会儿会慢慢分析的。现在先说我认为最怪异的几点。第一当然就是费云涵告诉你的，关于他会在反光物中看到一个上吊女人的脸这件诡异的事。我们首先要判断他说的是不是实话。”

“你怀疑他在骗我？”我蹙起眉头，“可是，他为什么要这样做呢？像他这样的人，不会无聊到这种程度吧？”

“当然不会是因为无聊。不管他说的是真是假，总是有某种目的的。”

“那你能不能判断他说的是不是实话？”

陈思达用手托着下巴思索了一阵：“毕竟我没有和他当面接触，无法准确得出判断。但我倾向于相信他说的是真的。”

“在你们心理学上，有过这样的案例？”我问道，“一个人在镜子或反光的东西里看到自己的脸变成了一张陌生的脸。”

陈思达双眉深锁：“这种案例的确是有的。但问题是，出现这种情况的人，只会是严重的精神病患者。但费云涵显然不像……而且，他说自己在二十一岁时就出现这种状况了，一直持续了二十多年！这就是不合逻辑的地方，假如他精神不正常，不可能只表现在这一个方面，也不可能这么多年都无人知晓。当然，他更不会在事业上发展得如此成功，走到今天这一步了。”

“那你的结论是什么？”我问道。

“只有两种可能性——第一是费云涵出于某种特殊的目的，编了一个故事给你听。第二就是他真的遇到了一种现代科学无法解释的怪异现象。”

我打了个冷噤，觉得后背有些泛凉。这个问题我以前没有去细想，只是把它当作一个绝好的小说题材。现在听陈思达这样说，才感到真的很可怕。

陈思达接着说：“费云涵的经历是第一个怪异的地方。第二就是，为什么在你以此为题材写出小说之后，会出现另外两本类似的书呢？”

这正是我最关心的问题，我十分期待陈思达能给我一个合理的解释，迫不及待地问道："你认为这是怎么回事？"

陈思达表情平静，颔首不语，像一个棋手端注棋盘，思考着如何走下一步。良久后，他竖起三根手指头："我认为只有三种可能。"

我专注地望着他。

"第一种可能性是，你们三个作者之中，确有抄袭情况。"没等我开口，他便解释道，"但是刚才我就说了，这种可能性是最低的，因为实在是不合情理——现在我可以告诉你为什么了。"

他凝望着我："想想看，不管是谁在抄袭，怎么会抄得这么彻底呢？据你所说，三本书都是写的一个人在反光物中看到自己的脸变成一个上吊女人的脸。假如真是抄袭题材，那抄袭者完全可以做些改动，这样就没那么明显了——比如说，改为看到一张怪物的脸，或者是一个被杀死的男人的脸。为什么非得是'上吊'的'女人'的脸呢？这样原封不动地抄袭，会不会太蠢了？"

我紧绷着嘴唇，不由自主地点着头——其实，作为一个写作多年的作者，我也该想到这一点的。但我起初是被气昏了头，后来又悲哀过度，始终没能做出像陈思达这样冷静而又具有逻辑性的分析。现在我觉得清醒多了，赶紧问道："那第二种可能性呢？"

"第二种可能性其实你和你的出版编辑当初也想到了——费云涵，或者他的夫人会不会将这个故事的题材透露给了好几个作者？"

"那你觉得这种可能性大吗？"

陈思达摇头："我觉得可能性不大。我们这样来想，费云涵多次提醒你不要将这件事告诉别人，可见他非常在意这件事的保密性。这样的话，他不太可能将这件事告诉太多的人。很显然，如果这件事情流传出去，对他是很不利的。"

"那他的妻子呢？"我问。

"也不太可能。因为你开了一间工作室，公开对大众征集写作素材，所以她才有理由来找你，借机向你倾诉。但另外两个作者又没有这样做，她有什么理由主动找他们呢？而且就像你说的，她来找你，是因为她认为你不可能知道她的身份。当然，她更想不到费云涵本人会来。还有非常重要的一点——她并不知道费云涵在反光物中看到了什么，所以她不可能告诉别人全面的情况。你能得知，完全是巧合。”

“你好像丝毫都不怀疑费云涵夫妇会串通起来……”

“我想过这种可能性，但又排除了。因为我实在是想不出他们夫妻俩唱这种双簧有什么意义，也想不通他们有什么目的。想想看吧，这对夫妇是全国最富的人之一。他们做这种事不管是为名、为利，都说不过去。”

我承认这是事实。陈思达说到这里，两种可能性几乎都被推翻了，我思索了一阵，不解地问道：“你说还有一种可能性？但我怎么也想不出来，除了这两种情况外，还有什么可能？”

陈思达将身子向我倾过来一些，望着我：“你是个优秀的悬疑小说作家，你的逻辑思维和分析能力也应该是一流的。千秋，你真的想不到还有一种可能性吗？”

在他的提示下，我仍然是一筹莫展，只能茫然地望着他。

陈思达叹了口气：“也许这就是当局者迷，旁观者清吧。”

他盯着我的眼睛说：“千秋，听好了，最后这种情况，才是我觉得可能性最大的——**除了费云涵之外，还有另外两个人，他们身上也发生了同样的怪事。也就是说，另外那两个作家笔下所写的，是和费云涵有着相同经历的两个人。**”

## 十一

我愣住了，陈思达说的这种情况，我确实没有想到。我之前一直认为这种怪事只可能发生在一个人身上，现在他提出这种大胆的设想，我一时感到有些难以接受。

“你是说，还有另外两个人也跟费云涵一样，会在反光物中看到自己的脸变成了一个上吊女人的脸。而安玟和渔歌那两个作者得知了这个题材后，将其改编为小说，所以才会和我的撞车？”我怀疑地问道，“这可能吗？会不会太玄乎了？”

陈思达将指尖合拢竖起，顶住下巴：“我只能说，这是一种可能性。但说到玄乎——假如我们相信费云涵说的话，那就等于是相信了世界上真的有这种超出科学范畴的怪事——那么，这种事情既然能在一个人身上发生，为什么不能在多个人身上发生呢？”

我缄口不语。陈思达继续说道：“还有一个值得特别注意的问题——这三本题材相同的书，都是在近期出版的。想想看，费云涵说他出现这种状况已经二十多年了。但他是最近才来找你，告诉你这件事的。而另外那两个有着相同状况的人，会不会也是如此？**为什么他们三个人都是在近期才将这件事说出来呢？这其中必有原因！**”

我转动着眼珠，想到了费云涵对我说过的一些话：“对了，费云涵说，这种情况是从今年年初开始才变得严重的。而且，他认为那张恐怖的脸在向他传达某种信息，或者说在暗示着什么……”

“他认为是在暗示什么？”陈思达迫切地问，“他有没有告诉你？”

我想起了费云涵当时表现出来的绝望的神色：“**他认为……那张脸在暗示他自杀。**”

陈思达身子朝后仰了一下，像是倒吸了口凉气。随即，他从沙发上站起来，在屋内踱了几步，突然定住：“这件事，实在是太蹊跷、太不可思议了。我隐隐有种感觉——**这件事的背后，必定隐藏着什么不为人知的秘密！**”

我还没来得及说话，他立刻俯下身来盯着我说：“而且，可能正如费云涵预感的那样——**这件事是某种危险的象征。**”

我和陈思达对视着，好一阵后，我说出内心的真实感受：“你……把我吓着了。”

“没什么好怕的。”陈思达向我宣布，“千秋，从现在起，你不再是一个人面对这件事了，我会陪你一起将这件事查个水落石出！”

我惊讶地问：“你不用工作吗？”

“这个星期不用。和我预约好的一个富商临时有事到国外去了，等于放我一个假。”

“你为什么想要调查这件事？”

陈思达双眼发亮，闪出兴奋和期待的光芒：“这件事太让我感兴趣了，彻底激起了我的好奇心，我非常想知道我的诸多推测是不是正确；另外，作为你的朋友，我也很想帮你弄清此事，洗清你所受的委屈。”

我向他投去感谢的一瞥，随即问道：“你打算怎样做？”

陈思达是个思维清晰，做事也极具条理性的人。“首先当然是验证我说的‘第三种可能性’是否真是如此。”

“怎么验证？”

他想了一下：“为了表示慎重，我们最好是亲自去拜访那两个作者。”

“什么！你要我去找安玟。”我大声叫道，“我看到她只会想撕烂她的嘴！”

陈思达考虑到了我的抵触情绪：“那好吧，我们去找那个叫渔歌的作者。”

我有些不太情愿：“我不知道他住在哪里，我根本就不认识他。”

作为心理学专家，陈思达从我的态度中读出了我的顾虑。他蹲在我面前，对我说：“千秋，你知道弄清楚这件事对你有多重要。所以，现在不是放不下面子的时候。你必须有所行动，才能洗清冤屈！难道你希望大众一直这样对你误解下去吗？”

他的话像一根尖针，直接刺到我内心深处，使我清醒地意识到我该怎么做了。我对他点头道：“是的，我明白了。我现在就去查渔歌的住址。”

这不是一件困难的事。我先在电脑上查到了渔歌那本《诡脸》的出版信息，知道了是哪家出版社在跟他合作。然后，我打电话给罗敏，拜托她帮我向那家出版社打听渔歌的联系方式和住址。罗敏跟出版社的人都比较熟悉。果然，不一会儿她就回了电话过来，告诉我渔歌的手机号和具体住址。我用笔记录下来。

现在，我一刻也不想耽搁了。我感谢陈思达让我重新振作起来，再次充满了干劲。我到卫生间去洗了个澡，简单地化了下妆，再换上一套轻质套装——精神面貌焕然一新。陈思达向我投来赞赏和鼓励的目光。然后，我们俩直奔机场，前往渔歌所在的南方小城。

# 十二

飞机飞行了将近三个小时，于下午五点抵达T市。出了机场，我们决定立刻前往渔歌的住所。

“先打他的手机联系一下吧。”陈思达说。

“出来之前我就跟他打过一次电话，但是他的手机好像欠费停机了。”

“再打一次试试。”

我从皮包里摸出手机，照罗敏给我的那个号码打过去，但系统仍然提醒我该手机已欠费停机。我冲陈思达摇了摇头。

“罗敏提供的这个号码是渔歌的吗？她不会搞错了吧？”陈思达皱着眉头说。

“不知道。”我说，“现在只能祈求她提供的住址是对的。”

陈思达耸了下肩膀：“只能去碰碰运气了。”

我们在机场附近的一家餐馆随便吃了点东西，然后招了辆的士。我把皮包里那张记录着地址的字条拿出来，念给司机听。

这趟车坐了五十多分钟，到达目的地时已经是晚上七点了。下车后，我们发现置身在城市边缘的贫民区——低矮破旧的老式楼房，脏乱、随处堆放垃圾的狭窄街道，昏黄幽暗的路灯——这里很明显是社会底层的聚居所。

陈思达皱着眉头说：“千秋，你确定是这里吗？”

“反正我是没有搞错。”我对照着字条上写的地址说，“罗敏有没有搞错，我就不知道了。”

“他在哪栋楼？”

“我看看……27号四栋二单元，就是这里。”我指着面前一幢黑黢黢的楼房说。

陈思达吐了口气，好像已经做好了失望的准备：“来都来了，只能上去看看了。”

我们沿着黑暗中的楼梯走上三楼，我说："就是这里了，301。"

陈思达敲了敲门。

许久，屋内才传出一声有气无力的询问："谁？"

我们俩对视一眼，有点不知道该怎样回答。陈思达问道："请问是作家渔歌的家吗？"

几秒钟后，门打开了，我们看到一张三十岁左右却胡子拉碴、蓬头垢面的脸。这个男人穿着发皱的衬衣和松垮垮的裤子，一脸的倦容，打量我们的双眼空洞无神，好像什么都没看见，整个人显得无比憔悴、颓废。他的这种状态让我想起了之前的自己。我一瞬间判断出，这一定就是我们要找的人。

"你是写《诡脸》这部小说的渔歌吗？"我问道。

"是我。你们是……"

我望了一眼陈思达，然后实话相告："我是写《反光》的千秋。"

渔歌骤然瞪大了眼睛，他盯着我看了一阵，惊讶地说："啊……真的是你，我想起来了，我以前在杂志上看过你的照片呢。"

我的手在胸前绕着圈："我们……能进去谈吗？"

渔歌看了一眼陈思达。陈思达立刻说道："我是千秋的朋友，跟她一起来拜访你的。"

渔歌意味深长地望了我们几秒，好像猜到了我们的来意："好的，请进吧。"

这个家——如果这能算是一个家的话——实在是太简陋、太寒酸了。只有一间不到十平方米的屋子，然后就是厨房和厕所。单人床、破沙发、书桌和椅子，以及其他一些杂物一并拥挤在这狭小的空间内。房间里连电视和电脑都没有，也没有任何一件稍微像样点儿的家具。但是屋内有很多书——桌子上、床上，甚至地上都堆满了书，还有很多手写的稿子。这个房子主人的喜好和职业，可谓是一目了然。我看到那本《诡脸》就放在他的床头上。

如果是一般人，可能会为自己这穷困潦倒的境况感到自卑和羞愧，但渔歌却好像没有这种意识。他满不在乎地对我们说："屋子小，你们随便坐吧。"

陈思达坐到了破沙发上，我把书桌前的椅子拖到他旁边，渔歌则坐在床上。

我们静默了一会儿。渔歌似乎在等着我们说话——是我们来找他的。我心中有很多疑问，但坐在他面前，竟一时不知该怎样开口。

最后还是渔歌先开了口："千秋大作家，你到我这里来，是因为'抄袭风波'的事吧？"

既然他直接说到了主题上，我也没必要绕圈子了："是的。"

"你来找我的目的是什么？"

"我想向你了解一些情况。"

他似笑非笑地哼了一声："你想问我有没有抄袭你的作品？"

"不，我知道你没有抄我的。"我直言相告。

他那无精打采的眼睛稍微睁开了一些："哦？你怎么能肯定？"

"你没有机会抄到我的作品。"我望着他，"就像我也没有机会抄到你的一样。"

我和他对视了十秒钟以上。

"没错，确实是这样。"他承认道。

"但我们的作品还是雷同了。"

"是的。"

"你觉得这是为什么呢？"

"你觉得呢？"他反问道。

"我不知道。所以我才来找你，希望和你一起寻找答案。"

"寻找答案……"他仰面苦笑，"恐怕这个答案对我来说已经没有什么意义了。"

"你为什么这样说？"我纳闷地问。

渔歌双手一摊："正如你们看到的那样，我是个彻头彻尾的穷作家。我一贫如洗，连最基本的生活保障都有问题。我的手机已经欠费停机了；房租拖欠了三个月，房东天天催着我滚蛋；我今天吃的唯一一顿饭就是中午的一碗面，而明天吃什么，我还得动动脑筋才行。千秋大作家，我们这种人过的日子是你难以想象的。就像'抄袭风波'对我的打击一样，你根本无法理解这是多么巨大和致命的打击。”

“不，我理解。”我说，“这件事对我同样造成了很大的打击。”

“我相信。”他说，“但不同的是，你是早就成名的大作家，拥有固定的读者群。就算这件事对你形成了一定的负面影响，但一段时间后，你还可以用下一本新书来挽回一切。但我就不同了——作为一个首次出书的新人，就发生了这种情况，没有任何出版社还会愿意跟我合作。所以我说，这次的事件对我来说是致命的。不管我能不能找到那个‘答案’，我都没有机会再来一次了。”

“你何必如此悲观呢？”我劝慰道，“只要我们能证实自己没有抄袭，就能扭转现在的不利局面。”

“没错，但我恐怕没有时间和金钱来支撑我坚持到那一天了。”他绝望地说，“你们这些衣食无忧的人根本无法想象我的生活境况有多么艰苦。”

我和陈思达对视了一眼，不知道该说什么好。

渔歌说到这里，好像有些收不住势了，任由悲哀的情绪向外流溢：“本来，我有一份稳定的工作，但为了追逐心中的梦想，为了展现我的才华，我毅然辞职，开始专职写作。以前写的一些文章，都没能引起太多的关注，以至于我一直过着穷困潦倒的生活。但我没有放弃，我深信总有一天，我会写出一部惊世之作……终于，我等到了，我寻找到了《诡脸》这个绝好的题材……”

他本来絮叨地叙述着关于自己的往事，突然一下说到了重点上！我和陈思达都为之一振，全神贯注地盯着他。

“这个故事，是我迄今为止发现的最好的一个小说题材！我写出故事简介和一部分样稿，将它们发给一家出版公司，编辑很快就联系了我，说非常欣赏这个故事的构思，打算出版此书，并且承诺会大力宣传！我当时欣喜万分，认为出人头地的机会终于来了。

“当时，我其实已是身无分文，但为了完成这本书，我向几个难兄难弟东拼西凑地借了一些钱，然后就天天窝在屋里，潜心写作。为的就是看到书出版后给我带来的名誉和收益……但是，出版之后不到一个星期，我就听到编辑告诉我，这本书陷入抄袭风波之中……”

说到这里，渔歌悲伤地望着我：“千秋大作家，你知道吗？这件事对我来说，是最不利的。首先，我的书是三本书中最后出版的，给人的感觉是抄袭的嫌疑最大；其次，我是一个新人，没有任何书迷和支持者。所以，你们的忠实读者在维护你们的同时，诋毁和污蔑我，认定我就是抄袭者。而且读者在知道我和你的书内容相似后，都会选择买你的书，因为你是大作家——最后，编辑气急败坏地告诉我，我的书销售量几乎为零，各家书店纷纷要求退货。”

听完他的一席话，我哑口无言了。本来，我还以为形势对我最不利，现在才知道，最大的受害者其实是他。

“还没完呢——书卖不出去，书商自然亏了本。他们以抄袭为由，拒绝支付我稿费。其实他们明明知道，我不可能抄袭！但我势单力薄，没有办法和他们对抗，只能打掉牙齿往肚里吞。最后的结果就是，我不但没能得到一分钱，还背负了一身骂名，更欠下一笔债务，不知道该如何偿还。所有不幸的事情全都集中到了我一个人身上。”

我对他的遭遇深表同情，更为自己对他所造成的间接伤害感到遗憾和不安。但问题是，他说了这么大一通，始终没能说到我最关心的问题上。陈思达显然也是这样觉得。他有些忍不住了，问道：“渔歌，你能不能告诉我们，你是怎样获得这个故事题材的？”

渔歌注视了我们一会儿：“是根据一个人的真实经历改编的。”

我和陈思达迅速地对视了一眼。

陈思达紧接着问道：“那个人是谁？”

渔歌摇头道：“这个我不能告诉你们。”

“为什么？”我问。

“那个告诉我这件事的人要我向他保证，绝对不能透露他的姓名和真实身份。”

这……和费云涵提的要求一样！我有些焦急起来：“现在发生了这样的事，特殊情况我们可以特殊处理，你没有必要再为他保密了……不，我的意思是，你就告诉我一个人，好吗？我不会说出去的。”

渔歌盯着我的眼睛反问道："那么，千秋大作家，你能不能告诉我，你的题材又是从哪儿来的呢？"

我略微迟疑了一下，回答道："跟你一样，也是根据某个人的亲身经历改编的。"

"也是那个人亲口告诉你的？"

"没错。"我注意到他说的那个"也"字，这表明他所遇到的状况和我一样！

"那你先告诉我那个人的名字，好吗？"

他反将我一军，使我一时语塞了。我在新闻发布会上都没有说出费云涵的名字，忍受了这么大的委屈，现在却要把这个名字说出来？

渔歌猜出了我的顾虑："看来，那个人也要求你替他保密吧。"

"是的。"我望着他说道，"老实说，我专程到你这儿来，就是想证实一件事——告诉我们这个题材的，是不是同一个人。"

渔歌垂下头思索了一阵："我觉得不可能是同一个人。"

陈思达此刻表现出了极大的兴致，问道："为什么你会这样觉得呢？"

渔歌说："那个人对我说，这件事他只会告诉我一个人。而我……相信他。"

"那个人也是这样对我说的。"我有些把控不住自己的情绪了，"我现在越来越觉得，这是同一个人了。"

渔歌注视着我："看起来，你是真的想说出这个名字来对证。"

"只有如此了。"我说，"本来我是打算为他保守秘密的，但现在的情形逼得我只能这样做。"

"这样做的话，我们俩就都失信于人了。"渔歌提醒道。

"我管不了这么多了。而你，又有什么好顾忌的呢？"我说，"假如真是同一个人的话，那这个人可把我们害惨了。"

渔歌再度犹豫了一阵，说道："好吧，那你先告诉我那个人的名字。"

事到如今，我只能说出来了。就在我张开嘴，刚要吐出"费云涵"三个字的时候，陈思达忽然在旁边一下按住了我的肩膀，说道："好了千秋，时间不早了，我们该告辞了。别打扰人家休息。"

我诧异地望向他，双手一摊，用眼神问道——什么意思？

陈思达和我是多年的朋友，互相之间很有默契。他一双炯炯有神的眼睛直视着我。我读懂了他眼神中传达出来的信息——一会儿再说。

陈思达拉着我的手臂站起来。“渔歌，谢谢你坦诚地告诉了我们这么多关于你创作这本书的过程。我们这一趟没有白来，现在有一点是非常明确的了——你和我的朋友千秋都是清白的，你们谁都不是抄袭者。而这件事情到底是怎么回事，我们还会继续调查下去。”陈思达从衬衣口袋里摸出一张名片递给渔歌，“如果你愿意的话，和我们保持联系，好吗？”

渔歌茫然地接过名片，木讷地点了点头。很显然，他现在跟我一样，是丈二和尚，摸不着头脑。

“那么，我们就告辞了，再见。”陈思达牵着我走出房门。

## 十三

下楼后，我们步入昏暗狭窄的小街。陈思达挽着我一言不发地朝前走。但我沉不住气了，停下来，望着他问道：“到底是怎么回事？眼看着我好不容易说通了渔歌，要他告诉我那个人的名字。为什么你突然拖着我离开？”

陈思达说：“你没必要为了证实这件事而毁约。你有没有想过，假如这个走到穷途末路的渔歌在得知费云涵的秘密后，动起了歪脑筋，跑去找费云涵敲诈勒索一番，会引发什么后果？”

我吐出一口闷气：“你真是考虑周全。但问题是，因为担心这个而不对证的话，这件事恐怕就永远没法搞清楚了。”

“千秋，你显然没弄懂我的意思。”陈思达凝视着我，“我说了，你没必要为此毁约——因为不用对证，我已经判断出提供题材给你们的是不是同一个人了。”

我睁大了眼睛：“是吗？那你告诉我，是同一个人吗？”

陈思达左右看了看，微微皱了下眉："我们非得在这里说吗？能不能找个咖啡厅，坐下来慢慢谈？"

"不，就在这里说！"我已经急不可待了，"别卖关子了，赶快告诉我！"

陈思达无奈地叹了口气："好吧，听我说……"

突然，不知从什么地方闪出几条人影来。这几个人迅速地将我们俩围住，其中一个穿着一身黑衣黑裤的瘦高个儿晃悠到我面前，油腔滑调地说道："美女，看你这一身穿着打扮，可不像是在这种地方出入的人呀。怎么，跑到这贫民窟来体验一下不一样的感觉？"

我瞪着他："你是谁呀？关你什么事？"

"看你，这么冷淡干什么？既然来了，就借几个钱给哥几个花花吧。"

我完全没有遇到这种事的经验，竟然还没意识到这是怎么回事，骂道："凭什么？滚开！"

那嬉皮笑脸的小混混儿突然变了脸色，从袖子里甩出一把弹簧刀出来，比在我面前。"美女，我可不是在请求你呀。"

抢劫！？这个时候我才清醒过来，呼吸顿时变得急促了。这时，围着我们的那几个小混混儿一起靠拢过来，把我和陈思达逼到了墙脚。

我紧张地抓住了陈思达的臂膀，而陈思达的另一只手背过来在我的手臂上轻轻掐了一下，似乎是在提示我保持冷静。

"唉，"陈思达忽然叹了口气，侧过脸来无奈地望着我，撇着嘴说："大小姐，现在你满意了？你不是专门要到这种地方来寻找刺激吗？怎么样，好玩吗？"

我紧张地心脏狂跳，陈思达却看起来一副无所谓的样子，好像我们只不过是参加了一个糟糕的旅游团。

"嘿，兄弟，放松点儿。"陈思达对拿着刀的瘦高个儿说，"你瞧，你们这么多人，我们才两个，显然不是你们的对手。所以你想要什么，尽管开口就行了。我们会好好配合的。"

"你倒是挺识趣的。"一个脸上文着一只蜥蜴的光头男人冷冷地说，"你知道我们想要什么。"

“当然。但我的意思是，你们只对钱感兴趣吗？我们手头现在也没多少现金，不过我的手机不错。”陈思达说着从裤兜里掏出手机，“新款的苹果手机，拿到二手市场也得卖3000元左右吧。”

我呆呆地望着陈思达，怀疑他是不是疯了。那几个小混混儿也显得有点困惑，好像他们从来没遇到过这么主动的受害人。

“别这样看着我，大小姐。”陈思达对我说，“你不是说从来没有遇到过抢劫吗？那我告诉你吧，这就叫抢劫。”

他转头对那些流氓说道：“抱歉，我不得不跟我不懂事的女朋友上一课。她被她那个当大官的父亲宠坏了。兄弟们，你们一定也有过这种体会——交上一个任性的女友总让人有点无奈。就拿今天来说吧，她非要缠着我陪她到这里来寻找刺激。结果还真让她达到目的了。兄弟们，你们真不该这么配合她。”

瘦高个儿眯起眼睛狐疑地盯着陈思达：“你是不是在耍我们？”

“当然不是。”陈思达一脸严肃地说，“我希望你们能给我女朋友一个教训。不然她会越来越任性的。她父亲为她配的几个保镖，她从来都不许他们跟着，每次都让那几个保镖找得好苦。不过这倒也是，我们两个约会，后面跟着几个大男人，那算怎么回事？”

陈思达又转向我说道：“还愣着干什么？把钱和手机摸出来给人家吧——哦，对了。”他对那些小混混儿说，“能让我们把卡取出来吗？那上面存的电话号码对你们没什么用，你们需要的只是手机本身。”

一个戴着帽子，用帽檐将脸遮起来一大半的男人对瘦高个儿说：“老大，我看这小子是在故意拖延时间，好让那几个保镖找到他们，我们可别上当了！”

高个子拿刀逼近我们，恶狠狠地说：“别废话了，赶紧把钱和手机交出来！”

“好吧，好吧，那我就不要卡了。”陈思达做出在裤兜里掏钱的动作。突然，他望到了前方的什么，高兴地挥手喊道，“嘿，我们在这儿，高登！李崎！”

高个子扭头一看，前方果然有几个人正在走过来。他大骂一声“该死！”然后向同伙喊道：“快跑！”

一群小混混儿落荒而逃。我愣愣地看着他们的背影消失在街角尽头。陈思达用手肘碰了我一下："还不快跑？"

他这一提醒，我才顿然醒悟，赶紧和陈思达一起朝相反的方向跑去。不一会儿，来到一条人流量较大的街道上，才停下来松了口气。

陈思达很快招了一辆的士，我们俩钻进车内。陈思达对司机说："去市中心任意一家四星级以上的酒店。"

半个小时后，的士在一家叫作"紫都饭店"的四星级酒店门口停了下来。陈思达付了车费，我们走进富丽堂皇的酒店大厅。

"我们住一起，还是分开住？"陈思达问我。

鉴于刚才发生的事情，我回答道："住一起吧。"

陈思达对前台服务小姐说："一个标间。"出示了我们俩的身份证。

乘坐电梯到了十一楼，我们走进房间。我叮嘱陈思达："把房门锁好。"

陈思达笑道："你还对刚才的事心有余悸？放心吧，到这里就没事了。"

我坐到床上，吐了口气，舒展着僵硬的身体。

"你不会今天晚上就想待在这无聊的酒店里了吧？我们不到附近的酒吧喝一杯？"陈思达说。

"算了吧，我不想再出去了。这座城市的治安实在是太糟糕了。"

陈思达哈哈大笑起来："你不能怪整座城市，只能怪我们自己要到那种地方去——每个城市的贫民区都是犯罪率最高的地方。所以，从渔歌家出来后，我只想赶快离开，你却硬要在那里说，结果真的遇到了这种事。"

"抱歉，我完全没有这种经验。"

"看得出来。"

"那个人用刀比着我的时候，我真的吓坏了。"我望向陈思达，"为什么你会这么冷静呢？你以前有过这种经历吗？"

他摇头："没有。"

"那你怎么能如此应对自如？"

陈思达看着我，提醒道："千秋，我是一个心理学家呀。"

“没错……但我真的很好奇，你怎么能临时想出那种脱身的妙计？”我忽然对这个很感兴趣，“你教教我吧，假如我以后再遇到这种事，也可以如法炮制。或者是，我还可以把这种方法写进小说中，让众多读者受益。”

陈思达微笑道：“想法是好的，但这种方法恐怕不是谁都能现学现用的，只有心理素质特别好的人才能办到。”

“说说看吧。”

“好吧，难得你对心理学如此感兴趣。”陈思达坐到我对面的床上，“首先，保持冷静是最重要的，千万不能表现出惧怕或惊慌失措，那样的话等于是露了底，会让歹徒更加嚣张。”

我点着头。

“接下来，冷静地分析。你有没有注意到，最开始，我一句话都没有说——实际上，那个时候我就是在仔细观察他们的言行举止，好判断出这是一伙怎样的歹徒。”

“你观察后的结论是什么？”

“这伙人只是小混混儿罢了，不是那种真正危险的凶徒。通过那个瘦高个儿跟你搭讪时说的话就能看得出来——真正的抢匪不会有这么多废话，他们会直接把刀比上来，在最短的时间内取得他们想要的东西。”

“嗯。”我点头，认为他分析得很有道理。

“在确定了这一点之后，我心里就有数了。接下来，我故意表现得对他们毫无惧意，更主动问他们要不要我的手机——知道我为什么要这样做吗？”

“为什么？”

“这是利用了人的逆反心理。一般被抢劫的人都会下意识地护住自己的东西——比如紧紧抱住皮包，或死死按住裤子口袋——这样反而是在提醒劫匪该从哪里下手。但我大大方方地拿出来，反倒使他们摸不着头脑，甚至怀疑其中有诈，不敢轻举妄动。人的心理都是这样——如果某种状况和自己预想的不一样，就会感到有些无所适从。我就是想要达到这种效果，让他们一时不知道该干什么。”

“我明白了。”

“在他们感到茫然的这一段时间，我开始夸夸其谈，故意将一些唬人的信息透露给他们。而我说这些话的另外一个目的，当然就是拖延时间，寻找对策。”

“真是太妙了。”我赞叹道。

“但是，这种虚张声势需要有足够好的演技和自信才行。要说得连自己都相信就是这么回事。当然，那些人可能只会半信半疑，但我已经对他们造成了一种杯弓蛇影的效应——终于，我观察到机会来了，前面走来了几个人，于是我假装看到熟人一样大声呼喊——那些之前受到心理暗示的小混混儿就像惊弓之鸟一样被吓跑了。”

我大笑起来：“高登，李崎？真有你的，这两个名字是你现起的？”

“是我两个朋友的名字，借用一下。”

我衷心地感叹道：“有个学心理学的朋友真是件幸运的事。”

“我以前就告诉过你，心理学是最具实用价值的一门学科，它可以运用在生活的方方面面——你现在相信了吧？”

“是的。”

陈思达正视着我。“千秋，其实心理学最关键的一点——你要充分考虑到对方的心理。被抢劫的人固然害怕，但你要想到，做贼心虚，歹徒可能比你更害怕。”他略微停顿了一下，“就像你遭遇的这件事一样，你认为自己受了莫大的委屈，另外两个作家大概也是。所以，我希望你能谅解他们的一些行为。”

我听出来了，他指的是安玟大闹新闻发布会的事。陈思达叫我谅解她，也许是为了劝说我放下面子去找安玟，弄清事实。但我对安玟的怨恨不是短短时日就能消除的。我咬着嘴唇没有说话。

过了一会儿，我意识到该说正题了。经那几个小混混儿一岔，我差点儿忘了起先非常关心的一个问题：“对了，你现在可以告诉我了吧，为什么你认为提供故事题材给渔歌的不会是费云涵？”

“同样是运用心理分析的方法——其实道理非常简单。”陈思达说，“首先，你想一下，假如费云涵有心要骗你——也就是说，他在拜访你之后，又找过渔歌，那他会老老实实地告诉渔歌，自己的真实身份吗？只要瞎编一个名字就行了。所以你们就算相互对名字，也是白搭。”

“但是，我们不一定仅仅对名字，还可以通过这个人的身高、长相等来判断……”

陈思达摆着手说：“别急，我还有第二个能证明绝对不是费云涵的证据。”

我静下来听他说。

“想想看，费云涵那种出手阔绰的超级富豪，假如他要拜托某位作家为他写作，他会不给那人一点好处吗？比如你，他就付了一百万。那么如果他找过渔歌，显然也会付一笔钱。但是你看看渔歌现在的处境——真的如他所说，已经落魄到一贫如洗、三餐不继了。别说一百万，我看他身上恐怕100元都拿不出来——所以，你明白了吧？”

我微微颔首。

“再说了，你想想渔歌家附近的环境，还有他那破烂不堪的廉价出租房。费云涵这种身份高贵的人，会到那种地方去吗？他要找，也只会找像你这样的著名作家。”

陈思达的话完全说服了我，现在我已经能彻底排除这个可能性了。但同时，我又感到有些沮丧：“这么说，我们到T市来这一趟，不是没起到什么作用？”

陈思达睁大眼睛看着我，好像我说了什么不可思议的话。“你怎么会这样认为呢？千秋，我们这一趟收获很大呀！”

“比如说呢？”

陈思达激动地坐到了我旁边来：“我们确定了一件事——渔歌的小说也是根据某个人所提供的素材写出来的，而且这个人肯定不是费云涵，而是另外一个和费云涵有相同经历的人——这证明我之前的第三种猜测是正确的！”

我思索了片刻：“那么，我们现在该怎么办呢？”

陈思达瞄了我一眼：“我觉得，如果你能不计前嫌，去找安玟的话……”

他说到这里就停了下来，因为我已经在摇头了。

“陈思达，抱歉……虽然你是在为我的事情奔波，我也知道你是为我好。但是，不是脸面的问题，我现在对安玟的反感和厌恶情绪太严重了。我根本无法坐下来和她好好谈话。况且，她还可能不待见我呢……所以，请你理解我。我真的做不到。”

“好的，我理解。千秋，我不会强迫你的。”

“其实，我倒有个想法……”我说，“我们明天再去找渔歌一次，想办法套出那个提供题材给他的人的联系方式，然后我们……”

陈思达摆手打断了我的话：“这个办法不妥。渔歌根本不会告诉你，因为那摆明了就是要陷他于不义。你想想看，如果他叫你提供费云涵的联系方式，你会告诉他吗？”

我一下泄气了：“这么说来，我们没办法继续进展下去了。”

“那倒也不至于。”陈思达深思着，“你让我想想……不过有一点是可以肯定的——我们继续留在T市没什么意义了。明天就乘班机回去吧。”

“嗯。”我点了下头。

“好了，累了一天，休息吧。我先去洗澡你不介意吧？”陈思达一边说着，一边开始脱衣服，在我面前毫不顾忌地脱得只剩一条平角短裤，露出性感、匀称的身体。

“你……咱们同住一室，你可要守规矩呀。”我的脸微微有些发烫。

陈思达听我这么说，竟然向我靠拢过来，一双火热的眼睛注视着我。他双手撑在我身体两边，有种要压下来的趋势。我不由自主地向后倒，却发现这样做其实是在迎合他，因为我最终会仰面躺在床上。

“你……你要干什么？”我的心怦怦乱跳，眼光尽量不放在他那身泛着古铜色的，健壮、结实的肌肉上——这是我记忆中完美的身材吗？

“如果我要不守规矩的话，十年前就不守了。”陈思达说完这句话，突然哈哈大笑，然后直起身来，转身进浴室去了，嘴里还哼着一首小曲儿。

我瞪着他的背影，双唇紧闭，面颊绯红。

# 十四

回到我所在的城市后，陈思达又连续陪了我几天。他从心理医生的角度建议我，要多做一些令身心愉悦的事情，这样才能调整好心态，走出之前那件事的阴影和困扰。我听从了他的建议。于是，这几天我们玩了个痛快——游乐场、风景区、电影院和酒吧都留下了我们的足迹。而每顿饭，陈思达都安排得精巧而富有新意——我们吃遍了泰国菜、日本料理、巴西烤肉、麻辣火锅……尽享人生的乐趣。

至于该怎样继续调查那件事，这几天陈思达只字不提。我不知道他是胸有成竹、早有打算，还是已经想不出下一步了——或者，他是希望我心情好起来后，同意去找安玟？总之，我也没提这件事——我长期沉溺在枯燥、单调的写作生活中，好不容易重获久违的快乐，只想紧紧把它抓住，不愿任何扫兴的事情将它赶走。

事实上，经过几天的玩乐，我的心情好多了。我相信自己已经走出了那件事的阴影。有些时候我甚至在想——不一定非得再调查下去了，大家总会渐渐淡忘这件事的。只要我再写一本新书，就能转移大家对前一本书的关注（这本《反光》的下部，我准备暂时不写）。我还能再次获得我曾经拥有的一切。

然而不幸的是，这显然是我一厢情愿的想法。**这件事情远远没有结束。实际上，之前发生的事只是一个序幕，各种恐惧莫名、匪夷所思的状况从现在开始才慢慢浮出水面。**

早上九点半，罗敏打来了电话。当时我和陈思达正在商量今天到哪里去游玩。结果这通电话无情地将我拉回到那件我不想再提起的事件中。

“千秋，出事了，你知道吗？”手机听筒里传来罗敏焦急的声音。

她上一次用这种语调说话的时候，是告诉我抄袭事件——不知道为什么她总是会比我先发现这些糟糕的事情。这次我有点没好气地回答道：“怎么了？又发现谁的书和我的一样？没关系，再来十个八个也是那回事。”

“不是！你知道吗？**那个叫渔歌的作者昨晚在家上吊自杀了！**”

我震惊地张大了嘴，呆住了。一旁的陈思达看出不对劲，走到我的面前来。

“他……为什么会自杀？”我问罗敏。

“不知道，网上那篇报道没说原因，只是猜测他可能因为精神压力过大，或生活现状所逼，走投无路，所以才会自杀。”

我再次感到惊讶：“这么说，他没有留下遗书吗？”

“是的。”

陈思达瞪着一双眼睛看着我，好像已经猜到发生什么事了。他快步走到书桌前，打开我的笔记本电脑。

我缓缓坐到沙发上，忘了手里握着电话，喃喃自语道：“不可能呀，才短短几天时间，他怎么就自杀了……”

这句细语被罗敏听到了，她顿时警觉地问道：“千秋，你说什么？”

我一愣，呆了几秒，只有告诉她实话：“几天前，我和一个朋友去T市找过渔歌……”

“什么！”电话那头大叫道，“你去找过他？你跟他说了些什么？”

我大吃一惊：“罗敏，你这么问我是什么意思？难道你怀疑他自杀和我有什么关系？”

“唉，这……”她显得有些难以启齿，“不是我这么认为。而是，你和他的关系……有点微妙。任何人听到你这样说，都会……唉，你懂我：意思吧。”

我吸了口气，不得不承认她说的有理。

“千秋，有谁知道你去找过渔歌？”

我紧咬着嘴唇想了片刻：“应该没有人知道吧……我没告诉过任何人。当然，现在你知道了。”

“我不会告诉别人的。但是，我真的很好奇，你到底去找他做什么？”

“我想问问他，他那篇小说的题材是怎么来的。”

“他告诉你了吗？”

“告诉了。”

“是怎么来的？”

“他说也是根据一个人的亲身经历改编的。”

“啊！千秋，我就说过，一定是告诉你那个人，又……”

“不，不是这样的。罗敏，你误会了。”我烦躁地按住额头，有些不知道该怎样向她解释。

“那到底是怎么回事？”

“我不知道。我就只了解这么多，其他的他也没告诉我……哦，他说这件事对他打击很大，而且他已经穷得揭不开锅了——就这些。”

“然后呢？你又对他说了些什么？或者是……做了什么？”

“天哪！”我忍不住叫起来，“你还不如直接问——‘你到底是怎么把他逼死的？’”

电话里沉默了几秒。罗敏再次开口道：“千秋，我不是这个意思。但是你自己想想……你刚去找过他几天，他就自杀了，就是傻瓜也会认为这里面一定发生了什么。”

“噢……”我长叹一声，眼睛朝上方翻了一下，尽量克制住自己的情绪，“罗敏，你听好了。我只是去找他了解一些情况——关于那本书的情况。我对他非常客气、礼貌，没说任何过分的话，更没提出什么过分的要求。我拜访他的整个过程只有不到半个小时。我说的话和做的事都绝对不可能伤害到他——老天啊，我甚至还安慰了他！所以你现在明白了吧，他的死和我扯不上一点儿关系。我问心无愧。我不害怕接受任何人的质问——就这样，谢谢你告诉我这个信息，还有什么事吗？”

罗敏在电话里叹了口气：“千秋，你跟我发脾气干什么？我只是关心你，不希望你再惹上什么不必要的麻烦。”

我意识到自己的态度确实不好，改用缓和的语气对她说：“是的，我知道你是好意……抱歉，我只是有些激动。倒霉的事情怎么一件接一件？”

“好了，千秋，只要你自己问心无愧，那谁也找不了你的麻烦。希望这件事对你没什么影响。我要继续工作了。”

“你已经找到新的工作了？”

“是的。”

“哪一家？”

“多芬图书公司。”

我扬了一下眉毛：“不错呀，是家大公司。”

“嗯。咱们随时保持联系，以后可以再次合作。”

“好的，再见。”

我挂了电话后，陈思达立即走过来，坐到我身边：“我在网上了解了渔歌上吊自杀的情况。”

“怎么说？”

“我猜罗敏大概已经跟你说得差不多了。”陈思达告诉了我更详细的情况，“他是昨天晚上自杀的。有一点很怪——**他上吊自杀在屋中，竟然连房门都没有锁，**所以路过的人很快就发现了，但那时他已经死了。”

“没锁房门……也许他是故意想让别人发现他的尸体？”

“有这种可能。但对于一个要死的人来说，这点重要吗？而且，**有一个不合逻辑的疑点。**”

我望着陈思达：“是什么？”

**“他没有留下遗书。”**

我沉吟一下：“你认为这点说明了什么？”

陈思达伸出双手比了一下：“你想想看，他郁闷和懊丧的是什么？就是大家都怀疑他抄袭。如果他要自杀，为什么不写张遗书来把这件事说清楚？这样不明不白地死了，还是无法证明他的清白。而且，渔歌的房子里最多的就是各种书、稿签纸和笔。他随手一摸，都能够抓到纸和笔——在这种情况下，他居然不写份遗书就自杀了，不是很违背常理吗？”

我想到了渔歌的落魄状况：“也许，他只是因为经济原因才自杀的。”

陈思达摇头道：“我觉得不像。他的穷困潦倒不是突然来临的，而是一个长期的状态。他早该对自己的拮据状态有所适应了，应该具有一定的韧性。我不认为他会因为贫穷而自杀。”

“而且还有一点！”陈思达像是忽然想起了什么似的，睁大眼睛说，“你记得吗，我们离开他家的时候，我拿了一张我的名片给他，叫他和我联系。他当时接了过来，还点了头。表示他心中还是有希望的，他还没有放弃他的人生。为什么短短几天时间，就想不开了呢？”

听了陈思达的分析，我忍不住问道：“那你觉得是怎么回事呢？难道他不是自杀，而是被谋杀的？”

陈思达从沙发上站起来，双手抱在胸前，缓缓摇头：“谋杀……有谁会去杀像他这样一个穷作家呢？杀了他有什么好处？而且，我相信警察不会这么笨，连自杀和他杀都分不清楚。”

我双手一摊：“那我就不懂了，你觉得他不像是自杀，又否定了他杀。那你觉得到底是怎么回事？”

“我没有说他完全不可能是自杀……”陈思达思忖着，“但我在想，会不会还有另外一种可能性……”

我愕然道：“除了自杀和他杀，还有什么会令一个人吊死？”

陈思达突然用手指指向我，把我吓了一跳。“对了，”他说，“我在想的正是这个。”

“什么？”我茫然地望着他。

陈思达凝视着我说：“在你们写的那个故事中，主角是不是会看到一张上吊的脸？”

不知道为什么，他说的这句话令我后背冒起一股凉气。我咽了口唾沫，答道：“是的……在反光的物体中。”

他持续盯着我：“你不觉得很巧吗？自杀的方式有很多种——现在已经很少有人会选择“上吊”这种古老而传统的自杀方式了。因为上吊自杀是一件很麻烦的事——它会让人痛苦而缓慢地死去。但渔歌为什么偏偏要选择这样一种死法呢？”

“也许……他就是受了这个故事的影响。”我的身体有些发冷，说出来的话竟然在颤抖。

陈思达缄默了。好几分钟后，他说道：“现在我们掌握的情况太少了，仅仅根据网上的报道，我无法做出准确的判断。**但我有种直觉——渔歌的死一定不是普通的自杀，其中必有隐情！**”

“那你打算怎么做呢？”我问道。

陈思达严峻地对我说：“千秋，现在出了人命，不能再考虑情绪或面子了——**我们必须去和安玟见一次面。**”

沉默良久，我对陈思达说道：“好吧，我同意。但是，三天之后我们再去。”

“为什么？”陈思达问道。

“我没法马上和那个姓安的女人见面。希望三天时间够我调整心态，稍微减轻对她的怨恨。

陈思达想了想：“好吧，你到时候别改变主意就行。”

## 十五

同样是拜托罗敏，我问到了安玟的电话和住址。罗敏得知我居然要去找安玟，惊讶无比。我没怎么过多解释，只说回来之后再告诉她详情。

安玟住在离我所在的城市不算太远的S市。其实我倒不介意坐火车慢慢去——反正和这种女人会面绝对不是件令人期待的事。但陈思达却比我心急——硬要拉着我去乘坐飞机。也罢，快去快回最好。

一个多小时我们就抵达了S市。我当然不会提前电话联系安玟——我打算直接去她家，就像她到我的新闻发布会现场一样，做一个不速之客。陈思达好像猜到了我的心思，他显得有些担心，好几次提醒我不要将这次会面变成一场闹剧——我们是来寻求真相和事实的。其实我也明白，但具体状况，要看到时候那女人的态度了。

下飞机后才下午三点，但我以疲倦为由，拒绝马上去找安玟。陈思达没办法，只有和我先去一家酒店订了房间。我躺到柔软舒适的床上后，居然真的一觉睡到了六点钟。之后，我们到酒店附近的一家韩国烤肉店吃饭。

我点了用于烧烤的牛小排、羊肉和里脊，还点了一个大份的海鲜火锅以及冷面、寿司，另外还叫了两瓶清酒。陈思达张口结舌地望着我，我猜他正对我做着心理分析。

果然，侍者刚一离开，他就不安地说道："千秋……希望不是我理解的这样——你……不会是在做大战前的准备吧？"

"什么大战？"我假装不懂。

陈思达盯着我，那眼神是——你知道我指的是什么。

我笑了出来："你想多了吧？我只是饿了。"

陈思达挑起一边眉毛，端起杯子喝了几口麦茶。

不一会儿，各种美食端了上来。我们把温热的清酒倒入雅致的小杯中，碰了一下杯。我一饮而尽，陈思达略微顿了一下，也把酒干了。接着，我极具雅兴地自己动手烤肉，不慌不忙地品尝美食。陈思达始终显得有点心不在焉。

这顿饭足足吃了一个半小时，走出那家餐厅时，已经是晚上八点多了。陈思达之前就看了好几次手表，现在终于忍不住说道："千秋，我们能去做正事了吗？"

我借着酒劲装迷糊："好啊，接下来是去唱歌还是看电影？"

陈思达双手抓住我的手臂，严肃地说："千秋，别这样！现在可不是开玩笑的时候。你知道我们是来这里干什么的！"

陈思达大概无论如何都想不到，我竟然顺势就倒在了他的怀里，双手抱住他的腰。我闭着眼睛，柔媚地说道："你忘了吗？十年前，我们两人到S市来玩。那时，我们都还是青涩懵懂的大学生呢。"

陈思达静了下来。过了好一会儿，他说道："是啊，从那以后，我就再没来过S市了。"

我抬起头来，望着他："我也是。"

"真的吗？"陈思达露出诧异的表情。

"真的，不只是这里，我们以前一起去玩过的地方，我几乎都没再去过。自从你跟那个叫叶帆的女生在一起之后……”

“好了，千秋，别再说了，那都是以前的事了。”陈思达将我轻轻拥住。

我们伫立在街头，相拥相偎，旁若无人。霓虹灯下，身体交织在各色光彩之中，恍若坠入时空隧道。我们就这样回到了青葱岁月，回到了十年前的那一个晚上。

很显然，我们陷入往日情中，无法自拔了。此刻，我挣脱了陈思达的怀抱，但仍然娇媚地望着他，撩动长发：“今晚，我们别去想那些不开心的事，试着寻找昔日的快乐吧——人生没有多少这样的机会。”

陈思达温和地点着头：“好的，所有事情都丢到明天去吧。”

“你还记得，十年前那个晚上，我们是怎么玩的吗？”我有意考他。

“当然记得。”他笑道，“那时我们俩都在上大学，没什么钱，不能去那些高档场所，只有去逛老街的夜市。”

“没错。”我心中涌起一股暖流，“我们就是去逛的夜市。”

“想去重温一下吗？”他问道。

“当然。”我挽着他的手臂。

陈思达和我相视而笑。他抬起手，准备招出租车。我把他的手按了下来：“我们走路去吧。”

“很远啊。”

“有关系吗？”我靠在他的肩头。

陈思达抿着嘴笑了一下。我们朝老街的方向走去。

跟十年前一样——还是我们记忆中的那条老街，还是那熙来攘往、热闹非凡的夜市。甚至，我们还认出了以前光顾过的一家冰品店的胖老板。漫步在吵闹的夜市，我们挨着将那些小工艺品摊、小饰品摊逛了个遍。我买了一对5元钱的装饰耳环戴上，将钻石耳坠取下来放入口袋——今晚，我要做回十年前的自己。

虽然已经吃不下了，但我们还是在好几个小吃摊前坐了下来，点了些好久没吃过的特色小吃，细细品尝，只为找回心中那久违的感动。

在回忆的小巷漫步到十点半，我们才依依不舍地返回酒店。

接下来会发生什么，自然是顺理成章的，这谁都想得到。

不，你错了。

## 十六

还是陈思达先洗的澡。我穿着睡衣从浴室出来的时候，他倚靠在床头，被子盖住腰部以下，上半身赤裸着，双手背在脑后，散发着性感诱人的气息。他直视着我，眼神中的意味不言而喻。我站在他面前，妩媚地望着他，并不急着过去。我要撩动他的神经，将他充分点燃。

果然，他忍不住了，坐起来，跪在床上，一只手伸出来想要拉我。被子从他的身上滑了下去，我隐约瞥到他下面什么也没穿。顿时，我脸红心跳，却又故意躲避他的手——欲擒故纵是激情戏最好的前奏。

他抓到我了，一下将我拖过去，拥入他宽阔的怀中。我轻轻叫了一声，对他来说可能像是一粒兴奋剂。他的双臂紧紧搂住我，嘴唇慢慢在我的脖子和脸颊游走，我感觉到了他厚重的喘气和鼻息。我再也无法自恃了，闭上双眼，任由他摆布。

他的唇刚刚和我的唇相接触，立刻让我像触电般颤抖了一下。很久没有这种感觉了。我正准备全情投入，一件十分扫兴的事情发生了——我的手机响了起来。

陈思达迟疑了一下，我搂住他的脖子，轻声说："别管它。"

陈思达继续亲吻我，但在这极不协调的手机铃声中，起先的气氛荡然无存。我们俩都有些懊恼，陈思达叹了口气，对我说："接吧，别误了事。"

我极不耐烦地抓起床头柜上的手机，按下接听键，没好气地问道："谁呀？"

"是我……千秋。"一个听起来局促不安的声音，顿了许久，"我是安玟。"

什么？安玟！她居然会主动打电话给我？我瞪大了眼睛，望向陈思达。现在房间里很安静，他也听到了电话里的声音，同样惊讶地望着我。

"你找我干什么？"我问道。难道她知道我来了S市？

"千秋，抱歉，实在是太对不起了……"她接连道歉，诚恳的语气中带着焦虑不安，甚至是恐惧，"我现在知道了，我错怪了你……你根本就没有抄袭我的小说。我都……明白了。"

她突然这样说，让我一时不知该说什么好。我愣了几秒，问道："你明白什么了？"

"我……我可能说不清了。总之，**渔歌死后，我像是突然悟到了什么。之后，我看了我们三个人的书，然后就什么都明白了**……"她的声音越发急促起来，就像是有人在追赶她似的。

"等等，你说清楚些！什么意思？我们三个人的书怎么了？你到底明白了什么？"我被她搞得也紧张起来。我开始感到有点不对劲了。

"啊，千秋……"她的声音混杂着无穷无尽的惊悸和恐惧，仿佛此刻正有一个怪物在窗外瞪着她。"我……我不知道该怎么说……我害怕极了！"她好像哭出来了，大声尖叫道，**"总之你记住，所有答案就在我们三个人写的书中！"**

说完这句话，她那边没声音了，但电话并没挂断。我被惊骇而异样的感觉笼罩着，心怦怦狂跳，我对着听筒大声喊道："安玟，安玟！喂，你还在吗？"

陈思达在一旁问道："怎么了？电话断了？"

"没有。"我看了一眼手机："电话没断，现在还正在通话中。"

"你再叫她试试。"

"安玟，喂，喂！"我大声喊道，然后对陈思达说，"她没挂电话，但就是不说话！"

"那你听不听得到她那边的声音？"

我仔细聆听。"能听到一些窸窸窣窣的微小声音，但听不清是在做什么！"

"拿来我听一下。"陈思达把手机从我手里抢过去，紧紧地贴在自己耳朵上。我看到他的眉头越皱越紧。

"怎么了？你听到什么了？"我焦急地问道。

陈思达摇着头。"听不清，好像是一个人在默不作声地搬着什么东西，或者正在做着什么事……"他神色严峻地看着我，"我有种很不好的感觉！"

我惊恐地望着他。

“安玟那边一定出什么事了！”陈思达说。

“那……我们怎么办？”奇怪，我现在一点都不恨这个女人了。

陈思达略微思索：“赶紧报警！”

“用我的手机？”

“不！你的手机一直保持通话状态，再仔细听听那边的动静。”陈思达摸出手机，“我来报警，你把安玟的住址告诉我！”

我慌乱地摸出一个小本子，上面记载着安玟的地址。我递给陈思达，突然又按住他的手：“等一下！你怎么跟警察说呢？我们又不知道那边发生了什么事。万一不是我们想的那样呢？”

陈思达说：“相信我，我能从所有状况中判断出，她那边一定出事了！”

我不再阻止他。陈思达快速地拨通了报警电话。他告诉警察，刚才我们在跟安玟通电话的时候发生了意外状况，怀疑安玟遭遇了某种危险。他向警察提供了详细的地址。

报警之后，陈思达穿上了衣服。显然，我们不可能继续缠绵了。电话还在通话中，我将手机放在柜子上，切换成免提——那种窸窸窣窣的声音仍然断断续续地传过来，听起来诡异莫名，让人衍生出各种恐惧的猜想，不寒而栗。

我们坐在床上，忐忑地守着传来怪声的手机。陈思达将我搂住，使我感觉没那么害怕，但仍然全身发冷。突然，我听到电话里清楚地传来“砰”的一声，就像是什么东西倒在了地上。之后，就什么声音都听不到了。

这清脆的一声将我和陈思达吓得心惊肉跳，两人都抖了一下。静默了许久，我们俩看着彼此，一脸骇异的神情。

“陈思达……你说，刚才那一声，会不会是……”我已经吓得语无伦次了，全身都在发抖。

“别胡思乱想。”陈思达对我说，但我从他的神情中看出，他分明也联想到了电话那头发生的事。

接下来，电话里就是死一般的寂静。几分钟后，我终于受不了了，一把将手机抓过来，按下挂断键。

陈思达挽着我的肩膀说：“好了，千秋，别再想这件事了。睡吧，不管安玟有没有出事，明天早上我们就知道了。”

我点点头，靠在他的胸口。只有这样，才能稍稍减轻我的恐惧感。

二十分钟后，陈思达的手机骤然响起。看来，我们不用等到明天就能知道结果了。

## 十七

“你好，是陈思达先生吗？”手机听筒里传出一个男人低沉的嗓音。

陈思达一愣，随即答道：“是的。”

“我是S市公安局刑侦科的王乐新。刚才是你打的报警电话，对吧？”

“对。”

“我们想向你了解一些情况，请你和千秋小姐继续待在万泰酒店，十分钟之后我们在酒店的大堂见面，可以吗？”

“……好的。”

挂了电话，陈思达坐在床上发愣。我问道：“怎么了？是警察打来的吗？他说什么？”

陈思达吸了口气，又吐出来：“现在的警察堪比中央情报局的调查员了。他们已经查出了我们现在正在S市的万泰酒店里。”

“你说‘我们’？”我想确定他是不是语误。

“没错，是我们——他们知道你现在和我在一起。”

我感到惊讶：“怎么可能？”

“其实也没什么好奇怪的。我用手机打了报警电话，警察可以利用职权查出这个号码的所属，再加上我们之前用身份证在公安联网的酒店登记过，所以他们很轻松就能查到了。”

“那他们干吗还打电话过来确认？直接找上门来不就行了？”

“我想他是出于礼貌，毕竟我们又不是嫌疑犯，同时间接告知我们——警察是神通广大的，我们的一切都在他们的掌握之中。”

我紧蹙眉头：“警察找我们，是不是意味着……安玟真的出事了。”

“多半是。”陈思达翻身下床，“穿衣服吧。警察十分钟后就到，约我们在大堂见面。”

现在已经快接近凌晨一点钟了，很明显发生了十分紧要的状况，否则警察不会这么着急地找我们了解情况——看来安玟是凶多吉少。此刻虽然已是深夜，但我全无睡意，迅速穿好衣服，再简单地补了下妆，就和陈思达一起乘电梯下楼。

来到酒店大厅，我看到一个倚靠在总台前的中年男人正在抽烟。他看到我们后，向我们迎面走来。靠近的时候，他从衣服内兜里摸出警察证，出示给我们看，同时说道：“两位好，我是王乐新。”

“你好，王警官。”陈思达开门见山地说，“你找我们，是不是因为安玟那边出事了？”

王警官不置可否：“麻烦两位跟我到局里去一趟吧，配合调查。”

说完这句话，他就转身向酒店门口走去，根本没有商量的余地。我和陈思达只能跟着他走。

警车里还有一个警察，坐在驾驶员的位置。我们都上车后，王警官对他说了声：“开车吧。”

警车将我们送到公安局。进入刑事侦缉科的办公室，王警官拖过来两把椅子请我们坐下，他坐在办公桌后面的一把皮转椅上，直视着我们。

王警官身材高大、宽肩蜂腰，从见面到现在一直紧绷着脸，极具威慑力，一看就是那种不好打交道的人。和他面对面坐在一起，任何人都会感受到一种无形的压力。

他注视了我们一会儿，问道：“你们现在知不知道安玟的情况？”

我和陈思达对视一眼，几乎是一起回答：“不知道。”

“你们说的‘不知道’，是指不知道她是死是活，还是不知道她发生了什么事？”

陈思达想了想：“第二种。”

王警官盯着他：“但是你刚才报了警，说她可能会遭遇危险。”

“没错。”

“你凭什么这样认为？”

陈思达说：“是这样的。我们在酒店的时候，接到安玟打来的一个电话。她显得十分不安，而且非常恐慌。她说了些不清不楚的话，然后就不说话了，但是电话却没有挂机——我们感到不对劲，所以就打电话报警。”

王警官埋头思索着，似乎在判断陈思达这番话的真假。过了一会儿，他问道：“她跟你们说了些什么？”

陈思达望向我。王警官立刻明白了，他问道：“电话是打给你的吗，千秋小姐？”

“是的。”

“你和安玟的关系好吗？”

“一点儿都不好。”我如实告诉他。

“那她为什么跟你打电话？”

“我不知道。也许她想告诉我一些事情。”

“什么事情？”

我觉得这个警察的态度令人生厌，他问话的语气就像是在审问嫌疑犯。我有些不悦地说道：“警官，你能不能先告诉我们，安玟到底出什么事了？”

他缄默了一会儿，说道：“我们接到你们的报警电话后，就赶到了安玟的家中，发现她自杀了。”

我的心仿佛被重重地击打了一下。我闭上眼睛，几秒钟后再睁开：“她是不是……上吊自杀的？”

“没错，你怎么知道？”王警官眯起眼睛问我。

我现在心里很乱，不知道该怎样回答他的问题。虽然我早就料到结果了，但当这恐惧的猜想被证实的时候，我还是深感震惊和恐惧。

“还是回到之前的问题吧，她在自杀前打电话给你，说了些什么？”这个警察不打算给我喘息的机会，继续逼问。

我眉头深锁，烦躁地说道：“警官，这件事有些复杂，我不清楚你是否了解安玟和我之前发生过的一些事……不知道该从何说起。”

“就从今晚说起。”

我有些疑惑地望着他。

“千秋小姐，我既然能准确叫出你的名字——嗯，是你的笔名。那我当然就知道你的职业和基本情况。你和安玟同为作家，而且最近因为出版物方面的事发生了一些纠纷，还有一个叫作渔歌的作者——他已经死了。”说到这里，他停了一下，“好了，不用再说下去了吧。我告诉你这些，是希望你能明白，我们警察在办案之前不会什么都不了解的。所以你尽管把知道的事情告诉我们就行了，不用担心我会听不懂。”

虽然他说得轻描淡写，但我看出来了，这个警察不是平庸之辈。

“可以告诉我了吗？安玟打电话给你说了些什么——这个问题我已经问了三遍了。”他并没有表现出不耐烦，“实际上你知道，我完全可以到移动公司提取你们的通话记录，但是，我还是希望你能亲口告诉我。”

我顺了口气，厘清着自己的思绪：“好吧，警官。既然你调查过关于我和安玟之间的事，那你就该知道，我和她几乎可以说是仇敌。所以今晚安玟打电话给我，完全出乎我的意料。她一开始是向我道歉，说错怪了我，知道我根本没有抄袭她的小说——这太突然了，我根本反应不过来。接着，她开始说一些莫名其妙的话，我根本听不懂她在说什么。”

“没关系，把她的原话或者是大概意思告诉我——她说了些什么莫名其妙的话？”

“她说，渔歌死后，她突然悟到了什么……”我竭力回忆着，“最后她说——所有答案就在我们三个人写的书中——我实在不明白这是什么意思。”

王警官用了大概半分钟的时间来思考我说的这些话。接着，他问道：“然后呢？”

“然后电话里就没声音了，但是她又没挂机。”

“那你挂机了吗？”

“没有，我紧张地握着手机，仔细聆听那边的动静，想知道发生了什么事。”

“你听到了什么？”

“我听到了一阵窸窸窣窣的声音，”现在想起来，那无疑是一个人在摆弄着一段绳子，我的身体颤抖起来，“……几分钟后，我听到‘砰’的一声，之后就一片死寂了。”

“你们猜到可能发生的事了吗？”

我没说话。陈思达回答道：“老实说，我们有些猜到了，只是不敢肯定。”

王警官把办公桌的抽屉打开，摸出一个纸袋：“我这里有几张刚才拍摄的，安玟自杀现场的照片，你们想看看吗？”

我和陈思达对望了一眼，猜不透这警官拿这些照片给我们看意欲何为。

“要看吗？”他再次问道。

“……好的。”陈思达咽了口唾沫，把纸袋接了过来。

陈思达看了我一眼，似乎是在征询我的意见。我的目光没有躲避。他缓缓从纸袋里抽出一张照片。

我的目光刚一接触到这张照片，全身的血液都冻结了起来，令我浑身冰凉——一个身穿睡裙的女人吊死在客厅中间，绳子是系在顶灯上的。那张脸和我记忆中令人憎恶的面孔已相去甚远。她一脸青紫，眼球外凸，舌头伸出口腔外长达十厘米，恐怖骇人到了极点——我不敢再多看一眼，立刻将头扭到一边，并紧紧捂住嘴，害怕会突然忍不住呕吐起来。

陈思达也不愿再看下去了，他将那张照片塞回纸袋，递给王警官。

王警官将照片重新放回抽屉里。继续向我们提问：“你们是昨天才到S市的？”

“是的。”陈思达回答。

“来干什么？”

我觉得如实回答会让人觉得非常可疑，但我只能如实回答：“……我们就是来找安玟的。”

“找她干什么？”

“了解关于她那本书的事。”

“那你们找到她了吗？”

“没有。”

“为什么？你们昨天什么时候到的？”

“下午三点左右。”

“然后呢，你们做了些什么？”

“我有些累了，就去酒店休息。六点在附近一家韩国烤肉店吃饭。之后我们去逛老街的夜市。”我索性把所有行程一股脑儿说了出来。

“非常休闲和惬意的安排。”王警官带着些许讽刺的腔调说，“但是，你们不是来找人的吗？”

“没错，但我们必须当天就找吗？不能第二天找？”

王警官突然说道：“也许你们知道没有‘第二天’了。”

我心中一惊，问道：“王警官，你这么说是什么意思？”

“随便说说，没什么意思。”他继续问道，“安玟知不知道你们要来找她？”

“不知道。”

“你事先没和她联系？”

“是的。”

“但她却在晚上跟你打了电话，好像知道你来了S市。”

这点也是令我感到困惑的。“我不知道……也许她根本不知道我来了S市。这只是个巧合。”

“总而言之，你来了之后几小时，她就死了。”王警官意有所指地说，“当然，的确有可能是巧合……”

突然，他锐利的目光向我射来：“那么渔歌呢？据我们的调查，在渔歌自杀之前，你也到他所在的T市去过，而且目的就是去找他。之后，他也吊颈自杀了——千秋小姐，这会不会也是巧合？”

他这番话令我陷入极为不利的局面，已经非常明显地表示出了对我的怀疑。我的脸因愤怒和窘迫而开始充血发烫：“警官，坦白地说，我不知道这是不是巧合。我也非常想弄明白他们为什么会上吊自杀。实际上，不只是这件事——对于近段时间我所遭遇的种种难以解释的怪异状况，我都非常困惑！只有一点是我可以理直气壮告诉你的，那就是他们两个人的死，跟我一点儿关系都没有。话说回来，我有什么方法能使得两个人自杀？警官，我不得不提醒你——他们是自杀的！但你刚才说那些话的意思，就像是我杀了他们一样！”

“他们是不是自杀，我们会调查清楚的。”王警官不温不火地说。

见鬼，他连这个都开始怀疑了。我懒得继续跟他说下去，从椅子上站了起来：“太好了，警官，希望你尽快得出结论。如果没有别的事，我想回酒店睡觉了。”

陈思达有些迟疑地跟着我站了起来。王警官十指相扣，稳坐在皮转椅上，对我们说道：“没问题，你们可以回酒店休息了。只是，近几天内可能还要麻烦两位配合我们警方调查，所以你们暂时不能离开S市了。”

我和陈思达面面相觑。陈思达带着愠怒说道：“王警官，我们已经非常配合了，把所有实情都告诉了你。你还要我们怎样呢？”

“你们说的那些话，我都要去挨着考证。”他明确地说出了对我们的不信任，“所以你们当然不能马上离开了。”

“那是你们警方的事情——你恐怕没有权利强制把我们留在S市吧？”陈思达有些不客气地说。

王警官缓缓地从皮转椅上站了起来，双手撑在办公桌上，盯着陈思达的眼睛，轻声道：“相信我，我可以采取若干种官方形式把你们暂时扣留在S市。但我不想这样做，所以只是口头上告知你们。希望你们不要逼我采取那些强制性的措施，好吗？”

他说话的口吻很温和，却蕴含着一种不怒自威的气势。我和陈思达无奈地瞪视着他。半晌之后，陈思达牵起我的手，一言不发地离开了公安局。

# 十八

回到万泰酒店，已经是凌晨两点半了，但我和陈思达却没有一丝睡意。恐惧的阴影笼罩在我们心头，周围的空气压抑而沉闷。

我们俩一起靠在床头，沉溺在各自的神思中。过了许久，我望向陈思达，问道："你在想什么？"

陈思达扭过头看着我，微微张了下嘴，显得有些欲言又止："……没什么。"

我凝视他好一阵，畏怯地说道："其实你在想的跟我一样，是吗？——三个写这个题材的作者，已经死了两个，下一个就轮到我了吧。"

"怎么会呢？千秋。"陈思达吃惊地看着我，"他们两人是自杀的呀。只要你没那个念头，就不会发生这种事！"

我黯然道："是吗？你真的认为他们是在'自愿'的情况下上吊自杀的？渔歌我是不清楚，但是安玟——她在死之前跟我打了电话！她说的话你也听到了……还有，她那种惊慌失措、不由自主的感觉——怎么看都不像是自杀前该有的样子！"

我悲哀地望向陈思达："虽然我不是学心理学的，但我知道，你其实比我更清楚——他们两个人绝对不可能是简单的自杀，而是有一种恐怖而神秘的力量在驱使或逼迫他们这样做！你没把这点说出来，是不想吓着我。实际上你心里知道——他们之后，我就是下一个！"

"别这么说，千秋！"陈思达抓住我的双臂，"我才不会这样想呢！没错，我是在思考这个问题，但我想的是——怎样通过目前的线索揭开他们两人自杀之谜！"

"那样能救我吗？"我战栗地问道。

"你不会有事的，千秋，我向你保证！"陈思达将我抱在怀中，"相信我，我会尽最大的努力来找出真相。在那之前，我会一直陪在你身边！"

我在陈思达怀中啜泣着："思达，我真的很害怕……我有种很不好的感觉。不是现在才有的——安玟跟我打过电话之后，我就有这种感觉了——这次，我恐怕真是遇到了邪门儿的事。**所有迹象都表明，我们真的被诡异、难以解释的灵异事件缠上了。**费云涵告诉我的那件事，就像是一个致命的病毒，它蔓延到我们身上，令我们遭遇或面临死亡的危机！"

陈思达沉寂了片刻，疑惑地说道："可是，费云涵和另外两个真正经历这件事的人，他们本身却没事——为什么是记录这件事的作者遭遇不幸呢？"

"谁知道呢？也许……他们最终也逃不过同样的命运。"我悲观地说。

陈思达摇着头说："不对，现在的状况，怎么看起来都不对。"

我迷茫地望着他："你说什么不对？"

"千秋，你听我说。现代心理学认为——**任何事物都是有规律可循的，**哪怕是一个疯子，他所做的事情也不会是毫无道理。那么，不管我们现在所面对的是人为事件还是灵异事件，都应该符合一定的规律，但是现在的所有逻辑都是乱的！"

我没听懂他的意思："你能说具体一些吗？"

陈思达的双手在我面前比画了一下。"我们这样来看——另外两个提供构思的人，我们不认识，就暂且不说他们吧。"他将大拇指弯曲到掌心，表示这是第一点，"费云涵说他在二十年前就出现这种状况了，但他直到现在还没事。而渔歌和安玟显然是在不久前才得知这件事的——他们很快就死亡了。这就令人十分费劲——**到底导致死亡的'契机'是什么？**"

我颔首道："我明白你的意思了——那么，**抛开费云涵不说，渔歌和安玟的死亡顺序有没有什么规律？**"

"我也正在想这个问题。"陈思达眉头紧锁。

我暗自思忖了一阵，突然想到一种可能性："会不会是……"但还没说出口就被自己否定了，"嗯，不会是这样。"

"你想到了什么，说出来吧。"陈思达说，"任何可能性都值得探讨。"

"我本来想说——会不会是我们出版书的顺序，但是不对。"

"为什么不对？"

“我记得罗敏告诉过我——安玟的书是在6月出版的；我的是在7月；而渔歌的书是在8月出版的。也就是说，以出版顺序来排的话——**安玟第一，我第二，渔歌第三**——但现在是渔歌最先死，安玟第二个。顺序完全不对。”

陈思达若有所思地点着头：“那么，可能是其他顺序……”

沉默了一刻，我“啊”地低呼了一声，对陈思达说：“对了，我想起渔歌说过一句话，他说出版公司明明知道，他不可能抄袭——我当时就有些疑惑，可惜没及时问他。”

“你觉得他说这句话有什么意义吗？”

我向陈思达解释道：“以我对出版界的了解，有时会出现这样的情况——如果一个知名的大牌作家完成了一部书稿，出版公司会很快就安排出版；但是像渔歌这样的新人，有时候完成的稿子已经交给出版社很久了，却还在排队等候之中……”

陈思达非常聪明，没等我说完就明白了：“你的意思是，渔歌实际上可能是你们三个人中最快写完这部小说的，但只是出版的时间被拖到了最后？”

“对，所以他才会说，出版公司非常清楚他不可能抄袭！”

“我懂了。”陈思达点着头说，“如果是按照写完稿子的顺序来排的话，可能正好——**渔歌第一，安玟第二，你第三。**”

我全身发冷：“**这……就是目前的死亡顺序。**”

陈思达见我吓得脸都白了，赶紧安慰道：“别紧张，千秋。不一定真是这样。这只是我们的猜测而已。”

“如果这真是死亡契机的话，意味着什么呢？”我心悸胆寒地问道。

陈思达埋头思索了一会儿，猛地拍了下大腿：“对了！安玟在死之前说了一句‘所有答案就在我们三个人写的书中’！我差点儿把这个都忘了——**这是一个非常重要的线索！**”

“没错。”我连连点头。恐惧和忧虑差点让我把这个重要的提示都忘了，**“她一定是想在死之前提醒我什么！”**

陈思达急切地问道：“你看过安玟和渔歌那两本书吗？”

我摇头："没看过。我只是从媒体资料上了解过这两本书的内容简介——和我那本书的题材和情节非常接近。"

"就是说你一直没细看过？"

"是的。"

"好了，我知道该怎么做了。现在赶紧睡觉，明天一早我们就去书店买那两本书。"陈思达显得非常激动，"我敢说，将你们三个人的书放在一起比较和研究，一定会有重大发现！"

## 十九

第二天上午，我和陈思达来到S市最大的图书城。安玟那本《镜中的女人》和我的《反光》很快就找到了，分别买了一本。我在书店的电脑上查询渔歌那本《诡脸》，竟然没有。回想起渔歌告诉我们的情况，估计是书店嫌销路不好，退货了。我和陈思达只有到别的书店去问。经过两个多小时的苦苦寻觅，终于在一家中型书店找到了唯一一本《诡脸》，我们俩如获至宝，赶紧将它买了下来。三本书在我手中凑齐了。

为了节省时间，我们俩中午饭都没有吃，在路上买了几个面包，就匆匆回到酒店，像病入膏肓的患者找到了治病的医书一样如饥似渴地阅读起来。

这一看，我们几乎忘记了时间——倒不是说安玟和渔歌写得有多吸引人，而是我完全没把他们的书当作小说，而是作为重要资料来仔细研究。下午六点钟的时候，我看完了那两本书。陈思达还在埋头苦读——他要比我多看一本（我不用看自己那本）。利用这段时间，我找出酒店的便笺纸，将三本书中的一些关键之处记录下来，以便一会儿和陈思达探讨。

七点过一点儿，陈思达把三本书都看完了。他揉着酸痛发涨的眼睛说："真要命，自从大学毕业以后，我很久没有这样连续几个小时看书了。"

“我也是。”

“你饿了吗？”

“有一点儿。”

“那我们就在这里吃吧，请服务生送过来。”

“好的。”

陈思达拨通酒店餐厅的电话，点了几个菜，要求二十分钟之内送到我们房间。在等待的这段时间，我们暂时没有谈论关于三本书的事，各自活动筋骨，放松精神——我想陈思达跟我一样，在看这些书的时候是全神贯注、神经紧绷的。几个小时下来，自然非常疲累。

饭菜送到了，我们迅速地进餐，然后打电话请服务生将碗盘收走。接下来，我们开始探讨正事了。

我问陈思达：“你有没有通过这三本书发现什么问题？”

“你呢？”他反问道。

“三本书的共同点——都是以一个人会在反光的物体中看到一张上吊女人的脸为线索，引发后面的一系列事件或谜案。”我总结道。

陈思达点着头。

“但是，之后的情节设定就不一样了。”我把刚才用于记录的便笺纸拿过来，指给陈思达看，“我把每本书的内容简单归纳了一下——渔歌写的那本《诡脸》，讲的是男主角搬到一所新房子居住后，经常在反光物中看到一张上吊女人恐怖的脸。他向附近的人了解情况后，得知这所房子之前曾有一个中年女人在这里上吊自杀。而现在这个幽灵似乎在暗示自己，其中有着隐情。最后男主角经过调查发现，当初这个中年女人并非上吊自杀，而是被人谋杀后假装成自杀现场。这个幽灵的目的，就是要他为自己找出真凶并报仇雪恨。”

“嗯，概括得很好。”

“安玟那本《镜中的女人》，其实我认为在情节设置上更加新颖——她写的是女主角因为失恋而上吊自杀了，变成了一个无法超度的孤魂野鬼。这个鬼魂因为始终忘不了自己的男友，悄悄到男友的住所去看他，没想到竟然发现了男友抛弃自己的真正原因。这个鬼魂被彻底激怒了，变成一个凶恶的厉鬼，想尽各种方式恐吓和折磨那个负心的男人——其中主要的方式就是让他在各种反光物中看见自己上吊自杀时的恐怖模样。最后，那个男人在开车时看到反光镜中的诡异面孔而出了车祸，自己也变成了一个鬼魂。”

“这个故事的确很有新意——女主角不是人而是一个鬼魂。而故事最后两个鬼魂的对话也让人感觉意味深长。”陈思达说，“好了，最后是你的《反光》。”

“我写的是这样一个故事。”这个我太清楚了，不用记在便笺纸上，“主角从十多岁起，就会在所有反光的东西中看到一张上吊女人恐怖的脸。他凭记忆把这张脸画了出来，并四处搜寻关于这张脸的信息。最后，他发现这竟然是一个在几十年前真实存在过的女人，而各种情形表明，这个女人可能正是他的前世。”

“你的故事好像写到这里就结束了。”

“是的，因为这是上部，原计划还有下部。”

陈思达思索片刻，问道：“千秋，你当时在写这个故事的时候，为什么会想到用‘前世’来做解释？这是你自己的构思吗？”

“不完全是……”我回想着，“是费云涵说的一句话令我想到这一点的。”

“他说了什么？”

我咬着嘴唇想了一会儿：“他告诉我，他时常会有种感觉——那个（出现在反光物中的）吊死鬼女人好像就是他自己一样。”

陈思达蹙起了眉头。

“你在想什么？”我问道。

“没什么。”陈思达看了下便笺纸，“你还记录了些什么？”

“我将每本书中‘吊死的女人’的资料做了下统计——包括她们的名字、年龄、外貌特点。我不知道这些有没有意义。”

“名字应该是没有意义的。很显然，谁都不会把提供故事素材的人的真实名字写进书中。但年龄和外貌应该是有意义的。”陈思达望着我，“其实，我在看的时候也注意到了年龄这个问题。”

“你发现了什么？”我问他。

“在你的故事和渔歌的故事中，那个上吊自杀的女人都是四十岁左右，但在安玟的故事中，这个女人的年龄是二十岁。”

我费力地思索着，却理不出个头绪，只有问道：“这意味着什么吗？”

“我先问你，你为什么会将那个上吊女人的年龄设定为四十岁？”

“这是根据费云涵所提供的素材而定的——他看到的就是一张四十岁左右的女人的脸。”

陈思达伸出双手在我面前比画着：“好，那么现在我们来假设一下——安玟和渔歌会不会也和你一样？”

“你是说，他们设定的年龄也是源于各自的提供者？”

“没错。”

我懂了：“你的意思是，提供故事给他们的人——其实也就是亲身经历这些事情的人——分别在反光物中看到的是一个四十岁的女人和一个二十岁的女人。”

“对！如果真是这样的话，那我们也许可以做出一个大胆的猜想——**曾经有三个女人，两个四十岁左右，一个二十岁左右。因为某种原因，一起上吊自杀了！**”

我吓了一大跳：“你为什么会得出这样一个结论呢？”

“不能说是‘结论’，只是‘猜想’。”陈思达更正道。

“为什么你会认为这三个女人是‘**一起**’自杀的？”

陈思达看着我：“千秋，从目前的所有状况来看，难道你会认为这三个上吊自杀的女人是毫无关系的吗？”

我缄口不语了。过了一会儿，我问道：“那么，假如你的猜想是真的，又说明了什么呢？”

陈思达将床头柜上的一支笔抓过来，将便笺纸翻开一页，一边写一边说道：“千秋，心理学当中，有这样一种解决难题的方法——当我们觉得一件事情毫无头绪的时候，就将它化繁为简，只关注其中最关键的部分。就拿我们现在遇到的这件事来说吧——整个过程非常复杂。那么，现在我们将这件事中的几个关键词提炼出来，看看能不能有所发现。”

说完这番话的同时，他已经在纸上写好了几行字，将便笺纸递给了我：“这几个关键词令你想到了什么？”

我接过便笺纸，看到上面这样写着：

**年龄不同＝出生日期不同；**

**一起上吊自杀＝同一天死亡；**

**原因疑为：约定自杀。**

我将纸上写的内容反复读了几遍，突然想到了一句话，一下就说了出来：**“不求同年同月生，但求同年同月死！”**

“没错……”陈思达刚要说什么，突然从窗外刮进来一阵冷风。随即，屋内的顶灯和床头灯都开始忽明忽暗地闪烁起来。我的背脊骨立刻泛起一股凉意，全身的寒毛都直立起来。

**我们是关了窗子的。**

是我亲手关的，我记得很清楚。但现在，我们瞪着一双惊惧的眼睛，看到阳台上的窗户已经向内推开了。

我赶紧抱住陈思达，但深深的恐惧却同时攫住了我们俩。灯泡还在闪烁着，我从来没遇到过这样的事，紧张得呼吸短促、动弹不得。

大概半分钟之后，异常状况消失了，一切复归于平静。我们等待了一阵，陈思达站起来，迅速地走到阳台上去将窗子关拢。他走回来，惊骇地对我说道：“千秋，我想我们大概猜对……”

“别说了！”我按住他的嘴。他感觉到我在瑟瑟发抖，将我拖过去紧紧抱住。

陈思达用他宽厚的手掌轻轻抚摩着我的背，安慰着我：“好的，我们不说了……”

我们抱在一起，许久才挨过这恐惧的时刻。

本来，我以为刚才那一刻就足够恐怖了。但实际上，**这天夜里发生的事，才让我感受到什么叫作心胆俱裂。**

# 二十

小山坡上的一棵大枣树下，三个女孩用细竹竿打着树上的枣子，有说有笑。几个人看起来都是十三四岁模样，看那还没发育的身子就能明白。成熟的红枣掉落一地，三个女孩用手捡起来，也不擦两下，就直接送到嘴里去吃。打累了，地上的落枣也够多了，三个女孩就坐在树下，随手捡着地上的枣子吃。一边吃，一边望着对方傻傻地笑，然后聊一些女儿家的事，看上去好不惬意。

但过了一会儿，一个扎着麻花儿辫子的女孩便显出忧愁来，说道："唉，我们三个这样玩耍的日子，以后怕是不多了。"

接话的女孩儿生得浓眉大眼，看上去像个小子。她纳闷地问道："巧妮儿，干吗这么说呢？"

那个被唤作巧妮儿的女孩垂着头，讷讷道："我娘叫我嫁人了……"

"这是好事呀！"另外一个穿着件花棉袄的女孩儿拍起手来，"这下可好了，巧妮儿也要当媳妇了，跟我一样咯！"

巧妮儿瞪了她一眼："别乐了双凤，你知道我要嫁的是谁？"

双凤问道："谁？"

巧妮儿苦着张脸说："牛庄的老杨头。"

"哎呀，就是那个跟各家收米到城里去卖的老杨头？他该有六十岁了吧？"扎麻花儿辫的女孩儿惊讶地问道。

"可不是吗，燕子（可能是那扎麻花辫女孩儿的小名）姐，我以前看到老杨头，都叫他爷爷。你说现在……"巧妮儿快哭出来了。

双凤问："你娘怎么让你嫁他呀！"

巧妮儿说："我娘说老杨头虽然老了点儿，身子骨还是挺硬朗的……还有，我娘说嫁给他以后就不愁没饭吃了。"

燕子有些急了："话是这么说，可你嫁过去是做小妾呀。"

双凤接连点着头，附和道：“而且我常听柱子哥说，老杨头那个老婆可厉害了，长得牛高马大不说，吵起架来五个女人都骂不过她。你嫁过去做二房，那还不得天天看她脸色？”

巧妮儿捂着脸哭起来：“我知道！所以我才害怕呀！嫁给老杨头倒也罢了，一想到他老婆，我就浑身哆嗦。”

双凤说：“你把这些告诉你娘，就说你死也不嫁呗。”

“我娘哪会不知道这些。但她哭着对我说，我们家五个女儿，爹娘实在是养不起了，只有嫁一个算一个。双凤姐、燕子姐，你们说，嫁人这种事，哪有我们自己说了算的？”

燕子问道：“这么说，这门亲事你娘已经定下了，改不了了？”

巧妮儿苦涩地点着头：“我娘把老杨头送的聘礼和钱都收了，日子也订好了。”

燕子气呼呼地说道：“这哪里是嫁女儿，分明是卖女儿嘛！”

双凤叹道：“莫管是嫁，还是卖，咱们女儿家的命，总是不能自主的。”

燕子咂了咂嘴，好像不赞同双凤的话，三个人中，她是最有反叛精神的。她拉着巧妮儿问道：“你娘定的日子是哪天？”

“就是12月，大雪（节气）那天。媒婆说她看了日子，那天最适合婚嫁。”

燕子叫道：“哎呀，那不就是下个月吗？”

“是啊，可把我愁死了。”

“你真的要嫁呀？”

“要不还能怎样？我有得选吗？”

燕子咬着嘴唇不说话。双凤是过来人，她拉着巧妮儿的手说：“妮儿，我看你就别愁了，认命吧。咱们女人总是要嫁人的。”她的语气变得酸涩起来，“你嫁给老杨头，兴许比我强呢。”

巧妮儿和燕子都看着她，不解地问道：“怎么会呢？”

双凤长叹一声：“今儿要不是说起了这些事，我都不愿意告诉你们。我家的那个小弟弟（注：双凤是童养媳，“弟弟”是她对自己小丈夫的称呼），唉……”

燕子问道：“他怎么了？”

双凤忧伤地说：“我十二岁时就嫁到那边了，每天伺候我那个未满四岁的小丈夫。那时他不会说话，路也走不好，我以为是他年纪小……现在他五岁多了，还是不怎么会说话、走路，就连吃饭、解手都不会。喂他吃饭倒不要紧，可每天晚上他都在床上放水拉稀，哭闹不休……我这才知道，出嫁时没人跟我说，我那个小丈夫其实是个傻子。我公婆别的都不指望，就盼着他长到十多岁和我圆房，好传宗接代。可我一想到一辈子就得这样守着一个傻子过活，心里就难受……”说到这里，双凤一阵心酸，抹起眼泪来。

燕子吃惊地说：“啊……以前从没听人说过你丈夫是傻子呀。”

双凤拭着泪说：“我公婆好面子，对外一概没说。就连我爹娘当初也被他们瞒了，现在知道也迟了。我娘说嫁鸡随鸡嫁狗随狗，只能如此了。”

双凤的遭遇引得另两个女孩又以她作为同情的对象。三个人互相拉着手，一起长吁短叹。过了一会儿，巧妮儿说道：“燕子姐，看来我和双凤姐这一生已成定数了。现在就只有你还是自由身，以后你可一定要嫁一个自己喜欢的男子，别像我们一样。”

燕子听到这话，显出一脸焦虑和尴尬，整张脸都涨红了，像是想起了什么特别难堪的事。巧妮儿不解，问道：“你怎么了？”

燕子掩饰道：“没……没什么……”

双凤看出了端倪，有些不悦地道：“燕子，我刚才都把夫家的事实话告诉了你们。你有事却遮遮掩掩，不愿对我们说，你可把我们当作好姐妹？”

燕子望向两个姐妹，样子十分为难。过了好一会儿，她憋出一句话来：“我这辈子……不能嫁人了。”

“为什么？”两人好奇地问道。

燕子想了想，话既然都说到这儿了，不如和盘托出，免得又说自己不够意思。她对两人说：“我告诉了你们，你们可不能告诉别人。”

“嗯。”

“可千万不许说呀！”

“这是自然，咱们姐妹间的秘密，怎么能对别人说？”双凤说，巧妮儿也跟着点头。

燕子又犹豫了一阵，终于豁出去了：“去年端午节的时候，咱们三个人和柱子哥（注：从语境中判断，柱子哥是和三个女孩青梅竹马的一个男孩）去城里看划龙舟，你们还记得吗？”

“记得呀。”

“后来我们走散了，你们俩一起回去的，我和柱子哥一起回去的。”

“嗯，怎么了？”

燕子抿着嘴憋了好久，涨红了脸小声说道：“回来的路上，我们路过一片小树林，柱子哥把我给……坏了。”

“啊！你们……”巧妮儿忍不住大叫起来。燕子赶紧捂住她的嘴：“别嚷！让别人听见了！”

过了许久，两个女孩儿才稍稍平静下来，三个人都羞红了脸。巧妮儿问道：“燕子，这事儿没别人知道吧？”

“当然没人知道，要不我可别活了。”

“那事儿……到底是什么滋味儿呀？”双凤脸红心跳地问道。

“哎呀，讨厌死了！”燕子羞得转过头去，却忍不住咯咯地笑，“反正你们以后总会知道的！”

双凤说：“你要是不说，我们就去问柱子哥了。”

燕子叫道：“你敢！”说着向双凤扑了过去，巧妮儿做出要帮双凤的架势。三个女孩儿嬉笑着打闹在一起。

闹累了，她们静下来歇气。巧妮儿一下想起了什么，说道：“哎呀，燕子姐，你以后总是要嫁人的呀。到时候你丈夫发现你已经破了身，那可怎么办呀？”

“你给我小声点儿！”燕子紧张而羞臊地打量四周。

双凤压低声音道：“燕子，说真的，这可是件大事呀。我们这儿的女孩儿，如果让夫家知道她在嫁人前就破了身，可是要‘沉潭’或‘发卖’的呀！”

“燕子姐可以嫁给柱子哥呀，那就没关系了。”巧妮儿说。

燕子幽幽地说：“不行，已经有人跟柱子哥提过亲了，据说他娘也答应了……”

“那你怎么办呀？”

“我刚才就说了呀，我这辈子都不嫁人了。”

“可这种事儿哪是由你定的呀。到时候媒人上门提亲，你爹娘只要一答应，眼瞅着就得过门儿呀！”双凤有些着急起来，“你也有十四了吧？我看这事儿就快了！”

燕子有些不知所措起来：“那……怎么办呀？”

双凤责怪道：“你呀，就像个傻姑一样，怎么干出这种糊涂事来！”

“那能怨我吗……”燕子低声嗫嚅。

在枣树下坐了许久，三个人都没能想出个主意。最后，双凤悲叹一声：“唉，我们女儿家活在世上，怎么就这么苦呢？所有的繁文缛节，好像都是冲着我们来的，根本没法反抗。甚至……连性命都不能由自己来主宰。”

巧妮儿跟着叹息，就燕子没开腔。半晌后，她突然说道：“谁说性命不能自己做主？”

双凤和巧妮儿都看着她。

燕子颇为神秘地对她们说：“你们知道‘**花园**’吗？”

两个女孩儿一齐摇头：“什么花园？”

燕子压低声音道：“我也是听老一辈的人说的。说这世上，有一个只有幸福快乐，没有痛苦悲伤的地方。在那里，有吃不完的好东西和穿不完的新衣裳，而且我们女儿家在那个地方，就跟男人一样平起平坐。老辈儿的人把那里叫作‘花园’。”

双凤和巧妮儿听得入神了，被带入了无比奇妙的幻想和憧憬中。过了好一会儿，双凤问道：“有这么好的地方？我怎么没听说过？”

“我也是小时候无意间听我奶奶她们说起的。她们不愿让我们知道这些。你想呀，要是大家都到花园去了，那还了得。”

巧妮儿睁着一双圆眼睛问道：“为什么呀？这么好的地方，干吗不去呀？”

燕子沉默片刻，说道：“**因为那个地方，只有死了才能去。**”

双凤和巧妮儿都愣了。过了一会儿，巧妮儿说道：“燕子姐，你不会是在逗我们吧？”

“谁逗你们呀。”燕子一本正经地说，“我已经决定了，我要到花园去！”

巧妮儿惊讶地问道：“真的吗？”

“当然是真的！”

巧妮儿想了一会儿，说道：“那我也跟你一起去！”

“巧妮儿，你……”双凤愕然地看着她。

“双凤姐，我要去！与其嫁给老杨头当小老婆，还不如去寻找这个幸福美好的花园呢！”

“你们真的相信有‘花园’吗？”双凤担忧地说，“如果只是老一辈的人编出来的呢……”

“那也没关系。”燕子说，“反正我的事要是在出嫁后让夫家知道了，也会被‘沉潭’，那我还不如现在就去花园呢！”

“对！要我嫁到老杨头家活受罪，兴许比死了还难受。我宁愿赌一次！”巧妮儿挽住燕子的手臂，好像她们已经结成同心。巧妮儿问道，“双凤姐，你呢？你不是也活得难受吗？咱们三姐妹不如一起去花园，过那幸福快乐的日子吧！”

燕子也说道：“是啊，双凤，那样咱们三姐妹就可以天天在花园里无忧无虑地玩耍了，那多好啊！”

双凤想了好久，毅然做出决定：“好，我跟你们一起去花园！这种日子我真是受够了！”

“太好了双凤姐！”巧妮儿兴奋地抱住双凤，燕子也聚拢过来，三个人抱在一起。

“咱们约个时间吧。”燕子说。

“你说吧，燕子姐。”巧妮儿说。

燕子想了想，说：“巧妮儿，你出嫁的日子是下个月大雪那天？”

“是啊。”

“那我们就定在这个月小雪这天，好吗？”

“好！”两个女孩一起点头。

双凤问：“我们怎么去花园？”

燕子思索着说：“投河吧，那样最方便了。”

“不不不……河水太冷了，难受死了。”巧妮儿皱眉道。

“那我们吊颈。”燕子说。

这回，两个女孩儿都没意见。

“欸，我们那天穿什么衣服呀？”巧妮儿问道。

“当然得穿最漂亮的衣服，咱们还得好好打扮一下，漂漂亮亮地去花园。”燕子说。

“嗯！我把出嫁那天的红棉袄穿上。”巧妮儿问双凤，“你也有红袄子吧，双凤姐？”

“有，出嫁时穿的。”双凤说。

“可惜我没有。”燕子遗憾地说。

“没关系，燕子姐，我们陪你到镇上去买根红头绳，一样能打扮得漂漂亮亮的！”

“嗯！”燕子高兴地点头。

三个女孩就这样欢欢喜喜地订好了吊颈之约，相约在小雪这天共赴花园。

## 二十一

农历，小雪。

燕子和巧妮儿早早就到了约好的地点——村里一所废弃的木房子。她们在这里翘首以盼，等待双凤的到来。

巧妮儿瞒着家里人跑了出来，穿上了本来为出嫁那天准备的红棉袄。燕子没有嫁衣，穿了一件只有在节日里才会穿的花衣服。两人都把头发梳理整齐，并绾了一个发髻，像两个新娘子。燕子的头上扎着新买的红头绳，看上去喜气洋洋的。

约好的是上午，但双凤中午过后才匆匆赶来。她也穿上了红袄子，打扮得像两年前出嫁时那般漂亮。在木房子聚拢后，巧妮儿埋怨道："双凤姐，你怎么这么久才到呀？我和燕子姐在这里等了好几个时辰了。"

双凤说："没办法呀，我弟弟上午好像有什么预感似的，又哭又闹，死死抓着不让我离开。我好不容易才把他哄睡了，还得等我公公婆婆他们都睡了，才敢穿着这一身跑出来。"

"罢了，总之来了就行。"燕子指着屋子中间的一根横梁说，"等你的时候，我和巧妮儿把绳子都系好了。"

双凤抬头一看，这才发现屋子中间的一根房梁上，已经并排系好了三根用于上吊的绳子，垂下之处是拴好的绳套，供脑袋伸进去。下面摆着三个木凳子。

双凤看到这情形，不由得心生寒意，她咽着唾沫，眼神中流露出恐惧的神色。

燕子看出双凤有些迟疑，问道："双凤，你不会是后悔了吧？"

双凤支吾道："没……没有啊。"

燕子望了她一阵，忽然将巧妮儿和双凤的手一起拉住，说道："我们来订一个誓约吧，一会儿吊颈的时候，我们三个人同时把踩在下面的椅子踢开，如果我们有人临时反悔没这样做的话……"

"那就怎样？"巧妮儿问。

燕子想了想："**那先死的人就投胎转世，等着她下辈子继续执行！总之，我们三姐妹要一起去花园。**"

"对，一定要一起去花园！"巧妮儿坚定地说。

"嗯，一起去花园。"双凤跟着重复。

三个女孩儿订好了誓约，走到房子中间，各人踩上一个木凳。她们双手抓住绳套，脑袋伸了进去。燕子和巧妮儿一脸的庄严和期待，双凤浑身颤抖。

"咱们一起说那句话，然后就同时踢掉凳子。"燕子说。

"嗯。"巧妮儿点头。这句话是她们早就想好了的。

"咱们三姐妹，**不求同年同月生，但求同年同月死！**"三个人一起说道。双凤的声音很微弱。

燕子和巧妮儿说完之后，毫不犹豫地踢倒木凳。她们俩的身体猛地往下一沉，悬在空中。

双凤不知道是怎样想的，她在说完那句话后，兴许还在犹豫之中，并没有立刻踢掉凳子。而此刻，她看到两个姐妹都已经成功地上吊了！她惊恐地瞪大了眼睛，看着她们的脸由于窒息而变成了酱紫色，她们的眼睛在不断往外凸出，舌头不由自主地伸出口腔，越伸越长，看上去痛苦万分，那模样真是恐怖到了极点。

双凤双腿打战，脸色苍白，整个人都吓傻了。而最令她心悸胆寒的是，她看到燕子鼓出的眼睛一直盯着自己这边，其中的意味不言而喻。一段时间后，燕子和巧妮儿彻底不动了，双凤再也受不了了，她尖叫着从木凳上跳下来，发疯似的狂奔出这间木屋……

接下来，就像是经历了一段很长的时光。

再次看到双凤的时候，她看上去已接近四十岁，那傻瓜丈夫也有二十五六的模样，他们身边还有一个十多岁的男孩，长得像双凤，也像他父亲。双凤整日忧伤无神、面容憔悴。她常从睡梦中惊醒，号啕大哭，喊道："燕子、妮儿，我对不起你们，你们放过我吧！"

画面忽然又是一转，只见双凤在自家房梁上套着绳子，她将绳索套在头上，一脸释然，缓缓说道："燕子、妮儿，我来了。我来迟了二十多年，但我还是来了，你们就别催我了。"

凳子一倒，双凤的腿悬在了空中。她穿着红袄子、大花裤和红布鞋，就跟二十多年前出嫁时一模一样。

## 二十二

"啊——"我骤然醒来，浑身战栗。往脸上一摸，全是还未风干的泪。我坐起来，情不自禁地掩面而泣。

“啪”的一声，床头灯亮了。陈思达看见我半夜起来坐在床上哭泣，不知出了什么事。他赶紧跳下床来，坐到我身边，挽着我的肩膀问道：“千秋，怎么了？”

我扑到陈思达怀中，哭得更厉害了：“思达，我……我做了个梦。”

“做噩梦了吗？没事了，没事了……”陈思达拍着我的背安慰道。

“不，不是普通的噩梦。这个梦太真实了，一切就像是发生在我眼前一样！”我又想起了那令人胆寒的画面，“那三个女孩儿，就在我面前上吊自杀了！”

陈思达惊诧地望着我：“什么？”

“在梦中，我看到了三个旧时的女孩儿，十三四岁模样。她们因为各种原因，相约在同一天上吊自杀。但是其中一个叫双凤的女孩儿临时反悔了……”我将梦境的内容告诉陈思达。

陈思达听完后，思索了一阵：“你说她们在吊颈自杀前说了一句‘不求同年同月生，但求同年同月死’？”

“对！这个梦就像是在告诉我，当年发生了什么样的事！”

“你觉得这个梦境中的人和事是真实存在过的？”

“要不然呢？我怎么会做这种梦？”

陈思达摇着头说：“千秋，你知道‘日有所思，夜有所梦’吧。这句话是有科学依据的。我们在睡觉之前谈论了这件事，睡着之后，大脑皮层中的潜意识还处于活动状态，所以会导致你做这样的梦。”

我愿意相信陈思达的解释，但我还是怀疑刚才那个梦绝非寻常。那种感觉实在是太真实、太清晰了。我现在都能清楚地记得那三个女孩儿的长相，还有她们吊颈自杀时的恐怖模样，她们的声音此刻还回荡在我耳边。一切就像是发生在几分钟之前。

陈思达见我缄口不语，猜我是惊吓过度。他说：“我去给你倒杯水吧，喝点温开水就好了。”说着从我的床上站了起来。

他从我身边移开的一瞬间，我猛然看到白色被单上的一样东西。当我看清楚那是什么之后，脑子一下炸开了，浑身像筛糠一样猛抖起来。

“思达……你……快过来……”我吓得已经无法说出一句完整的话了，双手紧紧地抓住被子，身体蜷缩起来。

陈思达回过头，顺着我的视线看到了被单上多出来的那样东西。他把它拾起来，纳闷地问道："这条红色的绳子是哪儿来的？"

我知道，我知道这是什么。我刚才在梦中见过这东西——**这是燕子头上那根新买的红头绳！**现在，它竟然就在我面前，甚至还是那么新，就像这么多年，它一直待在另一个世界，此时才重现人间一般。

陈思达拿着这根红头绳走过来，问道："这是谁的呀，千秋？你知道吗？"

"别拿过来！"我大叫一声，吓得惊恐万状。陈思达定在原地，微微张开嘴，似乎有点猜到是怎么回事了。

"把这东西丢掉！"我大声喊道，"它不是这个世界的东西！"

陈思达依我所言，走到阳台去打开窗户，将红头绳抛到空中。

他走回来，搀着我的肩。我紧紧掖着被子，靠在他身上。突然间，我什么都想通了。之前经历了这么多惊悚的事件，此刻我反倒不那么害怕了。我抓着陈思达的手说："我全都明白了！所有的一切我都知道是怎么回事了！"

陈思达凝视着我。

**"那三个女孩儿在吊颈自杀之前，曾立下一个誓约——如果有人没死的话，先死的人就投胎转世，等着她下辈子继续执行！**结果那个叫双凤的女孩临时变卦，违了约。于是，燕子和巧妮儿转世之后，一直等待着双凤。"我睁大眼睛对陈思达说，"你懂了吗？费云涵和另外两个提供故事素材给渔歌和安玟的人，就是这三个女孩儿的转世！他（她）们在今世有着同样一个梦魇——反光物中出现的上吊女人的脸，正是他（她）们前世的模样！"

陈思达张口结舌，似乎感到难以接受。他顿了许久，说："可是，如果她们已经投胎转世了，那就已经有了实实在在的躯体，又怎么能像鬼魂一样向你托梦呢？"

"是**执念**。"这是我在梦中深切感受到的，"她们在临死前所订的那个誓约，就像上吊的绳子一样将她们三个人紧紧拴在一起，这种执念形成了一种不可思议的力量，超出了常人的理解范畴——但这就可以解释为什么费云涵（以及另外两个人）能在反光物中看到异象，而我又为什么会梦到她们当年的情景了。”

“这种怪事发生在费云涵和另外两个人身上，我能理解。但为什么会发生在你身上呢？这件事跟你又没有关系。”陈思达说。

我思索着说：“我想，那是因为费云涵他们没能悟透这件事，所以冥冥之中那股力量要求我将当初这件事写出来，以此来唤醒费云涵他们的记忆！”

突然我又想到了与之关联的事情：“啊……这正好就可以解释，为什么渔歌和安玟都遇到了不测，而我没有——因为他们的书写错了方向，而我的书写对了——整件事情真的是跟‘前世’有关！”

陈思达露出骇异的表情：“这么说，渔歌和安玟真的是被那转世后仍在作祟的鬼魂害死的？这真是太匪夷所思了。”

“的确令人难以置信，但这是目前唯一能解释所有状况的可能性了。”我说。

陈思达双眉深锁，思忖了好几分钟，说道：“没错，这样一切都联系起来了。但是有一点，我觉得有些不对。”

“哪点不对？”我问道。

“时间有些对不上呀。”陈思达说。

“什么意思？”我没听懂。

陈思达略微厘清了一下思路：“你说的那个梦境中的内容——比如童养媳、娶二房等，都是旧社会才会发生的事情。尤其是‘纳妾’这件事。据我所知，自1919年‘五四’运动之后，‘一夫一妻制’就实行起来，并被写进了民国的‘婚姻法’。像孙中山、蒋介石当年都是这样，只有一个老婆。也就是说，你梦中发生的事至少是1919年之前的事了，而现在是2011年，距离当时最少也有九十多年。千秋，你懂我的意思了吗？”

我仍然迷茫地摇着头。

陈思达说：“你梦中看到的是三个十三四岁的女孩儿，她们吊颈自杀后，如果转世投胎，那这个人活到现在最少该有九十多岁了。另外两个人我们不认识，暂且不谈，但费云涵的年龄就完全对不上呀。”

我说：“但是她们三个人并没有一起死呀，双凤就活到了接近四十岁。”

“费云涵现在也才四十岁多一点儿，就算加上双凤后来多活的那二十多年，还是凑不到九十岁呀。”

我皱起了眉头。

“还有一点。”陈思达继续说道，“如果费云涵看到的是双凤，那另外两个人看到的又是谁呢？燕子和巧妮儿当时都只有十多岁，但渔歌写的是一张四十岁女人的脸，安玟写的是一张二十岁女人的脸——这是怎么回事呢？全都对不上。”

我想了想：“其实这也没有什么解释不通的。渔歌和安玟写的毕竟是小说，也许他们各自按照情节的需要，将年龄改了吧。”

“那费云涵的年龄对不上又作何解释？”

我深思许久，只有说：“投胎转世这种事情，现代科学尚无法解释。谁知道它遵循着怎样的规律呢？人死之后，是立即投胎转世，还是要等待一段时间，谁也无法得知——这件事情，早就超出我们的认知范畴了。”

陈思达不予置评，若有所思。过了片刻，他问道：“如果所有事情真如我们推断这样，那你打算怎么办？”

我仰面叹息：“我还能怎么办？那鬼魂把红头绳都送到我面前了，分明就是暗示我将梦境中的事情写出来。如果我不照做，恐怕下场就跟渔歌和安玟一样吧。”

陈思达迟疑着说：“可是……你有没有想过，如果这本书上市之后，费云涵和另外那两个人看到了，真的唤醒了前世的记忆，会发生怎样的事？”

我黯然道：“我没想过，我也不愿意去想。如果这真是他们前世的孽缘，那总该做一个了结的。他们会不会看到我的书，或者看到后会怎样，那已经不是我所能预想和操控的了……”

我抬起头来，悲哀地望着身边的男人：“思达，我只想活命。”

陈思达一言不发地将我抱住。

## 二十三

接下来，我们又在S市待了几天。公安局的王警官大概在进行了一系列调查之后，发现我们确实没有什么问题，电话通知我们可以离开S市了。我和陈思达立刻乘坐当天的飞机回到自己所在的城市。

陈思达要回去工作了。我知道，他不可能一直陪在我身边。其实共同经历这件事后，我们俨然已成为一对恋人。但可惜的是，我们互相都没有点穿。也许是我们已经习惯独身的生活了吧，又或者是这件事情没有得到最终的解决，我们谁都没心思做那些谈情说爱的事。陈思达离开后，我开始实施原定的计划了。

我联系罗敏，请她帮我问一下她现在这家公司对我那本《反光》的下部有没有兴趣。出乎意料的是，她五分钟后就回复了我，说老总非常愿意出版，还说能跟我合作是他们梦寐以求的事。我不知道这些话是不是出于真心——也许是安玟和渔歌都死了，现在不用担心出现抄袭事件了？管他呢，只要有机会把书写出来出版，我的目的就达到了。

耽搁了这么长的时间，现在已经是10月初了。由于生命时刻都受到威胁，或者说只要想到那些鬼魂可能就在身边，我就一刻都不敢怠慢，每天废寝忘食地写作，结果创下了迄今为止完稿的记录——在短短二十天内就写完了这本十多万字的《反光》下部。在这本书中，我详细地描述了发生在封建社会那起引人深思的事件，并把这段情节和上一部的剧情紧密联系，将整件事情的前因后果交代得一清二楚——实际上就是把我知道的一切原封不动地写了出来。甚至书中的那三个女孩儿的名字，我都是用的原名——燕子、巧妮儿和双凤。

稿子发给新的出版公司后，得到的赞扬比上一部还要多。老总答应我以最快的速度安排出版。11月中旬，这本《反光》下部就开始在各大书店发行了。

一个多星期后，罗敏兴高采烈地打电话问我，这部书还有没有第三部。我告诉她故事已经结束了。但罗敏说书的反响非常好，读者强烈期待还能有续集。如果是以往，我会非常高兴，并欣然同意，但这件事——我实在是不愿再扯上任何关系了，我只希望能彻底摆脱这个可怕的阴影，过上以前平静的日子。所以，我拒绝了罗敏的提议。她对此非常不解，说希望我能再好好考虑一下。

如果她知道关于这本书的真实内幕，恐怕都不敢当这本书的出版编辑了。我还有什么好考虑的？其实，不光是这本书，我打算在近半年内都不再动笔写任何小说，我得好好休养一段时间。

陈思达每天都跟我打电话。我看得出来他很关心我，或者说在意我的安危。当他得知《反光》的下部顺利出版发行之后，和我一样松了口气。我们都希望这代表的是一个结束——起码对我来说。

但现实总是事与愿违。那天我的手机刚一响起，我看了一下来电显示，就知道这件事并未结束。

是费云涵打来的。

我犹豫了十几秒钟要不要接这个电话。我无法猜测费云涵打过来的目的——他看了《反光》的下部了吗？他是不是已经猜到我或者是那鬼魂的意图了？我该怎样面对他？

终于，我还是按下了接听键。我不想逃避。该来的始终要来，躲也躲不掉。

“喂，费总吗？”我尽量保持平静的语气。

“是的，千秋作家，你好。”

“你好。”

我们沉默了一小段时间。

“我现在才知道，我是一个懦弱的人。”

他突然这样说，令我感到大为不解。我问道：“费总，您何出此言呢？”

他又缄默了一下，说道：“安玟和渔歌那两个作者离奇死亡的事情，我早就听说了。我不知道这件事是不是也给你带来了麻烦和困扰。我本来早就想打电话问问你的情况，但一直鼓不起勇气。我害怕……”

他停了下来。我问道：“您害怕什么？”

他长长地舒了口气：“没什么，现在我不怕了，我什么都清楚了。”

您看了我的新书了吗——这句话几乎都到嘴边了，又被我硬生生咽了回去。我才是个懦弱的人，连这样简单一句话都问不出口。

“我现在打电话给你，是想跟你说一声对不起——如果这件事情把你也牵连了进去，我真的万分抱歉。请你相信我，我当初来找你的时候，无论如何也料想不到会发生这样的事。”

听他的意思，他好像对我经历的一切都了如指掌了。我不知道他是怎样知道这些的。我张着嘴，不知道该说什么好。

“好了，千秋作家，告诉你这些，我心里好过多了。我在你的那张银行卡上打了一千万。请不要拒绝，就当作是我的致歉吧。”他诚恳地说，“我只是希望最后能安心一些……不打扰了。”

我心里涌起一种非常不祥的感觉，我想我猜到费云涵要做什么了。但在这种时候，我竟然只憋了一句不痛不痒的话出来：“费总，谢谢了，您……保重。”

“好的，再见。”

挂了电话，我呆呆地站在原地，心情许久不能平静。

费云涵说的话刺激着我，他在最后时刻安抚着自己的良心，那我的良心呢？

突然，我想起了什么，举起手机，看了一下上面的日期——11月23日。

我赶紧查日历，当我看到11月23日对应的农历是哪一天后，整个人都僵住了。

今天是农历小雪。

## 二十四

老天啊，若干年前，燕子、巧妮儿和双凤就是约好在这一天自杀的！

我慌乱起来，心怦怦乱跳。我看了下时间，现在是下午四点钟。费云涵该不会在跟我打完电话后，就……

我不知道自己究竟怎么了，突然之间，我什么都不顾了。我现在一心想的就是怎样救费云涵！我没法这样眼睁睁地看着他自杀而无动于衷。我不想一辈子受到良心的谴责！

怎么办，该怎么办？我急得手足无措，唯一能做的就是立刻回拨费云涵的手机。但是，他竟然已经关机了。我的心揪紧了。

我按住额头，命令自己冷静下来。现在还不能确定费云涵已经自杀了。我必须尽快采取措施，哪怕还有一丝希望也不能放弃。

突然，我想到了一个人——费云涵的妻子！她在2月份的时候来拜访过我，小雅的来访登记本上，应该留有她的联系电话！

我翻出自己的记录本，查到费云涵的妻子是2月16日来找我的。我马上拨通小雅的电话。

"小雅，来访登记本现在在你那里吗？"

"没有，放在工作室呢。怎么了，千秋姐？"

"你赶快到工作室去，找到登记本，然后查一下2月16日的几个来访者的电话，一定要快！"

小雅非常聪明，听出了这件事是万分紧急的，所以根本没问我原因，立刻答应道："好的，我这就去！"

我在客厅内来回踱步，焦急地等待着。小雅的办事效率极高，二十分钟后，她打来了电话："千秋姐，我查到了，2月16日一共有四个人来访，你要找的是谁？"

"一个衣着华贵的阔太太！你有印象吗？"

小雅立即说："不管是不是阔太太，那一天登记的四个名字里，我看只有一个像女人的名字。"

"那太好了，就是她！"我激动地喊道，"告诉我她的名字和电话号码！"

小雅照着本子念出了那个名字和一串数字，我用笔记录下来，然后立刻挂断电话，拨打了这个手机号。

响了几声后，对方接了电话。我仅听到她说了一声"喂"，就立刻判断出这就是费云涵的夫人。不知道为什么，我竟然现在都还对她的声音有印象。

“您好，上官太太吗？”

她愣着没有说话——我猜可能是因为她当初留的是一个假名字，现在有些反应不过来。好几秒后，她试探着问道：“你是……？”

“我是千秋。今年2月的时候，您到我的工作室来找过我，您还记得吗？”

沉默了几秒钟，好像她的思想在几千里以外遨游了一趟又回到了现实：“哦，是的，我想起来了。你找我有事吗，千秋作家？”

我没时间跟她慢慢叙旧了，直接问道：“上官太太，我想问一下，您丈夫——就是费云涵先生——他现在和您在一起吗？”

我听到她“啊”地低呼了一声，显得非常惊讶：“你……你怎么会知道……”

“抱歉，我没时间跟您慢慢解释了。我有非常重要的事情要告诉您。请您先回答我的问题，好吗？”

她短暂地犹豫了一下，说道：“他现在没跟我在一起，怎么了？”

我紧张起来：“您知道他在哪儿吗？”

“我不知道，他说想一个人出去走一会儿。到底怎么了？”

我焦急地说：“您最好是马上找到他！我猜他……有可能会自杀！”

“啊……”费云涵的夫人倒吸了一口凉气，随即恐惧地叫道，“天哪，我就觉得不对劲！他真的……可是，你是怎么知道的？”

我没有回答她的问题，急促地问道：“怎么？您也有这种感觉？”

她的声音焦虑不安：“这段时间，他一直有些心神不宁、精神恍惚。今天早上，我明显地感觉到他更加不对劲了。他从起床起就一言不发，像丢了魂似的……”

听了她的话，我对自己的判断已经确信无疑了。我赶紧说道：“上官夫人，请您马上找到费总！一定要想办法阻止他自杀！”

“我……我该怎么做？”她好像已经慌得六神无主了。可惜我也无法做出具体的建议，只有说道：“反正……您找到他后，一直守在他身边，寸步不离吧。”

费云涵的夫人带着哭腔说：“这……这是办法吗？我总不可能永远守在他身边，一步都不离开吧？”

不知为什么，我突然冒出一句没经过大脑思考的话来，好像这句话直接源于我的潜意识：**“只要过了今晚，就没事了！”**

电话那头愣了一两秒，费云涵的夫人讷讷道：“好吧，我知道了。”随后挂了电话。

我一下倒在沙发上，心中想道——上天啊，我能做的就只有这么多了。如果这样做还是无法改变他的宿命，那也怪不得我了。

我在忐忑不安中度过了一晚上。第二天早上起床后，我不知道费云涵到底怎么样了，也没勇气打电话跟费云涵或者他夫人求证，只能打开电脑，小心翼翼地点开新闻网站，浏览着最新的新闻，生怕看到“金融巨子费云涵昨晚于家中上吊自杀”这样的新闻。所幸的是，把所有新闻标题过目了一遍，并没发现这种报道，我稍稍松了口气。

上午九点五十分，我的手机响了起来。我一看，是费云涵的夫人打来的，我赶紧接听电话。

“喂，上官夫人吗？费总怎么样了，还好吧？”

她的一句话令我心中一块石头落了地：“嗯，他没事了。谢谢你昨天的提醒，千秋作家。”

我不知道她说的“没事了”是什么意思，问道：“昨晚发生了什么事吗？”

电话里静默了一阵才又传出声音，这声音中带着惊悸和恐惧：“是的……昨晚，我吓坏了……”

“怎么了？”

她从头向我诉说：“昨天接了你的电话后，我立刻打电话给云涵，然后出门去找到了他，并把他带回家。他的精神状态糟透了，这令我非常担心。但我问他，他又不肯跟我说。回到家后，我没有别的办法，只有像你说的那样，寸步不离地守着他。但是到了晚上，我突然意识到一个问题——如果我睡着之后，他做出什么傻事怎么办？无奈之下，我找到了一颗安眠药，悄悄放在他的牛奶里……”

聪明的女人。我在心中暗忖——也许正是这个举动救了自己的丈夫。我问道：“然后呢？费总是不是一觉睡到天亮了？”

“不……”她惶恐地说，“喝了那杯放了安眠药的牛奶后，他睡着了，我本来以为没事了。可我没想到，半夜的时候……”

说到这里，她停了下来，就像被巨大的恐惧掐住了喉咙。

“半夜的时候出什么事了？”我不禁也紧张起来。

她的声带在颤抖：“大概凌晨四点多的时候，他猛然醒了过来，就像是被谁叫醒了似的。他从床上坐起来，眼睛直愣愣地盯着前方，突然号啕大哭，嘴里喊着一些我听不懂的话……”

“他……他喊什么？”我的喉头也有些发紧了。

“他嘴里喊着两个人的名字，我没听清是谁，只听到他大哭着说对不起她们，自己失约了什么的……我当时吓蒙了，无法判断他是在说梦话还是怎么回事……”

我在心中想象着这个画面以及它所代表的意义，感到毛骨悚然。费云涵的夫人还在继续说着：“他哭喊了大概一两分钟后，又沉沉地睡去了。今早起来的时候，我问他昨晚怎么了，他好像什么都不记得了。”

“那费总现在怎么样？”我问道。

“好多了，他的精神状况虽然还不是非常好，但整个人好像已经恢复了正常。”

“那就最好不过了。”

“千秋小姐，现在你可以告诉我了吗？为什么你会知道我丈夫昨天想要自杀？他半夜里说的那些话是什么意思？这一切到底是怎么回事？”

面对这一连串的问题，我不知道该怎样回答，甚至不知该从何说起。我只能告诉她：“上官太太，这件事太过复杂诡异了，恐怕我难以解释清楚……”

没等我说完，她就说道：“我可以马上到你那里去。”

“不必了。”我实在不愿再去回顾这起恐怖的事件。我对她说出了真心话，“上官太太，如果您相信我的话，就请听我一句劝——有些事情，最好不要去刨根问底儿，否则只会徒添烦恼。经历过这件事的人——包括您——大概都已经是身心俱疲了。现在事情已经结束了，我们为什么不抛开烦恼和身边的爱人一起享受生命的乐趣呢？”

电话那头一阵静默，我无法判断她在想些什么。也许她听不进去我的话，还是固执己见地想去追寻答案。我叹了口气，说道："上官太太，如果您实在想知道这一切是怎么回事的话，那就去看我新出版的那本书吧，看完之后，您大概就能明白了。"

我最后给了她一个提示，便挂了电话。她会做出怎样的选择，而费云涵是否能摆脱前世的困扰，他以后会不会再出什么事——这些我都不想去管了。这件事，希望起码对我而言，能彻底地画上一个句号。

我现在要做的，正是我刚才说过的那句话——现在，我只想丢掉一切烦恼和束缚，和我喜欢的人一起去尽情享受人生。

## 二十五

一年后。

由于费云涵慷慨地赠送了我一千万，所以整整一年内，我都没有写作。我和陈思达一起旅游了不下十个国家——当然都是在他有空闲的时候。虽然我们走得这么近，但关系还是没有进一步发展，始终停留在朋友阶段——不过这也没什么，我和他都习惯了。只要快乐就好。

罗敏打了好几次电话来催稿，她还没放弃让我写《反光》续集的想法。但我都拒绝了。不过我也没让她失望，因为我把小雅培养成了一个极具潜力的新人作者。这一年的时间里，由于我没开工作室，小雅向我提出了辞呈。但我舍不得她走，她帮过我的忙，也是一个难得的好助手。所以，我教她写作，并利用我在出版界的关系，帮她推出了第一本书，结果令人惊喜——小雅写的校园悬疑小说有种清新的味道，非常受学生读者的欢迎。这当然是件令几方受益的好事——罗敏为找到了新的畅销书作者而高兴，小雅也发现了自己的潜质。当然，作为她老师的我，也感到欣慰和喜悦。

玩乐和休息了一年后，我又开始工作了。工作室像以往一样，开始接待提供故事素材的来访者。我渐渐恢复到工作状态。

一天下午，在接待了两个来访者后，小雅推门进来，对我说：“千秋姐，来了个特殊的客人，他没有预约，却坚持要立刻见你。他说是从很远的地方过来的。”

我的心头震动了一下，想起上次她对我说类似的话的时候，是费云涵来找我。这次，我不知道又出什么状况了，惴惴不安地问道：“是个什么样的人？”

“一个二十多岁的年轻小伙子。”

“他找我什么事？”

“没说，但看样子不像是来提供故事素材的。”

我考虑了一下：“请他进来吧。”

小雅出去了，过了一会儿，带进来一个瘦高个子的年轻男人。他看到我后，向我点了下头：“你好，千秋作家。”

“你好，请问你是？”

“我叫方莫，是从郴州来的。”

小雅出去了，将办公室的门带拢。我请方莫坐下，问道：“你找我有什么事？”

方莫说：“我看了您写的那本《反光》，有些问题实在是忍不住想来问一下您。”

听到是关于《反光》这本书的，我心中不禁一颤，忽然有种不好的预感。我压抑着这种情绪，尽量平静地问道：“什么事？”

“是这样，您这本书出版一年多了吧，但我是平常不怎么看书的人，所以一直不知道。最近听一个朋友说起这本书的内容，我才找来看了，结果……我发现了一些不可思议的事情。”

我看着他。

方莫从随身带着的一个公文包里摸出一个牛皮纸面的旧本子，是那种几十年前才有的手稿本。他把本子递给我，说：“您看看吧。”

我疑惑地接过这个手稿本，小心地翻开。这个本子不知是哪个年代的东西，纸张全都泛黄并有些发脆了，但字迹还是清晰可辨，是用蓝黑墨水的钢笔书写的。我看到第一页的上方写着标题——**“镜中迷影”**。

我问道：“这是什么，谁写的小说？”

“是的。”方莫说，“您大致看一下吧。”

我快速地浏览着这个大概是几十年前写成的故事，仅仅看了十几页，就目瞪口呆、全身僵硬。

这个本子上讲的是一个发生在1968年的故事，一个四十多岁的中年女人告诉自己的丈夫，说这么多年来，她经常在镜子里看到自己的脸变成一个十多岁小姑娘的脸，而且是一张上吊自杀的脸！她非常恐惧，并认为近期内会发生什么不好的事。丈夫认为她的精神出了问题，没想到之后，妻子竟然真的吊颈自杀了……

我看到这里，已经浑身发抖，无法再接着看下去了。我把本子还给方莫，指关节抵在嘴唇上，面色铁青。

方莫看出我惊骇无比，他暂时没有说话。几分钟后，我问道：“这篇小说是谁写的？”

“是我爷爷在六十年代写的。您刚才也看了，这个故事和您写的《反光》，可以说是相似到了极点。”

我想起了一年多前的抄袭事件，敏感地问道：“你是什么意思？”

“啊，不……”方莫赶紧摆手解释道，“我没有那个意思，而且这是不可能的。因为这个手稿本只有唯一的一份，一直珍藏在我爷爷的箱子里，除了我和我父亲，还有几十年前的几个编辑之外，没有任何人看过。所以，绝对谈不上什么抄不抄袭的。”

我的口气缓和了些：“你爷爷现在还在吗？”

“几年前去世了。”

“你知不知道关于他这篇手稿的事？”

方莫点头道：“知道。我爷爷是一个业余作家，本来只是闲来无事时，写几篇小说投投稿，作为兴趣爱好。但听我父亲说，某天，不知道他从哪里获得了一个故事题材，情绪极为亢奋，连日连夜地写了若干天后，完成了这部小说。

“我爷爷亲自带着这部小说到出版社去找编辑洽谈，但鉴于当时国内的情况，这种带有恐怖灵异色彩的小说几乎不准出版。我爷爷四处碰壁，最后只能放弃。

“这件事，成为我爷爷一生中最大的遗憾，也是他的一块心病。去世之前，他在病榻上跟我和我的父亲交代，说这部手稿中记载的，是一个根据真实事件改编的故事，当时有人托他写成，希望能出版，但他最终还是没能完成那人的嘱托。我爷爷说，现在这本书出不出版已经意义不大了，只希望我们能把这部手稿好好保存下来。”

听完了方莫的叙述，我缄口不语，眉头深锁。方莫忍不住问道：“千秋作家，我来找你，就是因为实在是太好奇了。我爷爷在六十年代写的一个故事，怎么会和你最近写的新书如此相似呢？天底下怎么会有这么巧的事？”

我沉默许久后，对他说：“抱歉，无可奉告。”

方莫好像认定了我是知道内情的，他纠缠道：“千秋作家，我打老远到你这儿来，就是为了满足一下好奇心，你就告诉我吧。”

我冷冷地说：“我说了，我不知道这是怎么回事。你要我告诉你什么？”

方莫张着嘴，还想说什么，但我已经站了起来，对他说：“对不起，我还要和几个客人会面。你没别的事了吧？”

方莫满怀失望地站起来，悻悻然地离开了。

我打电话给接待室的小雅，叫她暂时不要请客人进来。

我坐在皮椅上，双手合拢撑住额头，闭上眼睛，深深吸了几口气。

我需要安静一会儿。

很显然，我没有对方莫说实话。他的直觉是对的，我确实知道这是怎么一回事。

我的身体在微微颤抖，直到现在，我才终于将这件事情彻底弄懂了。

之前，我一直以为燕子、巧妮儿和双凤就是费云涵等三人的前世，但是现在看来，**她们之前就转世过一次了！**但出于某种原因，那三个人又没能一起自杀！所以，六十年代的三个人（可能有一个人像当初双凤一样多活了许多年）再次转世，为了在今世继续执行那个可怕的吊颈之约！

我现在明白了，费云涵在反光物中看到的，就是方莫的爷爷笔下那个四十多岁的中年女人，那才是他的前世。而那个中年女人的前世，就是燕子！

这不是我的推测，而是千真万确的事实，因为我刚才清楚地从方莫爷爷的手稿中看到，那个四十多岁的中年女人——她在镜中看到的，是一个扎着红头绳的浓眉大眼的小姑娘！

想到这里，我遍体生寒。而进一步的联想，更令我寒意砭骨——这次，我救了费云涵，使得他和另外两个人又没能同时自杀——导致他（她）们再一次失败了！那么，未来的几十年后，将会再次上演这种事情——燕子、巧妮儿和双凤会第三次转世，她们还要继续在三个人身上执行那恐怖的吊颈之约！我脑海里甚至浮现出了这样的画面——未来，会有一个人在反光物中，看到自己的脸变成了一个陌生男人（费云涵）的模样……

天哪，这件事情，到底什么时候才是个尽头？

那天晚上，我做了一个可怕的噩梦。我再次在尖叫中惊醒，浑身是汗。

我想，她们还没放过我。之所以留着我的命，是因为她们还有一件事情要我来做。

我没有选择的余地。

罗敏接起了我的电话："千秋，有事吗？"

我拖着疲惫的声音说："是的。我想告诉你，我改变主意了，《反光》还有第三部。"

（第七个故事完）

千秋的故事讲完后，急性子的北斗忍不住惊呼起来：“天哪，《反光》这本书的背后竟然隐藏着这么恐怖的事件，实在是太令人震惊了。这些……是真的吗？”

“我无意探讨这个故事的真实性。之前我也说了，这件事情我是有所改编的。”千秋问道，“你看过《反光》这本书？”

北斗挠着头说：“没有……但是这本书很出名，我是听说过的，也知道大致的内容。”

“我看过。很吸引人的一本书。”莱克说，“但是现在看起来，这本书背后的故事更吸引人。”

“的确是很不错的故事，听的时候我整个人都沉浸其中了。很少有故事能令我如此投入。”纱嘉也给出了高度的评价。千秋淡淡一笑。

“那么，没有什么问题的话，我们就开始打分吧。”荒木舟说。

短暂地安静了一阵。大家都明白荒木舟说的“没有什么问题”指的是什么意思——千秋的故事有没有和之前的故事（或事件）出现什么雷同。此刻，千秋的脸上也显现出了略微的紧张，但现场的一片沉默似乎表示，没有人看出这个故事有哪点“犯规”的迹象——起码目前看来是这样。

北斗到柜子里拿出纸和笔，分发给众人——这件事似乎已经固定由他来做了。除了千秋之外的十二个作家分别在纸上为刚才的故事打出了分数。南天将纸收集起来，然后按照惯例，和龙马一起，在众目睽睽之下统计并计算出了平均分。

千秋所讲的《吊颈之约》最后得到了一个仅次于龙马（9.2）的高分——9.1分。

这是一个十分敏感的分数，不仅是因为和目前第一的龙马只差0.1分，更重要的是——在场的每个人应该都想到了这一点——如果龙马因犯规而“出局”的话，那千秋的故事就是目前的最高分了！

这个游戏实在是刺激而奇妙，第一名的宝座随着各种因素而不断易主，每一个后来讲故事的人，对前面的人来说，都是威胁和挑战。

千秋显然是意识到了这一点的，所以她根本没有为自己获得了如此高的分数而沾沾自喜。在游戏进行到最后之前，没有什么是值得庆幸的，结局充满了变数。

“我的任务完成了，回房间休息了。”千秋冲众人浅笑一下，“讲了这么久，真是疲倦了。”

“我们也各自休息吧。”荒木舟看了下手表，“快十二点了。”千秋的故事是目前讲得最长的一个。

众人离开座位，各自上楼。大厅内只剩下围成一圈的十四张皮椅留在原地，像偌大的咒符一样操控着这里每一个人的命运。

南天走在最后面，他目睹着徐文回到房间，关上门。若有所思。

徐文躺在自己的床上，前思后量，感到有些后悔。

关于南天的那个提议，他反复斟酌了许久，觉得其实是可行的。只是，他设想的“合作方式”稍微有所不同……但不管以何种方式合作，重点在于——必须建立在南天是能够完全信任的基础上——那么，南天真的值得信任吗？

这个问题困扰了徐文整整一天。最后，他的直觉和判断一致认为——南天应该不会是主办者。这个结论是根据各种观察和推敲，深思熟虑后才得出的。最有力的一点证据——南天两次来找自己，都是在众目睽睽之下，并不避讳他人。如果他要对自己不利的话，应该不会在这么多人看到的情况下跟自己接触，引起怀疑。

所以，徐文决定赌一把——选择完全相信南天，和他合作。但平日谨小慎微的个性，导致他始终没能迈出主动去找南天这一步。现在大家都各自回房了，再想实施那个合作计划也就不可能了——起码今天晚上不行了。

想到这里，徐文未免感到遗憾，但现在也只能作罢。他躺在床上，心悸胆寒地闭上眼睛。今晚，这间闹鬼的屋里又会发生什么怪事？我又会遭受怎样的恐惧折磨……

快要睡着的时候，徐文听到门外传来了轻微的叩门声。

他从床上下来，轻手轻脚地靠近门口，问道："谁？"

"是我，南天。"

徐文心中一阵惊喜——南天！他猜到我会改变主意？这真是太好了！他几乎都没有犹豫就打开了房门。

站在门外的南天迅速闪身进来，然后将房门关拢。

"徐文先生，抱歉，这么晚还来打扰你。我是想再次来征询下你的意见——关于我上午的提议，你可有重新考虑？"南天问道。

果然如此。徐文心中暗暗高兴——看来自己和南天还没有合作，就已经有一种默契了。他招呼南天坐下，然后颔首道："老实说，我正在想这件事呢。我觉得……也许我们可以试着合作一下。"

"这么说，你同意和我互换房间了？"

"不，我的想法是这样的。"徐文措着辞，"嗯……你可以住在我这间屋里……但是，我不到你那里去。"

南天转了下眼睛："你的意思是，我们俩都睡在这里？"

"是的。因为……是你想调查我这个房间，而我并不想调查你的房间，所以我没必要过去。"徐文不好意思说出心里话。实际上他就是害怕单独一个人，希望能有个人来陪一下自己，壮壮胆。

南天大概是看出来了。他点了下头，随即望着那张窄小的单人床："可是，我们两个大男人……这张小床挤得下吗？"

"哦，没关系。我们不用挤着睡。"徐文双手拖住床单，用力一拉，将床单全部扯下来，然后铺到地上，"你睡床吧，我睡地铺就行了。"

"这……不大好吧。要不我睡地上？"

徐文摆手道："不，就这样。你睡在我的床上试试，看你会不会做噩梦或者是遇到那些诡异的事情。"

"好吧。"南天点头，然后将床上的枕头递给徐文，"这个你用吧。"

徐文没有推托，接过枕头。南天将房间内的灯关了。

两个人一上一下地躺了下来。现在时候不早了，他们也没什么好聊的。不一会儿，都进入了梦乡。

徐文本来是睡不惯这又硬又冷的地铺，但因为有个人在这里陪着自己，令他增添了一些胆量和勇气，睡得也就比以往要安稳了些。他本来是背对着南天而睡的，半夜的时候，翻了个身。黑暗中，徐文瞄了一眼床上的南天，见他睡得正沉，还发出轻微的鼾声，自己心里也就踏实了许多。忽然间，徐文发现，自己对南天的态度，由疑虑转变为信任，现在竟升级为依赖了——真是荒唐而可笑。但他又不得不承认这一点。

正要再次睡去，徐文无意间瞥了一眼床下——由于之前都是背过去睡的，所以直到现在，他才猛然看到床底下有什么东西。

当他看清楚那是什么的时候，整个人就像被迅速冻僵了，全身的血液都凝固成了冰。

天哪……这实在是太恐怖了。**黑黢黢的床下，竟然有一双眼睛在瞪视着自己！**

这突如其来的、巨大的恐惧令徐文感到一阵阵眩晕，他几乎被恐惧感压得出不了气，喉咙也像是被堵住了，发不出任何声音，身体更是僵硬得无法动弹。糟糕！又发生这种鬼压床的怪事了！我……完全无法控制自己！

这种恐怖的煎熬持续了好几分钟。在这段时间里，徐文几乎眼皮都无法眨一下，直愣愣地和床底下那双恐怖的眼睛对视着。这种折磨是以往的好几倍，简直是要他的命！此刻，他脑子里只想着一个问题——为什么南天住进来后，我还是会遇到这种情况，而且更严重了！

就在徐文几近昏厥的时候，他的身体突然解除了束缚，他深吸了一口气，惊呼一声，然后迅速坐起来，冲床上的南天喊道："南……南天！我的床下，有……"

话还没说话，他就呆住了，惊愕的程度比刚才更甚。

**床上空空如也，根本就没人！**

南天呢？他到哪里去了？

徐文的神经快要崩溃了，此刻他无法再去思考和判断。他只想立刻找到南天，并且马上离开这间恐怖的房间！

他挣扎着从地上爬起来，跌跌撞撞地冲到门口，将房门打开，来到走廊上。他瞪大眼睛寻找到南天的房间，然后发疯似的跑过去。

砰砰砰！——徐文猛烈地捶着南天的房门。几秒钟后，屋内的灯亮了，房门也随之打开。南天站在屋内，惊讶地看着徐文，问道："出什么事了？"

"你……你什么时候回自己房间的？！"

南天一怔："什么……回自己房间？我一直都待在这里呀。"

徐文像看天外来客一样盯着南天："你说什么？你一直在自己房里，没到我房里去过？"

南天完全被他弄糊涂了："是啊……不，我上午到你房间去找过你呀。"

"上午……那你后来，也就是今晚讲完故事后，你都没来找过我？"

"是啊。千秋讲完故事后，我们大家不是都各自回房休息了吗？"南天说。

徐文愣愣地站在原地，呆若木鸡——这是怎么回事，难道之前发生的那一切，都是我在做梦？或者是，南天没有说实话？

南天问道："徐文先生，到底怎么了？发生什么事了？"

徐文盯着南天的眼睛，不由自主就把实情说了出来："你之前到我房间来找我，问我有没有改变主意，而我同意了，但是并不是互换房间，而是让你住在我那里。你睡床上，我睡床下。结果，半夜的时候，我看到床下有一双眼睛，在瞪着我……我好不容易爬起来了，却发现你没在床上——如果你没有骗我的话，那么这一切……难道都是我的梦境？”

南天看着脸色苍白、浑身颤抖的徐文，猛然意识到这件事绝不简单！在徐文的房间里，一定又发生了什么极不寻常的事！他将徐文扶进自己房内，让他坐在床上，然后说：“徐文先生，你在这里休息一下，定定神。我现在到你的房间去看看！”

徐文瞪着一双惊惧的眼睛：“你要小心……床下，可能真的有人！”

“我会当心的。”南天冲出屋去。

在徐文的房间前，南天深吸了一口气，做好心理准备。他猛地将房门推开，然后迅速按下灯的开关。亮光令他增加了几分底气。他环视屋内，这狭小的空间一览无余，没有人在这里。

**床下**。徐文说他在床下看到了一双眼睛，那等于是说，床下躲着一个人。

南天小心翼翼地靠近床，床单铺在地上，枕头摆在上面。徐文之前真的睡在地铺上？而他说把床让给了我睡——真是荒唐。南天咽了下唾沫，他鼓起勇气，打算看一眼床底下。

尽管在心里认为，徐文多半是出现了幻觉，但南天此刻慢慢俯下身去看床底，仍然感到紧张不已。毕竟，这里什么怪事都有可能发生……

没有，床底下没看到什么人或者是眼睛。南天松了口气。看来徐文真的是出现幻觉或者做噩梦了。

可是，南天转念一想——假如徐文没有说谎的话，那他之前叙述的事情也太蹊跷了。他居然说我来找了他，还和他一起睡在这间屋里——而且看起来，他对这点确信不疑，因为他真的睡在地上（所以才会看到床底下的东西）。

南天眉头紧蹙——这真是幻觉或噩梦吗？会逼真到这种程度？恐怕……

在徐文的房间里思忖了几分钟，南天觉得还是应该回自己房里去，再向徐文问个仔细。他关掉灯，离开了这间房间。

徐文的房间和南天的房间都在同一边（注：这里的格局是二楼两排房子对

称，一边七个房间），中间隔了四个房间。南天走回自己的房间后，推开门，猛然看到徐文倒在地上，双目圆睁，大张着口，脸上的表情极为扭曲和古怪，很明显是由于面部肌肉痉挛而致。

南天心中暗叫不妙，他大喊一声："徐文！"冲上前去将他扶起来，用力摇晃着他，但徐文全无半点反应。南天颤抖着将食指伸到徐文鼻子前去一试——他的心一下凉了。

**徐文已经没有了呼吸。他死了！**

南天的脑子"嗡"的一下炸了——自己离开这里只不过五六分钟，徐文就遇害了！在这短短的空隙里，是谁把他杀死的？毫无疑问，这是精心预谋好的杀人计划！这个主办者，终于再开杀戒，徐文成为第二个受害者！

突然，南天心中一惊，他猛然想到——如果让其他人知道徐文死在了我的房间里，那我……

事情恰好如南天担心的那样发生了，也许是之前的一些声音惊醒了周围房间的人。此刻，住在南天旁边的夏侯申出现在了门口，他惊讶地看着眼前的一幕，问道："发生什么事了？"

糟糕。南天心中咯噔一响。现在，他没有选择，甚至没有思考的时间，只能实话实说："徐文……他死了。"

"什么？！"夏侯申大喝一声，向后退了一步，"他死了！"

这声大吼惊醒了更多的人，很快，龙马、白鲸、纱嘉、北斗、荒木舟和克里斯都一个个地出现在了南天的门口。南天现在只觉得头晕目眩，口干舌燥。他站起来，一言不发地注视着徐文的尸体。在这种情况下，他索性一句话不说。

"徐文死了？！他怎么死的？"白鲸惊诧地问。

夏侯申指着南天说："问他吧，徐文是死在他房间里的。"

怀疑的目光齐聚南天。南天知道，如果这时他还不说话，那等于承认人就是他杀的。他的目光迎向众人，尽量使自己显得底气十足："徐文半夜来找我，说他在房间里看到了可怕的东西。于是，我让他在我的房间等候，我去他的房里看看。只不过几分钟后，我就回来了，而他已经死在了我的房里。"

荒木舟尖锐地问道："他看到了可怕的东西，为什么会想到来找你，而不是我们其他人呢？"

南天没有说话，他不知道该怎样解释这个问题，害怕越描越黑。

"徐文在他的房间里看到了什么可怕的东西？"龙马问。

"他说，他看到床下有一双眼睛。但我过去的时候，并没有看到。"南天说。

"啊……"纱嘉捂住嘴，吓得缩紧了身体。在场的几个人都露出惊惧的神色。

"你要我们怎样相信你说的这些话？"荒木舟冷冷地说。

南天同样冷淡地说："你不相信的话，那不妨说说，你认为这是怎么回事？徐文为什么会出现在我的房间里？如果我是凶手，难道还会把他大费周章地弄到我的房间来，然后让你们大家都看到吗？"

"谁知道你的计划是什么？也许是你搞砸了呢？"荒木舟说。

白鲸忽然望向夏侯申，问道："你是第一个看到这一幕的人吧？你当时为什么会打开门出来看呢？"

"我先是听到了敲门的声音，之后又听到了一些说话的声音。我估计隔壁可能出什么事了，所以过来看看。正好看到南天抱着徐文的尸体。"

"听起来，你好像在证明你的邻居所说属实呀。"荒木舟讽刺地说道。

"事实如此。"夏侯申不软不硬地回敬道。

这时，克里斯走到徐文的尸体旁，仔细观察了一阵，说："别争论这些了，还是关注眼前最重要的一个问题吧，**徐文究竟死于什么？**"

这句话提醒了众人。就连南天也才想起，他之前根本就没看出来徐文的死因是什么，只知道他断了气。现在，大家都聚拢过来，惊奇地看着徐文的尸体。

"真是怪了，他身上没有任何伤口，脖子上也没有勒痕或掐印——他到底是怎么死的？"北斗说。

"看他那恐怖的表情，就像是死之前看到了什么可怕的东西似的。"纱嘉打了个冷噤，不敢正视尸体的脸了。

克里斯笑了一下："你说的真像是恐怖小说里的剧情，纱嘉小姐。可惜的是，现实中的谋杀，可不会有什么'被吓死'这样的死法。"

“那你觉得他是怎么死的？”龙马问克里斯。

克里斯捏了捏尸体的手臂和腿部，说：“他的身体僵硬而紧缩，面部扭曲、口目大张——看起来很像是死于心脏麻痹。”

“心脏麻痹……”纱嘉问道，“怎样才会导致心脏麻痹？”

“中毒。”没等克里斯开口，荒木舟就说了出来。

“没错。”克里斯说，“我不知道你们有没有听说过一种叫作‘箭毒木’的植物。这是一种生长在西双版纳的树木，被称为‘林中毒王’。这种树木的树汁含有剧毒，一只熊或者是老虎中毒后，都能够立即死亡。而人类只要伤口上沾上一点儿这种毒，就能立刻因心脏麻痹而死。”

“你怎么知道得这么清楚？”纱嘉问。

“我认为这是推理小说家应该知道的常识。”克里斯说。

“那你的意思是，徐文就是中了箭毒木的毒而死的？”白鲸问。

“我只是说有这种可能性，至于他到底中的什么毒，我们现在恐怕是检验不出来的——但他是死于中毒这一点，应该可以肯定。”

“可是，我们没有看到他身上哪里有伤口呀。”北斗说。

“如果是箭毒木的毒液的话，只需要在针尖上沾那么一点，然后轻轻刺某人一下，就能置人于死地了。如果手法巧妙的话，恐怕被害人还未察觉，或者以为只是被蚊子咬了一下，就已经命丧黄泉了。”荒木舟说，看来他对这种植物也非常了解，“所以，最后接近徐文的人，就是凶手。”他补充道，直指南天。

“我同意这种说法。”南天说，“但最后接近他的人不是我。”

“那你认为是谁？”荒木舟问。

“我不知道，但这个人利用我到徐文房间去的空隙，将他神不知鬼不觉地杀死了，证明他（她）是个阴险、狡猾而可怕的杀手。”

听完南天的话，克里斯像是想到了什么，他问夏侯申：“你之前有没有听到徐文发出惊叫或呼喊的声音？”

夏侯申皱起眉头说：“我听不太清楚，只是听到了敲门声和一些说话的声音……好像，没有听到你说的这种呼救的声音。”

克里斯用手指轻轻捏着下巴，若有所思地说："这就怪了，如果有人闯进门去杀徐文的话，他不可能一声不吭呀……"

"所以我才说，最后接近徐文的人，可能就是南天！"荒木舟凌厉地说道。

南天此时已经恢复了冷静，他反击道："那么荒木前辈，你说说，我用涂有箭毒木毒液的针扎了徐文之后——就当是这样吧——为什么要离开这间屋，跑到徐文的房间去？我为什么不马上将自己的房门紧锁？这样的话你们就都发现不了了呀。"

"谁知道你是不是真的到徐文的房间去了。也许你还没来得及关门，就被夏侯申发现了呢。"

就在南天感到无法回答的时候，身后突然响起一个女人的声音："我能证明南天说的是实话。"

大家回过头去一看，不知什么时候，住在对面的千秋已经站在门口了。她走进屋内说："当时，我也听到了对面发出的声响，所以将门打开了一条缝往外看。我看到的一切，就跟南天说的一样。他确实是到徐文的房间里去待了好几分钟后才回到自己房间。"

南天舒了一口气，还好——对面有人目睹到了这一过程，能证明自己说的是实话。而且她及时出现帮自己解了围。南天向千秋投去感激的一瞥。

荒木舟闷哼了一声，不说话了。

突然，白鲸望向北斗，问道："对了，我记得你说过——你睡着之后，炸雷都吵不醒你——今天的动静还不至于有这么大吧，为什么你会醒呢？"

北斗愣了一下，说："啊……我说的是我睡着之后就不容易被吵醒。但今天我没睡着呀，所以就被夏侯先生的喊叫声吸引来了。"

"这都大半夜了，你还没睡着？"白鲸眯起眼睛问。

北斗答道："是啊，我失眠了。"

白鲸盯着北斗看了好几秒，找不到什么好说的了。

房间里沉寂了片刻，龙马说："徐文的尸体……怎么处理呢？"

"我们现在能怎么处理？还不是只有抬到他自己的房间去放着。"夏侯申说。

“只能先这样了。”克里斯说，“至于他到底是被谁杀死的，我看我们现在是别想弄清楚了。以后再来破解这个谜吧。”

南天俯下身去，抬起尸体的双腿，回头道：“谁来搭把手？”

北斗和夏侯申走上前去，一个架住尸体的肩膀，一个帮忙托住后背，三个人一齐将徐文的尸体抬到他的房间。

夏侯申看到地上铺着床单，生出一种怪异的感觉，惊愕地说：“他好像知道自己会死一样，把停尸的地方都布置好了！”

南天心里清楚——其实真正的原因是徐文之前就睡在地上。但他懒得跟他们解释了，没有搭腔。三个人把尸体放到床单上，由于徐文的死状实在是令人发怵，南天把床单掀起一些来盖住尸体的脸。

南天叹了口气，说：“我们走吧。”

离开这间屋的时候，北斗将房门带拢关紧。

走廊上等候着的几个人见徐文的尸体已经放好了，互相对视了一下，谁都没有说话，各自默默回到房间。

南天将房门锁好，躺到床上，长长吐了口气。

这个晚上发生的事，令他心中十分压抑和不安。

他反复对自己说，徐文的死和自己没有关系。但最终，他发现自己无法做到自欺欺人。

那主办者昨天晚上才说过，他现在会暂时留着已经犯规的人的命，为什么今天，他就把徐文杀了呢？而徐文说他在死之前出现的幻觉（或者梦境）竟然跟自己有关，这又是为什么？想来想去，只有一种解释——

这个主办者知道，我在跟徐文接触，他知道我打算主动出击了！所以，**这是一个警告**。他（她）用徐文的死来告诉我，如果我再敢跟谁进行秘密接触的话，这就是那个人的下场！

可是——南天转念一想——为什么他（她）杀的是徐文呢？在调查和出击的人是我呀！他（她）怎么不把我杀了？

忽然，徐文跟自己说过的一句话此刻闪现在南天脑海中——**“也许是因为你**

**还没有讲故事。”**

是这个原因吗？现在还没轮到我讲故事，所以，那个主办者会留住我的命？如果是这样的话……那我也许可以利用这一点，继续进行调查！只是，需要比以前更加小心谨慎才行，而且不能再连累其他人了！

南天在心中暗下决心，跟这个主办者斗智斗勇，不是一两天的事，也不能轻易放弃！然而，他突然又想到——主办者杀死徐文，除了给自己一个警告之外，会不会另有原因？

也许，徐文那间屋子，真的隐藏着什么和其他房间不一样的秘密？所以，主办者特别顾忌有人到徐文那间房间去？

**“密室”**这两个字就像闪电一样划过，令南天猛然惊醒了。

**难道……徐文的房间里，隐藏着进入密室的机关？**

想到这里，南天睡意全无，一个大胆而冒险的计划在他心中悄然升起。

第二天，昨天晚上没有醒来的歌特、莱克和暗火（都是住在对面房间的），从不同的人口中得知了徐文昨晚（实际上是当天凌晨）被神秘杀死的消息。震惊、猜疑和恐惧笼罩在每个人的心头。现在是第八天了，这里终于又死了第二个人，大家的心情因此变得沉闷而压抑。没人愿意过多谈论这件事，甚至没人愿意在大厅内活动，大家都待在各自的房间内——直到晚上，游戏时间的到来。

白鲸是今晚的主角。他提前坐到了那一圈椅子中自己的位子上。等待着大家陆续坐拢来。看他的样子，好像有些迫不及待想讲这个故事了。

十二个人都坐到自己的位子上了——这一圈椅子现在已经空出了两把。龙马仍然保持他的习惯，准备好了纸和笔。他打算将每个人的故事都记录下来，当作某种资料保存。

白鲸在差三分钟到七点的时候，开口了：“我接下来要讲的这个故事，其实在几天前就已经构思好了。我个人非常喜欢这个故事，认为这是一个比较**‘特别’**的悬疑惊悚故事。但是，鉴于昨天晚上发生的事令我们每个人的心中都蒙上了更深一层阴影，所以，**我临时改变了这个故事的某些情节和结尾，**希望能使大家更喜欢这个故事。当然，我这么做还有另外一个原因——你们知道的，我就不必说明了。”

莱克歪着嘴笑了一下：“聪明的做法。”

白鲸冲他扬了下眉毛：“跟你学的——好了，我开始讲了，故事的名字叫作**‘墓穴来客’**。”

# 第八天晚上的故事

## 墓穴来客

# 一、意外的车祸

一条巨大的、在黑暗中蜿蜒前行的蛇。

我们行驶在它的脊背上——或者我们没动，是它载着我们向前爬行。

整个路途中，江小西一言不发地坐在副驾驶座位上，望着漆黑的车窗外，靠这些稀奇古怪的想法来逼迫自己忘记心中的不快。

她已经有将近一个小时没有望向旁边开着车的妈妈了。

妈妈瞥了一眼生着闷气的女儿，再次开口道："小西，你还要闹脾气到什么时候？"

小西没有反应，仍然一声不吭。

"好了，别再任性了。"妈妈说，"你喜欢表姨这里，以后我们可以经常来玩嘛。"

小西终于忍不住说："别骗我了，我长到十四岁，你才第一次带我来玩——你以为我不知道吗？你一点都不喜欢乡下。"

妈妈双手握在方向盘上，眼睛望着前方被车灯照亮的公路："是啊，我的确不喜欢乡下——蚊子多、又没什么事可做，再加上吃的我也不习惯——但是小西，如果你喜欢的话，我会为了你而带你来玩啊。"

"算了吧，"小西讥讽地说，"你都不愿意为了我而在这里多待一晚上。

表姨把新床单都铺好了，希望我们住一晚上再回去，你却宁肯开夜车也非得要赶回家！”

“那是因为你明天还要上钢琴课啊。”

“你可以打电话跟钢琴老师请假呀！”

妈妈无言以对了。

小西悻悻然地说：“本来，表姨说晚上准备在院里生一堆火，让表姐和表哥带着我烧烤的……就因为你执意要走——哼，你都没看见表哥表姐那失落的表情。”

“你想吃烧烤吗，小西？”妈妈一下轻松了，“这有什么难的，明天妈妈带你去吃巴西烤肉，好吗？”

“不去！”小西烦躁地说，“别想用这些来收买我！”

“怎么跟妈妈说话呢！”妈妈沉下脸来，望向女儿，“快跟妈妈道歉！”

“我为什么要道歉啊？我又没说错什么。”小西倔强地说，眼睛盯着前方黑黢黢的道路。

妈妈望一眼前方，又侧脸过来望着小西：“你现在怎么这么任性？如果你再这样的话，我就要告诉你们吴老师了，让他撤销你的班长职务！”

“哼，你就只会用吴老师来威胁我。”小西嘲讽道，“还有什么新招吗？”

“小西！不要越说越过分了！”妈妈怒视女儿。

“本来就是啊！每次都是这样……”

话刚说到一半，小西突然看到路边闪出一个黑影！她倏地瞪大眼睛，惊叫道：“啊！小心！”

听到小西的惊叫，妈妈猛地望向前方，她也看到那个人影了！立刻死命地踩住刹车。

但是，已经来不及了。

汽车“砰”的一下撞向这个突然出现在夜路中的人。

“啊——！”随着剧烈的抖动，母女俩一齐失声尖叫。

好几秒钟，车子里一点声音都没有。母女俩瞪着惊惧的双眼，急促地呼吸着。

“天哪，我们……撞到人了！”妈妈恐惧地捂住嘴。

“他……死了吗？”小西注视着那个仰卧在前方路面上的人，浑身颤抖。

“别猜了，快下车看看吧！”

母女俩的手紧紧抓在一起，小心地朝前方靠拢。

借着车灯，她们终于看清了地上躺着的那个人——竟然是个男孩，看起来有十五六岁，比小西大不了多少。他光着上身，露出古铜色的皮肤，下身穿着一条又黄又旧，几乎都看不出来底色的短裤。他赤着脚，没有穿鞋。

“看哪！妈妈，他的额头在淌血！”小西叫道。

“是我们的车子将他撞飞后，令他头部着地造成的……天哪，太可怕了……”

“他还活着吗？”小西再次问道。

妈妈俯下身去，伸出手指在男孩的鼻子前试了试，大声喊道：“他还有气！快，小西，帮我把他抬到车上，赶紧送他去医院！”

母女俩手忙脚乱地将男孩抬上汽车后座，让他平躺下来。小西焦急地问道：“这儿附近哪里有医院啊？”

“不知道，我对这一带也不熟悉。”妈妈慌乱地说，“没办法，只有赶快开到城里的医院去了！”

“天哪，那起码还要一个多小时，他能坚持这么久吗？”

“听天由命吧——别说了，快坐过来，我要开车了！”

汽车在公路上飞驰。小西一路上都在祈祷，希望他还活着。

妈妈开车来到医院的时候，已经深夜十二点多了。

看到急诊科的医生和护士们急匆匆地将男孩抬到手术室，小西和妈妈有种近乎虚脱的感觉，但她们无法放松，心仍然是悬着的。

“你们是这孩子的家属吗？”一个穿着白大褂的医生走到等候室来，问小西的妈妈。

“我……啊，我是……”妈妈语无伦次，不知道该怎么说。

白大褂一语破的：“是开车撞到人了吧？”听起来，他对这种情况已经司空见惯了。

妈妈垂下头默认。等候室里的其他人一齐望向这边，小西感觉脸上火辣辣的。

“到这边来交钱。”他转过身，朝门外走去。

跟着穿着白大褂的医生去交完了钱，妈妈和小西就一直坐在手术室门口，忐忑不安地守候着。一分钟在这时候有一小时那么长。

都怪我。小西默默流下眼泪。都是我在那里闹脾气，才害得妈妈开车分了心。否则的话，怎么会发生这种事情？

妈妈似乎看穿了小西的心思，她按着小西的肩膀，安慰道：“别怪自己了，是妈妈的责任。一开始，我就不该选择开夜车的，特别是……这样一段不熟悉的路……”

说着说着，妈妈也流下了悔恨的泪水。

“妈妈，你会坐牢吗？”小西忧虑地问。

妈妈迷茫地摇着头说：“我不知道……如果这男孩被抢救活了，可能还好；如果他……死了的话，也许就会……”

“妈妈！”小西紧紧抱着妈妈，痛哭道，“我不要……不要你去坐牢！”

“小西，妈妈也不想失去你……”母女俩抱在一起，哭成一团。

也许是因为太累、太疲倦，也许是整个晚上都紧绷着的神经终于撑不住了。母女俩哭着哭着，竟然坐在手术室前的椅子上，睡着了。

## 二、失忆

“喂，喂！你们俩，醒醒！”

一阵呼唤使小西和妈妈从睡梦中醒来，睁开眼的一瞬间，她们竟心怀侥幸地认为，昨晚发生的事情也许只是场噩梦。但当他们看清面前站着的穿着白大褂的医生和周围冷冰冰的医院座椅时，才不得不沮丧地面对现实。

妈妈最先反应过来，她甚至来不及揉一下红肿的双眼，就急迫地问道：“那个男孩呢，他怎么样？”

穿着白大褂的医生语气平淡地说："你们到我的办公室来吧，具体情况要慢慢说。"

说完，他转身离开了，小西和妈妈赶紧从椅子上站起来，紧跟上去。

来到穿白大褂医生的办公室，小西和妈妈坐在办公桌对面的长椅上，那医生像是有意要吊着母女俩的胃口，还不紧不慢地点了支烟，吸了两口，才开口说道："有好消息，也有坏消息。"

小西和妈妈的心紧紧揪着。

"好消息是，那男孩并没有什么生命危险。"

听到这句话，母女俩心中的石头终于落了地，两人长长地松了口气。

"不知道是你们运气好还是那男孩运气好。总之，他没有受什么致命伤，只是头部经猛烈碰撞，额头上裂了一条口，我们给他缝了针，又做了全身检查，身体上应该没什么大碍。现在，他已经醒了，就在病房里。"

"太好了，真是……太感谢你们了，医生。"妈妈激动地说。

"别着急，听我说完，还有一个坏消息。"

妈妈和小西都一动不动地盯着医生。

"这个男孩子身体倒是没受什么重伤，但是他醒来后，无论我们问他什么话，他都一言不发，木讷地望着我们。就连问他的名字、父母和住址，他都只是一味地摇头——所以我们判断，也许因为头部受到重创，他失忆了。"

"啊……失忆？那，我们该怎么办？"妈妈茫然地问。

"当然，我们还会用仪器进行进一步的检查——作为医生，我们会把该做的都做妥当——接下来的事，你跟他们两位谈吧。"说到这里，穿着白大褂的医生站了起来，望向门口。

与此同时，办公室的门被推开了，门口站着两个穿制服的男人。

是警察。

来了。这是避免不了的。小西的心猛颤一下。

两个警察随手拖了两把椅子过来，坐在母女俩面前。其中一个身材高大的警察问道："昨天发生车祸后，你们没有立刻报警吗？"

“啊……”妈妈这才想起来，“对不起，警官，我昨天一心想着那男孩的安危，竟然……把这件事都忘了。”

“让我们主动找上门来，这可是不明智的啊。”另一个圆脸警察说。

妈妈已经急得语无伦次了：“警官，我下一次一定会注意……啊，不……我是说，我知道了。”

大个子警察挥了下手：“你别紧张，虽然你忘了报警，但你马上将伤者送到医院抢救，并一直守候在这里，也不为过。好了，现在你们跟我讲讲昨天晚上的具体情况吧。”

“嗯……昨天晚上，我从表姐家住的平顶乡开车回城里，我一边开车，一边和女儿说着话。突然，那男孩一下从路的一边跳出来，我反应不及，就撞到了他。”

“警官，真的是那男孩突然蹿出来的。”小西急切地补充道，“不怪我妈妈呀！”

“行了，别解释了。”大个子警察冷冷地说，“那些乡村公路上又没有设监控，你们就算说是那男孩自己往车上撞的也行。”

小西急了：“警官，我说的是真的！确实不是我们的责任，是他……”

“好了。”大个子警察不耐烦地摆了下手，“我现在不想纠缠这个问题——还有些别的情况要问你们。”

“你们撞到他的时候是晚上几点？”圆脸警察问道。

妈妈推算了一下：“我们到医院的时候是十二点多，那撞到他的时候……应该是接近十一点钟。”

“当时那条路上没有别的车辆或行人吗？”

妈妈和小西一齐摇着头说：“没有。”

“你们是在哪条公路上撞到他的？”

妈妈回忆了一下，说：“这个我记得，嗯……刚过收费站十几分钟，应该是在28号公路上撞到他的。”

听到这句话，两个警察做出了一种奇怪的反应，他们迅速地对视一眼，脸上露出某种怪异的神色。

小西和妈妈都注意到了。

“你确定吗？你真的是在28号公路上撞到这孩子的？”大个子警察再次确认道。

“是的。”妈妈迟疑地问道，“……怎么了，警官，有什么不对吗？”

大个子警察沉吟片刻，将身子朝前探出来一些：“我问你——你以前经常开这段路吗？”

“不，”妈妈摇头道，“算上去的那一次，这才是第二次呢。”

圆脸警察讷讷道：“难怪你不知道。”

小西在旁边听得越发疑惑了，问道：“到底是怎么回事啊，警官，那条路怎么了？”

“你们是真的不知道，还是来回路上都没注意？”

“没注意什么？”

“28号公路是平顶乡到我们市的行程中最特殊的一条路。”圆脸警察说，“公路两侧既没有住家，也没有农田庄稼，而全是……”

说到这里，他停顿了一下：“**全是墓地。**”

## 三、会发生怪事的墓地

听到这句话，小西感到脊背发冷，倒抽了一口凉气。

这时她才想起，白天开车去表姨家的时候，她一直在车上睡觉，根本没看过窗外。而晚上回来的时候，除了车灯照亮的前方那一小段公路，四周都黑漆漆的，完全看不清道路两旁。

妈妈张了下嘴，说：“对，我想起来了，确实那段路的周围全是一些坟墓——为什么会这样？”

大个子警察说：“那个地方在很早以前本来就是一大片坟地，是因为后来要修路，才硬在这些坟墓之间修出了一条道路来，就是这条28号公路。”

难怪那条路七弯八拐的，原来是为了绕开那些坟墓。小西暗忖。

“28号公路两边都没有人家，那条路到了晚上十分阴森，很多车子晚上都不敢走这条路——你们的胆子还真够大的呀。”圆脸警察不知是夸奖还是讽刺。

妈妈脸色发白，似乎有些后怕：“我……不知道这些。”

“那现在你们明白了吧？你说是在28号公路撞到那孩子的，实在是让人感到奇怪——据我们了解，那条路到了晚上根本就不会有人行走。我刚才说了，连车辆都很少。”

这倒是真的。小西回想起来，当时那条路上确实没看到过其他车辆，更别说行人了——那么，这个男孩子是从什么地方钻出来的呢……

“会不会是附近哪个村子里的小孩，晚上跑到这里来玩的？”妈妈猜测。

听到这话，两个警察一齐晃着脑袋，圆脸警察说：“你到那儿附近的村子去了解一下，就知道那里的小孩敢不敢晚上到28号公路那一带去玩了。那儿附近的人都说，**道路两旁的墓地到了晚上会发生一些怪事**……”

他突然意识到了什么，摆了下手：“算了，这跟我们今天要说的事没关系。”

小西听得全神贯注，那警察突然打住，让她大感失望，却又不好追问下去，心里像猫抓一样难受。

大个子警察朝同事使了个眼色，两个警察一起站起来：“好了，这件事我们就先了解到这里。接下来的几天，我们会设法联系到那孩子的家人。在这之前，他就先在医院里观察、休养几天。当然，费用……”

“放心，全由我出。”妈妈自觉地说。

警察点点头：“这两天你把他照顾好一点，等他的家人来了，也好交代些。”

“好的，我知道。谢谢提醒。”妈妈惭愧地答道。

两个警察走后，妈妈对小西说：“我们去看看那个男孩吧。”

小西点了点头。

妈妈到护士站问到了那个男孩的病房，跟小西一起找了过去。

到了。

进病房之前，妈妈转过身，很严肃地说：“小西，我们对这男孩一点都不了解。我也不知道他一会儿见到我们后，会说什么话，做什么事——但你记住，是我们害人家变成这样的——所以不管怎么样，你都要忍住，千万不要表现出不高兴或不耐烦的样子，知道了吗？”

小西皱着眉头：“妈妈，你说得他好像会跳起来把我们俩揍一顿似的。”

“没这么夸张，但是……还是注意点吧。”妈妈说，有点不那么肯定。

就在这时，病房的门从里面推开了，一个护士走出来，看起来是才给那男孩换了药。妈妈对她说：“我们是来照顾他的。”

护士点点头：“好的，你们进去吧。”然后走开了。

小西和妈妈谨慎地走了进去——男孩穿着病号服，背对着他们坐在床上，屋子里有点暗，窗帘是拉着的。

男孩似乎还没感觉到有人进来了。妈妈吐了口气，想用轻松一点的方式跟男孩打个招呼，这才想起并不知道他的名字。她牵着小西，绕到男孩的面前，微笑着轻声说道：“你好。”

男孩转过脸来望着她们，直到这个时候，小西才第一次清清楚楚地看到他的模样——挺直的鼻梁，浓眉大眼，圆圆的脸庞透露出一股男孩子特有的英气——他还真是长得像模像样的，只是额头上缠着纱布。

可惜的是，这男孩的脸上没有什么表情，只是木讷地望着小西母女。

气氛有些尴尬，妈妈问：“你记得我们是谁吗？”

男孩迟疑片刻，摇了摇头。

小西迅速地望了妈妈一眼，用眼神说：太好了，他不记得是我们撞了他。

妈妈瞪了小西一眼：傻瓜，他早晚会知道的。

妈妈蹲下身子，愧疚地说：“孩子，真对不起，是我们的车撞了你。我感到十分抱歉。不过医生说了，你的身体没什么大碍——只是，你记得昨天晚上，你为什么会突然跑到公路上吗？”

还是那种木讷的表情——妈妈和小西对视一眼，叹了口气，不知道该说什么好。

小西低声说："妈妈，我们先出去吧，让他休息一会儿。"

妈妈迟疑片刻，轻轻颔首，站了起来。

母女俩正要转身离开，男孩突然开口说道："我什么都不记得了。"带着一点听不出是哪里的外地口音。

小西和妈妈对视了一眼——感谢上帝，他终于说话了。她们还以为他的语言功能都在这次车祸中丧失了呢。

妈妈赶紧俯下身去说道："没关系，孩子，我们会照顾你的，你会好起来的。"

男孩望着小西的妈妈，片刻之后，竟露出一丝微笑，并点了点头。

小西和妈妈长长地舒了口气。

## 四、令他恐惧的名字

这是在医院的第三天了。妈妈跟单位请了假，和小西一直守在男孩的病房里，她们只有晚上才回家去休息。

三天以来，男孩虽然还是什么都没想起来，但他和小西母女俩的关系日渐融洽起来。

他的话不多，但是能看得出来，他是个懂事、又能体谅别人的人。他知道是小西妈妈的车子撞到了他，并令他失忆，却一点都不怪她们。反而——说起来怪怪的——小西感觉，他反而觉得这样很好。

这男孩其他方面都没有什么不好的，只有一点——他老是要求把窗帘关得严严的，就像是见不得光一样。病房里总是暗无天日，这让小西觉得很不适应。

这天下午，男孩躺在床上睡觉。妈妈对小西说："我今天要到公司去处理点事，顺便续假，你就待在这里吧。"

小西小声抱怨道："我们还要在医院里待多少天啊？"

妈妈把食指放在嘴边，做了一个表示轻声的动作，然后挥了下手，示意小西到门口来说。

“应该快了，警察找到他的父母后，就能带他出院了。”妈妈站在走廊边上说。

小西担心地问：“他父母不会叫我们赔很多钱吧？”

妈妈叹了口气：“要是赔钱能解决，我就谢天谢地了——就怕人家不会这么轻易罢休。”

“又不完全是我们的责任……”小西嘟囔道。

“好了，现在别说这些了。”妈妈看了下表，“我得到公司去了。”

妈妈离开后，小西回到病房，抓起一本杂志看起来。

不一会儿，男孩醒了，从床上跳下来。

小西问：“你干吗？”

“撒尿。”他说。

真是的，就不能说得文雅点吗？小西红着脸，含含糊糊地“嗯”了一声。

男孩进了卫生间，小西感觉有点闷——大概就是因为窗帘一直关着的原因吧——这间从早到晚都暗沉沉的病房几乎要令她透不过气来了。

小西走到窗边，将窗帘拉开一些，明媚的阳光立刻迫不及待地钻了进来，小西沐浴在阳光下，顿时觉得身心舒畅。

就在这时，男孩从卫生间出来了，他刚接触到这刺眼的太阳光，就立刻下意识地将手挡在眼前，高声叫道：“啊！把窗子（窗帘）关起来！我的……眼睛！”

小西吓得浑身一抖，赶紧把窗帘拉拢了。

好一阵之后，男孩才缓缓将手从眼前挪开——似乎回到阴暗的环境中，他才感到自在。

小西像做错什么事那样站在墙角，一声都不敢吭。

男孩走到她身边，带着几分歉意说：“我把你吓着了。”

小西本来不想跟这怪人多说什么，但忽然想到这是一个了解他的好机会，便故作随意地说：“没关系，是我不好。”

男孩坐回到他的病床上，悻悻然地说："我一看到刺眼的光线，就觉得很不安，而且……很害怕，不知道为什么。"

小西问："为什么会这样？难道你以前住的地方看不到太阳光？"

"我……不知道。"他低着头，惆怅地说。

我应该多跟他说些话，说不定能唤醒他的某些记忆。对，就这么办。

"你真的什么都不记得了吗？"小西问。

男孩望了小西一眼，摇了摇头。

小西想了想："这样吧，我来提示你一下，也许我说到某些东西的时候，你就会想起什么来呢。"

"你想让我想什么？"他问道。

"首先是你的名字。"

"我记不得了。"

"我知道。但我想，你总不会对自己的姓都没有一点印象吧？也许，我可以帮助你回忆。"

男孩有些诧异："我自己都不知道，你会知道吗？"

"我当然不知道，但我现在就挨着一个一个地说，说不定当我说到某一个姓的时候，你就会想起什么来呢？"

"嗯……好吧。"

"嗯——那就从最常见的开始说起吧——'李'。"

男孩很努力地想了想，摇头道："没有印象。"

"那么——'王'。"

男孩皱着眉头，晃动脑袋。

"赵。"

"不对。"

"张。"

摇头。

半个小时后，小西确信她已经把整个"百家姓"都念了出来，但男孩还是丝毫没有想起什么来。

连想一个姓都这么费劲，看来我还是别指望能让他恢复记忆了，小西沮丧地想。

“好了，我看，今天就到这儿吧。”她疲惫地说。

男孩点点头，看得出来，他也很失望。

“唉……”小西重重地叹了口气，身体倒向椅背，想好好休息一下。

突然，男孩抬起头来：“你说什么？”

小西愣了一下：“我没说什么啊。”

“你刚才说……‘唉’……”男孩忽然双手抱住头，眼睛紧闭，不断重复着这个字，“‘唉，唉’……”

看着他这副痛苦的模样，小西惊诧地张大了嘴，呆在一旁不知所措。

突然，男孩大声地说出来一个名字：**“艾明宇！”**

小西先是一怔，随即跳了起来，激动地大叫道：“你想起来了，对吗？‘艾明宇’……这就是你的名字！”

男孩茫然地说：“我不知道这是不是我的名字……只是刚才，我听到你说‘唉’的时候，这三个字就在我的头脑里闪了一下。”他指着自己的脑袋。

小西看着他说：“不会错的，这一定就是你的名字！你的记忆已经恢复一点了！”

男孩也凝视着小西。“艾明宇……”他又重复了一遍这个名字，忽然打了个激灵，接着脸色变得煞白，浑身猛抖起来。

“你怎么了？”小西惊诧地问道。

男孩蜷缩成一团，一脸惊恐万状的神情，他颤抖着说道：“我不知道这是怎么回事……这个名字……让我很害怕！”

“你是不是又想起了什么？”小西焦急地问。

“啊——！别再让我想了！求求你！别再让我回想了！”他痛苦地抱住脑袋，在床上翻滚起来。

小西根本没想到会发生这样的状况，她彻底被吓呆了。

足足过了一分多钟，男孩才渐渐平静下来。

之后，小西不敢再跟他谈论这个话题了。

接近五点的时候，妈妈回来了。在病房坐了一会儿，小西找了个借口，把妈妈拉到医院的花园里。

“你说，他的名字叫艾明宇？”妈妈疑惑地问。

“对，在我的提示下，他自己想起来的。”小西说，“但是，他害怕这个名字。”

“他为什么要害怕自己的名字？”

“我怎么知道？”小西心有余悸地说，“你没有看到，当他第二次念这个名字的时候，竟然害怕得浑身发抖！”

妈妈思忖道：**“也许这个名字对他来说具有某种特殊意义，甚至是唤醒他记忆的关键……”**

“那我们要叫他这个名字吗？”小西不确定地问。

“如果要帮他恢复记忆的话，我们就必须让他慢慢适应这个名字。不过，得慢慢来……”

小西晃了下脑袋，有点不懂妈妈的意思。

“让我试试吧。”妈妈说。

回到病房，妈妈从她买的一袋水果中拿出苹果和梨，两只手一边拿一个，微笑着问男孩：“你喜欢哪个？”

“都行。”他也微笑着回答。好像已经忘了那些令他恐惧的事。

妈妈用水果刀削了一个梨，递给男孩。

“来，明宇，吃个梨吧。”

男孩伸手来接。突然，他意识到了什么，呆呆地望着小西的妈妈。

小西一下紧张了。

妈妈试探着说：“这么几天了，你总得有个名字让我叫啊——我叫你明宇，你不会介意吧？”

男孩的脸僵硬了起码有十秒钟。然后，他缓和下来说：“好的。”

他接过梨，大口吃起来。

妈妈回过头望了一眼小西。

这个时候，小西的脑子里突然产生了一个奇怪的想法。

这男孩喜欢我的妈妈，一定是这样。

## 五、谜一样的男孩

谢天谢地，第五天下午，那两个警察终于来了。

小西早就受够了，她厌倦每天待在医院的病房里。她早就想约上自己的好友一起去游泳、逛街、吃东西——现在，等这件事情解决之后——她就可以去做这些事了。想想看，宝贵的暑假只剩不到十天了！怎叫人不遗憾呢?

但让她感到意外的是，还是只有这两个警察——他们并没有带来男孩的父母或家人。

仍是那间办公室，穿着白大褂的医生到病房去了。现在这里面就只坐了小西、妈妈，还有那两个警察。

妈妈迫不及待地问："警官，怎么样了？你们找到那孩子的父母了吗？"

大个子警察取下帽子，放在办公桌上，皱着眉头说："这件事情，真是怪了。"

小西和妈妈凝视着他，等着他继续往下说。

"从平顶乡到城里这一段路上，一共有四个村子。我们把那男孩的照片发到每个村子里去，并让当地的警察挨着询问——结果是，竟然没有一个人认识他，或者见过他。"

小西和妈妈惊讶地张大了嘴。

圆脸警察补充道："我们也在市里的电视台、报纸和网站上发了寻人启事，但目前为止，没有任何人跟我们联系。"

"怎么可能呢？"妈妈难以置信地说，"他总不会没有家和家人吧？"

这时，小西忽然想起那男孩最开始的装束——光着脚和上身、又脏又旧的短裤，又想起他说话带着那么一点外地口音——她脱口而出："会不会是从外地离家出走的，或者是个流浪儿？"

"这个我们当然想过。但不管哪种情况，都不该完全没人见过他才对——但现在的状况，我们也有些搞不懂了——他就像是突然从天上掉下来的一样。"大个子警察耸了下肩膀。

妈妈的反应令小西感到惊讶——她此刻涨红了脸，好像是有谁在说她儿子的坏话一样："不，警官，他不会是流浪儿的。这一点，我敢肯定。"

"你凭什么肯定？"圆脸警察问。

"因为……通过这几天跟他的接触，我发现他是一个懂事、可爱的孩子。呃……反正，他跟那些街头的流浪儿有本质上的区别，我能感觉得到。"

虽然妈妈说的是事实，但不知为什么，小西心里竟有些不是滋味。

两个警察对视了一眼，不置可否。

"算了，暂时别管这个。我们还会继续帮他寻找家人的。"大个子警察说，"目前的问题是，他现在该怎么办？"

"你们的意思呢？"妈妈问。

"我们认为有两种方案——第一，把他暂时送到儿童福利院去，当然，相应的一些费用要由你们来承担。第二，你们把他带到家里去居住，直到我们找到他的家人为止。"

哦，很显然，第二种是不可能的——小西抬起头，望着妈妈——这是毫无疑问的，对吧。

妈妈思考了大概半分钟的时间，说出了令小西惊愕不已的话："好的，警官，我愿意把这个孩子带到我们家去居住。而且，在找到他的父母之前，他的教育、医疗等问题全部由我负担。"

小西瞪大眼睛，差点从椅子上跳了起来："妈妈，你疯了吗？你自己都说过，我们对他一点都不了解！你要让一个陌生人住进我们家里？"

"小西！"妈妈呵斥道，"你不要忘了，是谁害得他失去记忆，并且和家人失去联络的？这都是我们的责任！”

“没错，可是警官也说了，可以把他送到儿童福利院去啊。干吗非得要住我们家？”

“因为儿童福利院的条件没我们家好。”见小西还要说什么，妈妈伸出手制止道，“好了，小西，别再说了，我已经决定了。”

小西张开的嘴像是被什么东西堵住了似的，好半晌，才轻声说道：“妈妈，你确定要这样做吗？”她几乎是在哀求了。

“是的，我确定了。”妈妈望向两个警察，“警官，你们没有意见吧？”

“当然，这样是最好不过的了。”圆脸警察说。

这时，小西忽然想起了什么：“对了，警官，那男孩的记忆恢复了一点儿，他记得自己的名字叫‘艾明宇’！”

“哦，是吗？这倒是个重要的线索。”大个子警察点头道，“这对找寻他的家人应该很有帮助。”

“好吧，那就这样。”两个警察站起来，“一会儿你们就可以去帮那男孩办理出院手续，然后带他回家了。”

回家？老天啊，我终于可以回家了。可是——一想到要跟那男孩一起回家，小西心中莫名地颤抖了一下——

**为什么，我会有种不安的感觉呢？**

## 六、他没有痛觉吗？

办理完出院手续，已经是下午六点多了。

明宇头上的纱布已经取下来了，但是额头上缝的针还要过几天才能拆线。还好，他的头发耷拉下来，将伤疤遮住，看起来不是那么显眼。现在，他换上小西的妈妈才给他买的T恤和运动短裤，看上去就跟一个普通的城市少年一样。

妈妈从车库将她那辆浅绿色的小车开到住院部的楼下，头伸出车窗来喊道：“小西、明宇，上车吧。”

小西走过去拉开前面的车门，坐到副驾驶的位置。

明宇也走过来，但他站在车前，有些不知所措。

“明宇，上车啊。”妈妈说。但他还是没动。

“他会不会是有点心理阴影？”小西提醒道，“就是这辆车撞了他呀。”

“不会吧，他不是失忆了吗？应该对这辆车没印象才对。”妈妈小声说，然后下车，来到明宇身边，“你怎么不上车啊？”

明宇有些尴尬地说：“车门……怎么打开啊？”

噢——小西眼睛向上翻了一下——确实是失忆了，连怎么开车门都忘了。

妈妈微笑着帮明宇打开汽车后座的车门，看到他坐进去之后，她才回到前面来，发动汽车。

车子行驶在城市宽阔而拥挤的马路、立交桥上，小西不断通过后视镜观察明宇的表情，发现他贪婪地注视着车窗外的一切，仿佛这些高楼、商铺、雕塑、车辆——包括整个世界都是他从没见过的光景。

他真会忘得这么一干二净吗？小西疑惑地想道，我怎么感觉，他根本就是第一次看见这些东西呢……

妈妈的问话打断了小西的思绪：“你们俩今天晚上想吃什么？是韩国烤肉还是麻辣火锅，或者是西餐啊？”

听到这话，小西的精神一下就来了：“当然是吃西餐啊！我好久都没吃牛排了。”

“你呢，明宇？你喜欢吃什么？”妈妈笑着问。

明宇坐在后排，一脸的茫然，好像对刚才这些选项根本就没有任何概念。

妈妈也看出来了，她换了一种问法：“你就告诉阿姨，你最喜欢吃什么东西吧。”

闷了半天，他开口说道：“**我喜欢吃……肉。**”

“好的，那我们就去吃西餐吧，这儿附近有一家西餐厅，那里的牛排是全市最棒的。”

说话之间，妈妈将车子拐进一条繁华的商业街，不一会儿，就到了这家西餐厅门前。

停好车之后，妈妈先出来，然后帮明宇打开车门。之后，三个人一起走进这家装修极富品位的餐厅。

小西选了一个靠窗的位子，和妈妈坐在一起，明宇坐在她们对面。年轻的男侍者拿着菜单走了过来。

“几位请点餐。”侍者礼貌地说道。

“我要一份水果沙拉，沙朗牛排，七分熟，还有芒果布丁……嗯，就这些。”小西熟练地点完了自己喜欢的菜。

“明宇，你呢？”妈妈将菜单递到明宇面前。

和小西猜的一样，他木然地望着她们，不知道该干什么。

“让我来帮你吧。”妈妈说，“你喜欢吃肉，对吗？那就……一份菲力牛排，再加一份法兰克福小香肠吧。”

“菲力牛排要几成熟？”

妈妈想了想：“要全熟的吧。好了，现在是我的，我要……”

点完菜后，侍者匆匆去了。

妈妈喝了一口柠檬茶，问道：“明宇，你喜欢这家餐厅吗？”

“喜欢。”他很直爽地说。

“他们的菜会让你更喜欢这里的。”妈妈笑着说。

不一会儿，滚烫的铁板牛排端来了，侍者将香浓的酱汁倒在牛排上，礼貌地鞠了一躬：“请慢用。”

妈妈拿起桌子上的餐具，示范道：“明宇，左手拿叉，右手拿刀。按住牛排，用刀切一小块，就可以叉进嘴里吃了。”

明宇依葫芦画瓢地照做，动作十分笨拙。好不容易切下一大块肉，他用叉子用力一插，一口送进嘴里。整个嘴包满了肉，腮帮鼓起一大块，肉汁从嘴角溢了出来。

天哪，他的吃相可真够粗鲁的。小西盯着他发呆。

“好吃吗，明宇？”妈妈问道。

他费力地咽下那一大块肉，眼睛闪烁着，感动得都快流下泪来了：“好吃，太好吃了！我从没吃过这么好吃的肉！”

他说这句话的声音很大，引得别桌的客人都朝这边望过来。小西将脸埋下去，难堪得脸颊发红。

这个乡巴佬，他的反应也太夸张了吧！跟他坐在一起真是丢脸！

明宇用生硬、机械的动作又切下一块肉，塞进嘴里大嚼特嚼。这块肉吃完后，他看着手中的刀叉说：“这东西我用不惯。”

妈妈咽下口中的菜，用餐巾擦了擦嘴，为难地说：“只能将就着用了，这里可没有筷子呀。”

“不用。”明宇咧开嘴笑了一下。

接着，他做出了一个惊人的举动。

他伸出右手，直接将铁板上的整块牛排抓了起来！

“啊！”小西和妈妈忍不住一起叫了出来，“当心，烫！”

明宇将肉抓在手里，满不在乎地说：“不烫啊。”

接着，他像咬面包一样大口大口地吃起那块牛排来，样子别提有多过瘾了。

小西和妈妈面面相觑，简直惊呆了。

经常吃牛排的她们知道，为了让肉一直保持热度，盛牛排的铁板是之前烧烫了的，温度起码在90摄氏度以上！但刚才，她们亲眼看见明宇伸手到铁板上去抓那块牛排。

毫无疑问，他的手是接触到了那块铁板的，但他居然一点儿事都没有！

**难道他没有痛觉吗？**小西惊愕地想。

妈妈显然也在思考这个问题，她不由自主地伸出一只手指，轻轻地碰了一下明宇面前的那块铁板。“哎哟！”她赶紧缩回手，放在嘴边吹起来。

这时，餐厅里的客人几乎都停下吃饭了，甚至连经过的侍者都停下了脚步，大家都目瞪口呆地望着这个把牛排当烧饼吃的奇怪男孩。

小西的脸已经红到脖子根了，她尴尬得简直无地自容——现在想起来，在医院的食堂吃饭时，明宇的吃相就特别粗鲁，只是当时她们没怎么在意罢了。

妈妈也想劝明宇吃得斯文些，可还没开口，他已经把那块牛排吃完了。

明宇又要伸手去抓那两根香肠，妈妈终于忍不住说：“明宇，这个……就用叉子叉着吃吧。”

“这个不用切成小块吗？”他问道。

“嗯……这个不用。”

“好吧。”他用叉子叉住香肠的中间部分，又大口大口地吃起来，满嘴都在流油。

小西已经没有什么食欲了，她现在唯一希望的就是赶紧离开这个丢脸的地方。

吃完了两根香肠，明宇很自然地用手背当餐巾抹了下嘴，显得十分满足。

妈妈问道：“明宇，你吃饱了吗？”

小西盯着他的脸，在心里祈祷——千万别说你还要来一份。

明宇瞄了小西一眼：“嗯……吃饱了。”

“真的吃饱了吗？”妈妈觉得他回答得不那么肯定。

“吃饱了。”他再次说。

“那好。”妈妈招呼侍者，“埋单。”

付账之后，小西像逃跑一样低着头迅速离开。她在心里想着，以后再也不来这家西餐厅了。

## 七、他在墓地干什么？

“啪。”妈妈按了一下开关，客厅的灯亮了。

“欢迎你来我们家，明宇。以后，你也是这家里的一员了。”妈妈微笑着说。

明宇的眼睛眯了好一阵，看得出来，他还是不怎么喜欢太强的光线。但是很快，他就适应了，睁大眼睛望着这个布置得温馨而富有格调的家。

明宇转过头去，对着小西的妈妈笑了一下。

“你喜欢这里，对吗？”妈妈问。

他很肯定地点了点头。

“我们这里是一楼，门口还有花园和水池——现在晚了，明天白天你会更喜欢这里的。”妈妈拍了下他的肩膀，“现在，我带你到你的房间去吧。”

“我有自己的房间？”他惊讶地问。

“当然了，我们这套房子除了客厅还有三个房间。我一间，小西一间，现在，那间书房就是你的房间了——走吧，我们看看去——小西，你不一起来吗？”

小西只好从沙发上站起来，跟着他们走到书房去。

明宇望着书房中的书柜、沙发、电脑，显得很高兴：“我以后就在这间屋里睡觉吗？”

“对呀。”妈妈点头道。

“在这里睡觉一定很舒服。”他一边说，一边躺了下去，直接四仰八叉地睡在木地板上，显得很满足。

噢，小西扭过脸去，偷偷发笑。

“哦，不、不……”妈妈笑着说，“我怎么会让你睡地板呢？”

明宇站起来，纳闷地望了下周围：“可是，没有床啊。”

“马上就变出来了。”妈妈走到折叠沙发旁边，迅速地摆弄着沙发的靠背和底座，不一会儿，沙发就变成床了。

明宇像看魔术表演一样，瞪大了眼睛。他的表情把妈妈逗乐了。

“这叫折叠沙发床，怎么样，很神奇吧？”妈妈笑道，“现在你可以躺在上面试试了，我去给你拿枕头和夏凉被。”

妈妈走了出去，明宇并没有躺到他的床上去，而是走到书桌旁，捧起一本小说，不知道是看不懂还是没兴趣，很快就放下了。接着，他发现了桌上的一个玻璃相框，照片上有一家三口，年轻的父母抱着一个三四岁的小女孩，显得非常幸福。

他把相框拿到眼前，仔细地看了好一阵子，又回头看看小西，忽然像发现什么新大陆似的，说："这照片中的小女孩是你！"

小西翻了下眼睛："废话，当然是我了。难道我们家的书桌上还会放别人的家庭照吗？"

他没理会小西的揶揄，接着说道："这是你妈妈。"

小西脸扭向别处，耸了下肩膀。

又过了一会儿，他困惑地问道："这个人是……"

"那是我爸爸。"小西说。

"为什么我从来没见过他？"明宇好奇地问道。

"恐怕你见不到他了。"

"为什么，他不在这里吗？"

"对，在一个很远的地方。"

顿了片刻，他又问道："那他什么时候回来？"

小西真的觉得有点烦了："他已经死了，在我五岁那年。"她以为能平淡地回答，但语气中还是有一丝淡淡的忧伤。

明宇张了张嘴，垂下眼帘："对不起……"

小西深吸了一口气："没什么，都是很久以前的事了。"

明宇再次捧起那个相框，仔细端详——小西不知道他为什么对这张照片这么感兴趣。

忽然，小西发现明宇不自觉地用手摩挲着相框，眼眶中竟淌下泪来。

"嘿、嘿……"她走上前去，望着明宇，"你没必要为我伤心。我早就适应和妈妈两个人的生活了，我们很幸福。"

明宇擦干眼泪，悲伤地说："不，不是这个意思。我自己也不知道是怎么回事……反正，我看到这张照片，就觉得心里很难受。"

小西张口结舌地望着他，不知道该说什么好。

就在这时，妈妈抱着枕头和被子走了进来。明宇转过身去，将相框放回原处，又用手背擦干了脸上的泪痕。

妈妈并没有察觉到什么，她摆弄好枕头和被子："你先睡一晚上吧，如果睡不惯这张沙发床，我明天就去买一张新的单人床。”

“我觉得很好。”明宇说。

妈妈笑了笑，摸了一下他的脑袋：“好的，去洗澡吧。”

妈妈把明宇带到卫生间，教他使用淋浴。他好像不怎么喜欢这种水从上方喷下来的洗浴方式，但还是答应试试。

妈妈从外面将门带拢。来到客厅，和沙发上的小西坐在一起。

“嘿，女儿，你怎么看起来闷闷不乐的？”

小西眼睛望着上方：“你叫我怎么开心得起来？今天在西餐厅丢了这么大的脸。”

妈妈头靠在沙发靠背上，像是在回忆吃饭时的情景，不一会儿，她笑了起来：“的确是够丢脸的，不过想起来，他那些举动也挺可爱的。”

“可爱？”小西瞪着眼睛说，“他简直就像个原始人！”

“你要原谅他，他失忆了啊……”

“而且是我们造成的。”小西翻着白眼说，“你不用动不动就提醒我吧。”

“不，我的意思是——他也许是忘记了一些基本的礼仪，或者是生活常识，我们得慢慢教他。”

“是吗……我可不这么认为。”小西若有所思地说，**“我觉得他不像是‘忘了’，而是他在失忆之前就是这样生活的。”**

“别这么说，这怎么可能？小西，我觉得你对明宇有些偏见。”

“看你，左一个‘明宇’，右一个‘明宇’。”小西不满地说，“我看你真把他当自己儿子了吧？比女儿都亲了。”

“唉……可不是嘛。”妈妈叹了口气，“我又从来没有过儿子，现在有这种机会，当然要过一下瘾了。”

“你……”小西鼻子都气歪了。

“哈哈哈，我的乖女儿吃醋了。”妈妈一把抱住小西，大笑道，“你担心什么？怕妈妈被抢走吗？”

“哼，我才不在乎呢。”小西假装不屑地说道。

“是吗？真的不在乎？”妈妈把手伸到小西的胳肢窝下面，使劲挠她，“真的不在乎吗？”

“哈哈哈哈，好了，好了，我投降了……”

就在母女俩打闹的时候，明宇从卫生间出来了，已经穿好了衣服。

“咦，这么快就洗好了吗？”妈妈问道。

“嗯……我还是不太习惯。”明宇挠着头。

“没关系，慢慢就习惯了。”妈妈笑着说。

明宇坐到沙发的另一头，过了一会儿，问道：“我现在该干什么？”

妈妈看了一眼墙上的挂钟：“快十点了，如果你疲倦的话，就可以回房间睡觉啊。”

明宇说了一句：“我不会这么早睡觉的。”

小西本来想拿遥控器开电视，听他这样说，愣了一下，问道：“那你以往晚上要做些什么事？”

刚问出口，她就后悔了——明宇已经失忆了，这个问题他怎么可能回答得出来呢。

没想到的是，明宇居然很认真地思考了这个问题。片刻后，他说道：“我记不得了，但是有种感觉，好像我该在晚上做些什么事一样。”

小西张着嘴，一个问题此刻冒到了她的喉咙口，呼之欲出。

但最后她还是忍住了，没有问出来。

妈妈打开电视，对明宇说：“既然不想睡，那就看会儿电视吧。”

“我去洗澡了。”小西从沙发上站起来。

洗漱完毕，小西回到自己的房间，躺在床上，她却翻来覆去地睡不着。

对了，我早就该注意到这个问题了呀——

发生车祸的那天晚上，他不是走在公路上被我们撞到的，而是从旁边突然蹿出来的。

“28号公路的两侧没有住家和农田，全是墓地。”

警察的话此刻又回响在了小西的耳边。

突然，她捂住了嘴，感到全身发冷、汗毛直立。

**那天晚上，在撞到他之前，他就在那片墓地之中！**

当时，他在干什么？为什么会突然跑出来？

## 八、夜泳

小西躺在床上，越想越害怕。她想去妈妈的房间，把她所想到的告诉妈妈。但是，一切都只是她无端的猜想而已，没什么意义。

最后，她迫使自己平静下来，默默念道——是我想太多了，根本就是在自己吓自己。

客厅里电视的声音已经听不到了，可能已经关了。妈妈和那小子大概都各自回房间睡觉去了。

我也该睡了，明天，把我那个死党约出来喝杯饮料，谈谈心，也许就好多了……

想着想着，小西沉沉地睡去了。

夜，在寂静中慢慢流逝。

不知什么时候，小西被一些细微的声音吵醒了。

迷迷蒙蒙中，她感觉自己好像听到了什么水声。

她逐渐清醒，判断也越发准确。

最后，她清楚地感知到，那一阵一阵的水声是从屋外传过来的。

外面怎么会有水的声音？她先有些迷茫，忽然间想到了。

水池。

小西从床上爬起来，走到窗边，从她房间的这个角度看过去，只能看到水池的一点边缘。

小西犹豫了片刻，决定到门口去看个究竟。

她壮着胆子，打开卧室和走廊的灯，走到客厅。来到门口的时候，她惊讶地发现，大门居然是开着的——这时，她心中已经猜到一大半了，只是想出去瞧个究竟，看那小子到底在搞什么鬼。

小西轻轻推开门，蹑手蹑脚地走了出去，今天晚上有月光，基本上能看清外面的状况。

她停下了脚步。

虽然之前也有猜想，但她没想到，竟会是这样的场景——

明宇整个人浸泡在花园的水池之中，赤裸着的上半身在月光下熠熠发光。他用手捧起一汪水，泼到自己的脸上，又不时抓一条池里的小鱼，捧在手心里玩耍，看起来悠然自得、逍遥快活。

这一幕，在轻柔的月光下，简直就像是一幅画。

小西看呆了，她没有想到，平日这带有些许腥臭味的鱼池，竟能在夜色中，和这男孩组合成如此优美的一张画卷。

就在小西呆呆凝望的时候，水池中的明宇似乎感觉到了什么，他回过头来，看到了不远处的小西。

一时之间，两人都有些尴尬。

“嗯……我睡不着，就想到这水池里来洗个澡。”明宇挠着头说。

小西撇了下嘴：“家里的淋浴你不洗，跑到这鱼池里来洗澡？告诉你吧，这水没你想的那么干净。”

明宇满不在乎地说：“我觉得没什么。”

“那也不能把这当游泳池呀。你玩得还挺开心的——要是让别人看到，说不定还以为这池里什么时候养了条大鱼呢。”小西取笑道。

明宇搓着鼻子嘿嘿地笑。

“快起来吧，在这冷水里待久了会感冒的。”小西说。

“哦，好。”明宇应道，扶着水池边缘从水中跳了出来。

他这一跳出来，小西差点儿晕了过去——借着皎洁的月光，她赫然看到，明宇竟然一丝不挂，浑身湿漉漉、赤条条地站在她面前！

“啊！”小西赶紧背过身去，又羞又恼地说道，“你怎么什么都没穿啊！”

明宇好像一点都没意识到自己有什么不妥，他茫然地挠着头说：“我告诉你我在洗澡啊，当然什么都没穿了。”

“别说了，快把衣服穿上吧！”

明宇穿好放在水池边的衣服和裤子，走到小西面前：“好了。”

还好是在晚上，小西那张羞得像番茄一样的脸没被明宇看到。她低着头朝家里走去，明宇跟在后面。

回到家，小西关好门，低声对明宇说：“以后夜里不准再一个人出来了！还有……你这样敞着门多危险啊，要是有小偷进来怎么办？”

明宇知道自己做了错事，低着头说：“我知道了。”

“好了，回你自己的房间去吧。”小西说。

刚准备回卧室，小西突然望了一眼客厅的落地式窗户，窗帘是完全拉拢着的。

一瞬间，她意识到一个之前没有想到的问题。

小西转过身，问身后的明宇：“你之前出来的时候，没有开灯吗？”

明宇愣了一下：“没有。”

小西指着窗户那边说：“窗帘是完全拉拢了的，一点月光都透不进来——你刚才是怎么从房间走到门口来的？”

明宇呆了半晌，说：“我看得到啊。”

小西张口结舌地问道：“你的眼睛能在黑暗中看到东西？”

明宇反问道：“是啊，你不能吗？”

“我当然不能了。”我是正常人。后面半句小西没说出来。

明宇“嗯”了一声，没什么太大的反应。

“嗯……等等。”小西决定试验一下，她迅速地走到自己的房间面前，将房门带拢，再关掉走廊的灯，屋里一下变成漆黑一片。

小西离明宇有好几米远。她伸出几根手指头，问道：“这是几？”

“三。”明宇不假思索地回答。

小西惊诧不已：“天啊，你真的能看到！”

“这很奇怪吗？”明宇纳闷地问。

小西重新打开走廊的灯，点头道：“是的，很奇怪。”

这时，妈妈穿着睡衣从卧室走了出来，看到小西和明宇站在客厅，问道：“你们在干什么？”

小西本想把“夜行动物”的怪异行为告诉妈妈，突然想到刚才水池边那尴尬的一幕，赶紧编了个理由：“明宇想找卫生间，他忘了在哪里。”

“在这边啊，你怎么走到客厅去了。”妈妈指着另一边说。

“哦，好的。”明宇朝卫生间走去，好像他真的要上厕所。

这小子还蛮配合的，小西想。

“我回房间睡觉了。”小西朝房间走去。

妈妈点了下头，她等明宇从卫生间出来后，看着他走进书房，才将走廊的灯关掉。

这是没有必要的，**他在黑暗中能看到东西**。小西很想告诉妈妈。

## 九、梅丽的期待

“这么说，你真的看到了？”小西的死党梅丽瞪着眼睛，一张脸涨得通红。

“看到什么了？”小西不自然地说，白了她一眼。

“那男孩的身体啊，全都被你看到了？”梅丽喘着粗气问。

“你小声点，要死啦！”小西尴尬地扫视了一眼冷饮店的其他人，脸“唰”的一下就红了，“才没有呢！晚上一片漆黑，根本看不清！”

梅丽歪着头，不相信地说：“别骗我了，你刚才还说月光很亮呢。”

“好啦！别说这个了！”小西烦躁地说，脸又成了一个大番茄，“欸，我跟你讲了这么多，你怎么就只对这个有兴趣啊？什么人哪你！”

“这能怪我吗？长这么大，我还从来没有看到过裸体的男生呢——哦，别说我那一岁的表弟也算。”比小西大半岁的梅丽叹着气说。

“那你去啊！”小西往外推着梅丽，“你到男浴室去看啊！”

“好啦、好啦，别闹了。”梅丽笑着挤了回来，将脸调整成一副严肃的模样，“说正经的——那男孩真的有这么奇怪吗？”

小西瞪着她说：“你以为我在跟你讲故事啊？我才没那心思呢。”

梅丽疑惑地问：“你说他是从墓地里跑出来，才被你们撞到的？那他晚上一个人在那阴森恐怖的墓地里干什么？”

问完这句话，梅丽禁不住打了个冷战，用手搓着臂膀。

小西翻了下眼睛：“我要是知道答案的话，还用得着找你出来说啊？”

梅丽问：“你妈妈呢？她就没觉得这一点很不寻常？”

小西叹了口气：“我跟她说了，可她认为——那男孩可能是一个人跑出来玩，迷了路，才跑到那墓地里去的。”

梅丽思忖着：“确实有这个可能。”

小西有些焦急地说：“可是他奇怪的不只是这一点。我刚才都跟你说了——他就像是没有痛觉一样，而且他的眼睛就像猫科动物一样，有夜视的功能！这些证明他根本就不是普通人啊。”

“那你认为他是什么人？”梅丽盯着她问。

小西耸了下肩膀：“我不知道。但我感觉他绝对不是一个正常男孩，他的身上肯定隐藏着什么秘密。”

停下来，吮吸了一大口冰橙汁，她接着说道：“而且直觉告诉我，他怪异的地方还远远不止这些呢，只是现在还没表现出来而已。”

梅丽凝神望着小西，好一阵之后，她忽然笑道：“真是太有意思了。”

“什么？”小西望着他。

“一个长得帅气，又颇具神秘感的男孩。”梅丽兴奋地说，“这不是很有趣吗？”

对于这一点，小西倒没有什么异议。但她不安地说：“可我总是隐隐觉得，他的出现，似乎会带来某种危险……”

“比如他半夜溜出去裸泳，把你们家的门大敞着？”

“不，不是指这种事情。我指的是，他本身。”

梅丽将面前的巧克力圣代端起来，舀了一口送到嘴里，吞下去之后，她说道：“我看是你想多了吧？听你刚才的描述，我觉得这男孩挺单纯的，就像个什么都不懂的小孩儿——根本就不具备什么危险性。”

小西轻轻搅拌着冷饮，低着头没说话。

梅丽问道：“那他现在在干什么？在你家？”

小西点了下头：“多半又在看电视，他很喜欢看电视，就像是从来没看过一样。”

梅丽忽然将头探到小西面前，低声说道：“你什么时候把他带出来，让我认识一下，怎么样？说不定我会和他成为朋友呢。”

“你别犯花痴了好不好？”小西瞪了梅丽一眼，随即又叹息道，“不过，不用我介绍，你们也会认识的，就在几天之后。”

“什么意思？”梅丽瞪大眼睛问。

小西无奈地说：“我妈妈说了，她已经联系了我们学校的校长，准备开学之后就把他送到我们学校来读书，而且是跟我们一个班。你说你到时候会不认识他吗？”

“真的？”梅丽兴奋地说，“太好了！”

小西疑惑地望着死党，难以理解地问道：“你真的对他这么感兴趣吗？他到底有什么吸引你的？”

“我刚才说了啊，这么有神秘感的男孩可不是随时都能碰到的。”梅丽神采奕奕地说，“他比起我们班上那些只知道上网、玩游戏的没劲的男生，可是要有趣多了！”

“希望你如愿以偿。”小西望着死党，讽刺地说。

# 十、他变成了哥哥

时间一晃而过，暑假眼看着就结束了。

开学前一天的晚上，妈妈把小西叫到房间，对她说："小西，明天早上，我开车送你和明宇去上学。在学校里，你要帮助他适应新环境，教他怎样跟同学做朋友。"

小西木讷地"嗯"了一声。

"还有，我跟校方说，明宇是你哥哥——你也要这样跟别人说，记着。"

小西抬起头来："为什么要说他是我哥哥？"

妈妈盯着小西："不然怎么说呢？难道你想让所有人都知道真实情况——是我们开车撞了他，导致他失忆？"

小西张了下嘴，无奈地垂下头。过了一会儿，她像是又想起了什么，问道："他失忆了啊，现在突然就让他读初二，能跟得上吗？"

妈妈耸了下肩膀："这是没办法的事。我总不能让他从小学一年级读起吧？学习上，你就多帮帮他吧。实在不行，我就请个家教晚上来帮他补一下课。"

小西皱着眉头说："真麻烦。"

"小西……"

"好了，别说了。"小西赶紧做了个手势，"那番话我耳朵都听起茧了。"

妈妈叹了口气："小西，这么多天了，我怎么感觉你还是对明宇有成见呢？他每天就在家里看看电视，或者是到小区里玩会儿，很乖啊，一点都不讨厌——你为什么老是对他爱搭不理的？"

妈妈的话让小西陷入了沉思——没错，这些天，明宇确实没做什么异常的事，似乎他已经渐渐适应在这个家的生活了。

他最大的爱好就是看电视，有些时候，小西都想笑——他就像个一两岁的幼儿一样，连电视里那些反复播放的广告都看得津津有味。看到高兴的时候，他就咧开嘴“呵呵呵”地傻笑。

确实，他不是个让人讨厌的人，甚至可以说，还是个单纯可爱的家伙。但是，小西一想到他那些与众不同的、怪异的地方——还有，他那谜一般的来历——心中就总有种戒备心理，让她和明宇没法亲近。

不过，考虑到很快就要和他成为同一个班的同学，还得被迫当兄妹，小西觉得也该和他搞好关系了，毕竟以后每天接触的时间都会多起来。

想到这里，小西抬起头来望着妈妈，勉强露出一丝笑容：“好的，妈妈，我会尽量帮助他的。”

妈妈也露出笑颜：“这就对了。”

看到妈妈如释重负的样子，小西忍不住问道：“妈妈，你为什么这么在乎我对明宇的态度呢？他只不过是在我们家暂住一段时间而已啊。”

妈妈沉默了片刻，说道：“可是从现在的状况来看，他可能不仅仅是在我们家暂时居住的问题了。”

顿了一下，她接着说：“已经过去十多天了，警察都没有跟我们联系，这说明他们还没有找到他的父母。小西，你有没有想过，如果警察一直都无法找到他的家人，或者是他家人已经不在了……”

“那你准备怎么办？”小西急迫地问。

妈妈凝视着她：“如果是这样的话，我准备把明宇收为养子。到时候，你们就真的是兄妹了——小西，你现在知道我为什么这么在乎你对他的态度了吧？”

小西深吸了一口气，看起来，真得做好长期跟这个怪人相处的准备了。

## 十一、课堂上的混乱

“各位同学，跟大家介绍一位新转到我们班的同学。他的名字叫明宇，是我们班江小西的哥哥。大家鼓掌欢迎。”班主任吴老师站在讲台上跟大家介绍。

同学们纷纷鼓掌，有些在窃窃私语——

“还挺帅的。”

“看上去有点老实。”

“江小西什么时候有了个哥哥？”

吴老师示意大家安静下来，然后对站在他身边的新同学说：“明宇，跟大家问一下好吧。以后，你就是这个集体中的一员了。”

明宇站到讲台中间，有几分腼腆地说：“大家好，我叫明宇，希望同学们多关照。”

好老土的自我介绍。小西在心中窃笑——肯定是昨天晚上妈妈教他的。

再一次鼓掌后，吴老师对明宇说：“你先暂时一个人坐第六排的那个座位吧，以后再安排同桌。”

明宇点了下头，走到老师说的座位那儿坐下。

“好了，现在请大家拿出语文书，我们今天讲初二的第一课……”

上课的时候，小西不时偷瞄坐在她后面两排的明宇，发现他捧着书，一副很感兴趣的样子，听课的态度也比任何人都要认真。看起来显然是因为第一次上学，对一切都充满了新鲜感。

课上到一半的时候，意想不到的事情发生了。

也许吴老师是想试探一下新同学的水平，点名道：“明宇，你来朗读一下课文的第五段到第八段。”

明宇听到老师叫他的名字，愣了一下，有些不知所措。

吴老师以为他没听清楚，又说了一遍。

明宇显得越发窘迫了，他不安地望向小西，好像是在向她求援。

小西也没想到会有这种情况发生，她不知道该怎么办——总不能举手说帮他读吧。

坐在明宇前面的一个女生将脸扭过来小声说：“老师叫你读课文呢，不管怎么样，你先站起来啊。”

明宇听她这么说，迟疑着从椅子上站了起来。

吴老师以为他终于要开读了，冲他点了点头：“开始吧。”

明宇茫然地问：“开始什么？”

有些同学笑了起来，吴老师也有些不耐烦了：“我都说了两遍了——把课文的第五段到第八段朗读出来。”

明宇摇着头说：“我不会读。”

同学们全都望向他，像看热闹一样乐呵呵地看着这个新来的，不知道他葫芦里卖的是什么药。

吴老师推了一下鼻梁上的眼镜，皱着眉头说：“什么叫不会读？你读得不好没关系，但总不能一句都不读啊。”

这回，明宇语出惊人：“我不认识这些字啊。”

全班同学“轰”的一声笑开来，大部分人像看外星人一样盯着明宇，有一部分望向了小西，似乎想从她这里寻找答案。小西身边还有同学说道：“江小西，你哥哥太绝了！”

小西羞愧难当，脸涨得通红，好像出丑的是自己一样，她简直想找条地缝钻进去。

看着课堂一片混乱，吴老师也火了：“你不识字？初二的学生不认识汉字——你是从外国来的吗？我看……你是在故意捣乱吧？”

明宇一脸委屈：“我不认识，所以我才来学啊。”

班上同学笑得更厉害了，有调皮的还吹起了口哨——意思是说，这场戏太棒了。

明宇的这句话弄得吴老师一时不知该说什么好。他没想到这个新来的看起来老实，实际上却是个制造混乱的“老手”。现在，他已经怒不可遏了，生气地用力一挥手：“算了，你坐下！”

紧接着，他几乎是喝道：“江小西，你来读！”

小西大吃一惊——她没想到，吴老师气急败坏之下，居然迁怒到她这个班长头上了。他现在点名让自己来读，意思简直是明摆着的——江小西，看看你那个哥哥干的好事！你来替他赎罪！

没办法，小西只有在全班的嘲笑下——她现在深信不疑，嘲笑已经转移到她身上了——站了起来，用蚊子一样的声音读完了课文。

## 十二、硫酸的威胁

好不容易，第一堂课终于下课了。小西第一次感到上课令她如此难受。

梅丽走到小西身边，望着她说：“我同情你的遭遇。”

“你想认识的帅哥在那边，去找他吧。”小西无力地说。

“我会去的，但在那之前，我想先弄清楚两个问题。第一，你哥哥怎么看上去傻乎乎的？第二，他什么时候成你哥哥了？”

“第一个问题去问他自己；第二个问题去问我妈妈。”

“别这么冷淡嘛。”梅丽望了一眼后方的明宇，“你说，他是真的不认识字，还是故意制造喜剧效果？”

“别烦我了，好吗？”小西用手按着额头，“我不想再谈论他了。”

梅丽撇了下嘴，摊了摊手，坐在旁边不说话了。

另一边，明宇的身边现在也围着好几个人，是班上调皮捣蛋的那一帮男生。

“嘿，哥们儿，第一天的表现不错嘛。”一个又高又壮的男生，满脸化脓的青春痘使他看上去就像是被毁了容。他的外号就叫“硫酸”。

明宇望了他一眼，没有说话。

“知道吗？本来我觉得上课是件很无聊的事情，但你今天演的这场好戏让我开心极了。”硫酸说。

“我没有演什么戏。”明宇说。

“好了，别这么一本正经的。”硫酸身边一个厚嘴唇的男生说道，“你看起来很不错，愿意加入我们吗？”

明宇想起来，昨天晚上小西的妈妈跟他谈了很久的话，其中一点就是要多跟班上的同学交朋友。

但他不怎么喜欢面前的这几个人。

“喂，问你呢，新来的。”厚嘴唇男生说，“你愿意加入我们吗？”

“加入你们干什么？”明宇问。

几个人一齐哄笑起来，硫酸说：“加入我们意味着你将获得很多乐趣。比如说，我们可以一起商量，怎样让乏味的课堂变得有趣，就像刚才那节语文课一样。”

明宇明白他们的意思了，他说：“不，我要好好上课。”

硫酸盯着明宇看了好一会儿，似乎在判断他是认真的还是在开玩笑。过了十几秒钟，他好像也悟到什么了。

“也许这家伙真的是个傻瓜。”硫酸对身边的几个男生说。

“我也看出来了。”一个脖子上挂着一根金属吊坠的男生说，“不过，我们就是需要这种傻瓜。”

明宇盯着他们几个人，眼神变得跟刚才有些不一样。

“我看这样吧，”硫酸俯下身来，趴在明宇的桌子上，“下午放学后，我们带你到一个好玩的地方去，让你长长见识。”

“不，放学之后我要回家。”明宇拒绝道。

“喂，老大，他这可是敬酒不吃吃罚酒啊。”挂金属吊坠的男生说。

硫酸自然也觉得脸面挂不住，他将脸靠近明宇，几乎是贴着他的鼻子说：“新来的，看来你没有明白一件事——在这个班上，顺着我，你就会有好果子吃；如果你不买我的账，就只能吃苦头了。”

明宇和他的目光对视着，并没有表现出胆怯的神情，也没有说话。

这个时候，第二节课的上课铃声响了，硫酸直起身子，冲那几个人挥了下手，示意他们回到自己的座位上。走之前，他最后对明宇说了一句：“好好考虑一下吧，我还会来邀请你的。”

说完这句话，他也离开了，回到最后一排的角落里。

梅丽目睹了这整个过程，她深吸了一口气：“看来，这小子第一天就惹上麻烦了。”

# 十三、三对三

下午的第一节课是体育，明宇不知道原来课还可以在室外上，显得很兴奋。

列队。做操。进行跳远训练。

明宇尽量跟着老师和同学们做，完成了规定的项目。接着，是自由活动的时间。

小西一直捏着一把汗，怕明宇又在体育课上出什么洋相。还好，没出现这种情况。

同学们全都散开了，分组进行自己喜欢的活动。有些人打篮球，有些人打羽毛球和乒乓球，还有些女生就聚在一起聊天。明宇呆呆地站在操场上，不知道自己该干什么。

两个男生朝明宇跑过来。

其中一个胖乎乎的男生挥着手说：“嘿，你是叫明宇吧？我叫汪博。”

另一个穿着一身耐克运动服，头上还绑着头带的运动型男生说：“我叫白川。”他用大拇指指了一下汪博，“我们俩都是小西的好朋友。”

明宇冲他们友好地点了下头。

“你要跟我们一起打篮球吗？”白川问。

“就是玩那种球吗？”明宇指着前方的篮球场问。

听明宇这样说，汪博吃了一惊：“那种球？难道你从来没见过篮球吗？”

明宇摇了摇头，显得很沮丧。

汪博和白川对视了一眼，白川问：“那你想打吗？”

“想！”明宇抬起头来，肯定地说。

“那就行了，我们告诉你规则，教你打吧。”白川拍了一下明宇的肩膀。

明宇高兴地笑了起来，跟着他们来到篮球场。

“好了，现在我们有六个人，打三对三斗牛。”白川向大家宣布，“我、汪博和明宇一组，刘凯你们另外三个人一组。”

“我不知道怎么打啊。”明宇紧张地说。

“很简单，我们打的是半场。你看到这个篮球架了吧，一会儿球到你手里的时候，你把它投进篮筐就行了。”汪博解说道。

明宇点了下头：“我知道了。”

“可以了吧？”白川问，“那就开始了，他们先发球。”

明宇还没反应过来，对手已经把球从场外传了出来。快速的传球、阻截、防守，令明宇看得眼花缭乱。

汪博一边跑动，一边对明宇喊道：“你别光站着呀，阻止他们进攻！”

就在他喊话的时候，那个叫刘凯的男生已经投进了一个漂亮的三分球。

汪博跑到明宇身边说：“一会儿球在他们手上的时候，你得想办法阻止他们靠近篮筐和投篮，知道了吗？”

“嗯，知道了。”

“好了，这回该我们发球了。”

场外的白川将球传给汪博，汪博运球朝前跑了几步，转身将球传给明宇。

明宇很兴奋，一把将球接住。他看了下篮球架，离自己还有些远，抱起篮球就朝前面跑去。

“喂！他怎么回事啊？怎么抱着球跑了这么多步！”对手全都嚷了起来。

白川跑到明宇面前，对他说：“犯规了，你不能带球走步！”

“什么叫带球走步？”明宇茫然地问。

“就是不能一直把球抱着往前跑。你得一边拍球一边跑，那叫运球。”

“可是，我不会运球啊。”明宇难堪地说。

白川叹了口气：“那一会儿我们传球给你的时候，你不要跑动，直接投篮就行了。”

明宇连连点头。

白川将球丢给对手：“你们发球吧。”

球传到了刘凯手中，他动作十分灵活，眼看又要带球上篮了，白川和汪博防守得很吃力。

这时，明宇想起汪博跟自己说的，要阻止对手投篮——他快速地跑了过去，从后面一把抱住刘凯，将他紧紧箍住。

刘凯大吃一惊，球从手中掉了下来。他恼怒地喊道："你干什么呀？！"

汪博和白川赶紧跑过来，将明宇拉开，两人汗颜道："你不能抱着他，这样也是犯规的！"

明宇望着汪博说："你刚才说，要阻止他们投篮……"

"我是说你要阻截他们正在运的球，但是你不能连人都阻止了呀。唉，我要怎么才跟你说得清楚……"

这时，刘凯和另外那两个同学满脸怒色地走过来，对白川说道："你找的什么人啊？一点儿常识都没有，这样怎么打？"

白川显然也没想到会发生这种状况，尴尬得说不出话。

明宇意识到他们觉得自己是累赘，自觉地说："我不打了，你们打吧。"

说完，他转身离开了。听到后面刘凯说了一句："早就该这样了。你们去重新找个人来吧。"

明宇走到一个空篮球架旁边，孤独地坐在地上，低着头用手指在地上胡乱画着。

他很想跟他们一起打球，但是他也知道，自己什么都不懂，只会成为负担。

被人排斥的滋味让明宇很难受。

## 十四、他像个野生动物

就在明宇郁闷消沉的时候，头顶上忽然出现一片阴影，将他面前的光挡住了。

明宇抬起头来，诧异地看到，汪博和白川不知什么时候站在了他的面前，白川的手中还抱着一个新篮球。

“你们……怎么不打了？”明宇感到愕然。

“那人没劲。”汪博用大拇指指了一下刘凯，“我们不想跟他一起打了。”

“我们教你打吧，从运球开始。”白川拍了一下手中的篮球。

一股暖流淌进明宇的心里，他感动地站了起来，用力点了下头：“嗯！”

“看着，你首先将身子半蹲，放低重心，然后用手腕的力量拍球，就像这样。”白川示范着。

拍了十多下，他将球丢给明宇：“来，你试试。”

明宇接过球，按照白川教的那样，很认真地练习运球。一开始老是要拍掉，但不一会儿，就能够连续拍上十多个了。

汪博“嘿嘿”地笑道：“怎么样，简单吧，你现在已经会原地运球了。”

明宇显得非常高兴，他迫不及待地说：“现在是不是可以练习跑步运球了？”

白川笑了一下：“运球要慢慢练，不是一时半会儿就能练好的。这样吧，我先教你一招实用的，叫‘三步上篮’。”

“你就是想炫一下吧。”汪博说。

“闭嘴。”白川将球拿过来，退后几步，对明宇说，“看好了。”

接着，他抱着球朝前迈开两大步，第三步起跳的时候，将球投进了篮筐。

“哇，漂亮！”明宇禁不住称赞道。

白川得意地说：“这招可是我的主力技，在比赛中很管用的——你来试试？”

“好啊。”明宇接过了球，学着白川那样先跨出两步。

“起跳，投篮！”白川在旁边喊道。

明宇跳起来将球抛向篮筐，但是投偏了，没进。

“没关系，慢慢练习。”白川安慰道。

明宇将球捡过来，又来了一次，这回他感觉比刚才顺手些了。

一连练了十多次三步上篮，明宇终于投进了一个球。汪博和白川在一旁鼓掌道：“好的，就是这样！”

明宇信心大增，再一次跨步上篮。

但这一次，在他刚刚跨完第二步，准备起跳的时候，旁边突然跳出来一个抱着篮球的人，那人又高又壮，用力向明宇撞去。明宇毫无防备，被撞飞到一旁，重重地摔倒在地上。

“啊！”汪博和白川大叫一声，扭头望向那人。明宇摔倒在地后，那人的身边爆发出一阵肆意的嘲笑声。

是硫酸和他那一群狐朋狗党。

“哈哈哈，不好意思，我也在练习上篮。”硫酸那张像癞蛤蟆一样的脸皮笑肉不笑地颤动着，“没想到他这么容易就飞了。”

汪博和白川对硫酸怒目而视，却敢怒不敢言，他们都知道硫酸是故意的。

汪博去把明宇扶起来，“哎呀”叫了一声，他看到明宇左边手臂的内侧被地上的小石子划破了，渗出血来。

“我们送你到校医那里去。”白川说。

“没关系，我还想练会儿三步上篮。”明宇满不在乎地说。

汪博瞪大了眼睛：“还练？你的手臂擦破了这么大一块皮，得用酒精消毒才行。”

明宇抬起胳膊，用舌头将手臂上混合了泥沙、灰尘的血迹一起舔了个干净，只剩下几道血痕，然后咧嘴一笑：“好了，没事了。”

汪博、白川，连同硫酸和他的同伙全都看呆了。

“这小子就像个野生动物一样！”挂金属吊坠的男生龇着嘴说。

硫酸狠狠地瞪了明宇三个人一眼，挥了下手：“我们走！”

他们几个人朝操场边缘走去，厚嘴唇男生说：“老大，你看他那一脸不屑的表情，根本就是在向你挑衅啊。”

“我看他就是个连疼痛都不知道的傻瓜。”金属吊坠说，“不过话说回来，划破这么大一块皮，他眉毛都没皱一下。我们打架的时候要是叫上他打头阵还不赖。”

硫酸停下脚步，回过头去，看见明宇还在投篮。他眯起眼睛说：“不管他是不是傻瓜，总之，这小子完全没把我放在眼里。我看，得给他来点儿厉害的才行。”

# 十五、全盘失忆

因为是第一天上学，下午妈妈开车到校门口来接小西和明宇回家。

明宇刚一上车，妈妈就看到他手臂上的血痕，赶紧问道：“明宇，你怎么受伤了？”

明宇轻描淡写地说：“打篮球时摔了一下，擦破了皮。”

“是这样吗，小西？”妈妈问。

“应该是吧，我也没看到他是怎么受伤的。”小西说。

小西确实没有看到，但她上午听梅丽说硫酸一伙人找过明宇。直觉告诉她事情可能不是这么简单，可她没多问。

妈妈对明宇说：“以后要小心些，注意安全。”

“我知道了。”明宇说。

回到家后，妈妈找出碘酒，替明宇的伤口消毒。

“到底是男孩子，擦碘酒这么疼都不吭一声。”妈妈笑着说，“要换成小西，肯定会嚷得一栋楼都听得见。”

小西“哼”了一声：“那是因为他有特殊体质，没有痛觉的。”

“瞎说，下次你涂来试试就知道痛不痛了。”

“阿姨，确实不怎么疼的。”明宇说。

“别逞强了，记着暂时别沾水啊。”

小西叹了口气：“唉，跟你说了你也不信，算了。”她转身回自己房间去了。

吃过晚饭，妈妈把小西叫到自己房间，问今天明宇在学校的情况。

小西把语文课上的事讲了出来，最后总结了一句：“你看，连我都被牵连了。”

妈妈皱着眉头说：“他真的连字都不认识了呀……看来我是该找个家教，从最基础帮他补一下课。”

小西说：“妈，你真的觉得他是因为失忆才不识字的吗？”

妈妈望着小西：“要不然还会是什么原因？”

“也许，他在被我们撞之前就不识字呢？”

“这怎么可能？”妈妈摇着头说，“现在都是义务教育了，所有孩子都会去上学读书的，为什么他会没有？”

“可是，我觉得就算是失忆，也不会忘得这么彻底吧？”

妈妈叹了口气：“关于这一点，我早就问过医生了。医生说，失忆有好几种类型——局部失忆、选择性失忆等。但明宇经过他们的检验，判断是最严重的‘全盘失忆’。”

“什么叫全盘失忆？”

“就是像他现在这样，从名字、家人、住址到一些知识、常识，全都忘记了。”妈妈说，“不过听医生说，这还不是最糟糕的情况——有的失忆症患者连说话和与人沟通的方式都会忘记，最后连行动和吞食都不会了，需要插胃管来进食呢！”

小西张口结舌，完全听呆了。好半天之后，她回过神来说道：“我还真不知道失忆有这么可怕。”

“所以我们该觉得幸运了，起码明宇还没有把最基本的那些东西忘掉。”

“那医生有没有说，他这种情况能不能治？”

妈妈摇头道：“医生说，目前对失忆症没有特别有效的治疗方法，只能靠他慢慢恢复了。”

小西颔首沉思了一阵，缓缓抬起头来说道：“妈，我在想……”

妈妈望着她：“想什么？”

“明宇的情况有些特殊。”

“什么意思？”

小西眉头微蹙：“其他的失忆症患者，他的家人当然知道他以前的状况。但明宇没找到家人，我们对他的过去又不了解，所以没法判断他原来是个什么样的人啊。”

妈妈问：“你觉得他本来是什么样？”

“我不知道。但通过这些天的观察，我感觉他的某些习惯或者特性不像是失忆后才造成的，而是之前就那样。”

“比如说呢，你发现什么不妥的地方了吗？”

小西撇着嘴说：“倒没有什么不妥的地方，但我总觉得他有些不寻常，似乎以前不是个普通人。”

妈妈说：“别胡乱猜测了，他不是普通人还能是什么人啊？外星人？”

“我看没准就是呢。”

“好了，别胡说了。快做作业去吧！”妈妈拍了小西一下，忽然又想起了什么，“对了，明天中午我要在公司加班，没法给你们做饭，你们就在外面吃吧。”

小西习惯性地摊出手来。

妈妈从钱包里摸出一张100元的钞票拍到小西手里：“没零的了，剩下的要还给我啊。”

“嗯，会还给你——才怪呢！”小西做了个鬼脸，转身跑出去了。

## 十六、令人作呕的一幕

第二天上午放学后，小西对几个住校的女生说：“今天中午你们打算到哪儿吃饭啊？我也去。”

一个叫袁洁的长头发女生说：“怎么，小西，你今天中午也要在外面吃啊？”

“是啊，我妈妈要在公司加班，就让我在外面吃。”

脸上长着许多雀斑的郑旭说：“我们还能到哪儿吃啊，就在学校食堂吃呗。”

“别呀，在食堂吃多没劲呀，我们出去吃吧。”小西说。

“那也行啊，吃学校门口的小炒吧。”

小西翻了下眼睛：“学校门口的小炒跟食堂有什么区别呀。”

“那你说到哪儿吃？”女生们问。

“我们去吃韩国烤肉吧。”小西提议。

“怎么，今天班长大人要请客？”郑旭眨着眼睛说。

“请客——想得美啊你们——AA！”

女生们一起叹了口气：“唉，算了吧。韩国烤肉这么贵，我们天天在外面吃的可吃不起。”

“我没叫你们天天吃啊，就今天陪我吃一顿不行吗？”

郑旭和几个女生摆着手说：“还是算了，吃这一顿得当我们在学校吃好多顿呢——后半个月你还要不要我们过了？”

“你们……！”

袁洁笑着说：“好啦、好啦，我陪你去吃韩国烤肉，行了吧。”

“还是你最好！”小西一下将袁洁抱住。

“唉，那你们去吃吧，我们几个穷人还是在学校门口的小馆子吃就行了。”郑旭故意酸溜溜地说。

“讨厌，少在那里唱我们。”小西笑着推了郑旭一下。

袁洁把那头飘逸的长发朝后面捋了一下：“那我们走吧。”

“好……”正要往教室门外走，小西忽然想起了什么，她用手按住额头。

“怎么了？”袁洁问。

小西回过头，望向明宇——差点儿把他给忘了。

袁洁也望向那边：“哦，对了，还有你哥哥呢。把他叫上一起去吃吧。”

接着，袁洁把嘴靠近小西耳边，小声说道：“不过说实话，你哥哥还真有点怪怪的。”

这个时候，小西忽然想起那次在西餐厅吃牛排的尴尬经历，她心中一颤——老天啊，我可不能再这么丢脸了。

犹豫片刻，小西说：“我有主意了。”说完便朝明宇走了过去。

“明宇，妈妈跟你说了吧——今天中午我们不回去吃。”

“嗯，说了。”明宇点头道。

小西从口袋里摸出20元钱，递给他：“学校门口有不少餐馆，你自己看想吃什么就吃什么吧。反正面条、炒饭什么的都行——这20块钱应该足够了。”

明宇接过钱：“那你呢？”

“嗯……我怕我们喜欢吃的东西不一样，所以我……在别的地方吃。”

明宇说：“我把钱交给他们（餐馆的人），他们就会端东西给我吃吗？”

“你也可以先吃，然后再付钱——只要你别点什么太离谱的、特贵的东西就行了。不过话说回来，学校门口也没有什么太贵的东西。吃完之后你回教室来就行了。”

“嗯，我知道了。”

小西高兴地跑到袁洁身边，挽着她的胳膊说：“我们走吧！”

“这样合适吗？我们去吃韩国烤肉，让他……”袁洁小声说。

“哎呀，没关系的，告诉你吧……”

两个女生低声说着话，从教室门口离开了。

明宇这时才发现，教室里只剩下他一个人了。他捏着那张20元的钞票望了一会儿，也走出了教室。

校门外的几个小餐馆现在已经是人满为患。明宇出来得迟，他看到每家馆子的位子都已经坐满了。

他手里一直攥着那张钱，在各个餐馆门口徘徊。每个餐馆的招牌或店堂内都写着供应的菜品。确实如小西说的那样，各类面、饭、小吃一应俱全。

但对于明宇来说，这一切十分陌生。首先他几乎不认识那些招牌上的字，而且他对这些菜名究竟代表什么意思没有任何概念。

明宇就这样从一家又一家坐满了人的餐馆面前经过，看着里面的人吃得不亦乐乎，他咽了好几回口水。

他饿了，但他不知道自己该吃什么。

这时，他头脑中的原始本能使他想起了某种熟悉的味道，那似乎是他以前经常吃的一种味道。

小西将一片肥牛肉夹到韩式烤盘上，忽然“哎呀”叫了一声。

“你怎么了？”袁洁正将一片包了生菜叶的牛肉送进嘴里，边嚼边问。

“我想起个问题，”小西说，“明宇他……不认识字啊，他怎么跟老板说他想吃什么呢？”

袁洁怀疑地问道：“他真的不认识字？怎么可能啊，都初二了！”

小西这才发现自己说漏了嘴，无奈之下只有说：“他患了失忆症，把以前学的知识，还有很多东西都忘了。”

“原来是这样！”袁洁惊叹道。

“你可别跟别人说啊，我妈妈不希望大家都知道这件事。”

袁洁点头道：“嗯，我不会说的。”

“欸，你说，我刚才说的那个问题怎么办啊？”

袁洁满不在乎地喝了口麦茶：“你还真把你哥哥当傻瓜了？就算他不认识字，但他看见别人在吃饭或者吃面，跟老板说‘我要这个’，不就行了吗？”

小西稍稍松了口气：“希望他就是这样做的。”

明宇走过那几家小餐馆，不由自主地来到一家肉铺面前。

店门口的铁钩上，挂满了不同部位的猪肉、牛肉、羊肉，还有动物内脏、下水等。明宇呆呆地望着这些生肉，竟觉得有种莫名的熟悉感。

肉铺老板见门口有个男孩望着店里的肉发愣，上前招呼道：“同学，你要买肉吗？”

明宇咽了口唾沫，问道：“这些肉，可以吃吗？”

肉铺老板愣了一下，随即哈哈大笑：“你这是说的什么话，不能吃，难道我挂在这里当摆设啊？”

明宇将手里的20元钱递了过去：“那我买一块。”

老板接过钱，指着肉问道：“买哪一块？猪肉、牛肉还是羊肉？”

明宇指着一块猪的背脊肉说：“就要这块吧。”

“好嘞，我给你来20块钱的。”老板拿起案板上的切肉刀，从一整片背脊肉上割了一块下来，放到公平秤上一称，“嘿，只有17.5元，现在手是越来越不准了。”

随即，他问道：“你看我是找你2.5元，还是你再来点儿别的？”

明宇呆呆地望着他，不知道该怎么回答。

老板见他没主意，便自作主张地割下一小块猪肝，和肉放在一起，用一个塑料袋装好，递给明宇：“我就再补你一块猪肝吧，你还能做一小份儿炒猪肝出来。”

明宇稀里糊涂地接过这一袋肉。

郑旭和几个住校的女生在一家馆子吃完了饭，走到前面不远处的一家冰品店买冰激凌。刚付完钱走出来，郑旭无意间瞥到明宇站在街对面的肉铺面前。

她用手肘碰了碰身边的一个女生：“哎，你们看，那不是小西的哥哥明宇吗？他买生肉干什么呀？”

那女生朝肉铺望了一眼，说：“人家买肉拿回去晚上吃，管得着吗你，走吧。”

郑旭瞪着眼睛说：“不会吧？这么热的天，他买块肉放书包里捂一下午，肉非臭了不可！下午放学时再买不行吗？”

她这么一说，几个女生都望向那边，说道：“是有点奇怪。”

一个扎着马尾辫的女生说：“我觉得小西这个哥哥本来就有点怪怪的，不知道是哪个边远山区来的还是怎么回事儿，好像什么都不懂，什么都不知道一样。”

“哎，他买完了，提着肉走了。”郑旭望着街对面说。

“他这是要到哪儿去啊？”一个女生问。

“咱们跟上去瞧瞧吧。”郑旭说。

“你们是不是有点儿无聊啊，人家买肉都值得你们跟踪？还是回寝室睡会儿午觉吧。”一个胖乎乎的女生说。

“要回去你回去，我要去看个究竟。”郑旭一边朝前方走去，一边喃喃自语道，“真是奇怪。”

几个女生对望了一眼，也跟着郑旭走了过去。

很快，她们就觉得有些失望，明宇并没有把肉拿到什么奇怪的地方，他直接进学校，回教室去了。

郑旭和几个女生不死心，悄悄跟着他来到教室。明宇从后门进去之后，几个女生就猫着身子待在教室后门口，从斜后方观察着明宇。

教室里现在只有明宇一个人。

他根本不知道自己被跟踪了，坐到座位上后，他解开塑料袋，拿出里面那一小块猪肝，盯着望了一会儿，又把它放到鼻子前嗅了嗅。

接着，惊人的一幕出现了，明宇将这一块带着腥臭味的生猪肝直接送到嘴边，咬了一大口。

在教室后门偷窥的那几个女生眼睛都快鼓出来了，她们不约而同地捂住嘴，惊骇得几乎忘记了呼吸。

明宇全然不知，他吃了一口生猪肝之后，又拿出那块生猪肉，咬了一大口，吃得津津有味。

“嗯……”后门的一个女生终于忍不住了，“哇”的一声吐了出来。

明宇听到声音，大吃一惊，回过头去愕然地望着那几个女生。

他这一回头，更是将她们吓得魂飞魄散——明宇的嘴边沾满了猪肝上的鲜血，他现在的模样看上去就像吸血鬼一样可怕。

几个女生吓得大声尖叫着，发疯一样地朝楼下跑去，剩下明宇不知所措地呆在原地。

她们刚跑到楼下，正好看到小西和袁洁也回来了。郑旭像看到什么救星一样，一把抓住小西的手，上气不接下气地说：“小……小西，你……你哥哥他……”

小西看着她们几个都脸色苍白，感觉肯定出事了，赶紧问道：“他怎么了？”

郑旭大口喘息了好半天才回过气来，失控地大叫道：“他……他在教室里吃生猪肉！”

“啊？！”小西和袁洁一起叫起来，大惊失色。

呆了半晌，小西朝楼上冲去：“我去看看！”

袁洁、郑旭和几个住校女生对望了一眼，看到小西冲了上去，她们也壮着胆子跟了上去。

小西一口气跑到教室，从后门闯了进去，她一眼就看到了座位上的明宇。这时，他已经用衣袖将嘴边的血擦掉了，但那袋肉还摆在他的课桌上。

小西冲到明宇跟前，看到他面前的生猪肉，禁不住大吼起来：“你怎么吃生肉啊！”

明宇一脸无辜地说：“怎么，这个不能吃吗？那家店的老板跟我说可以吃的呀。”

小西把脸扭到一边，气得不知道该说什么好。几秒钟后，她几乎是咆哮道：“我们是人啊！又不是野生动物，你连这个都忘了吗？！”

说完，她抓起桌子上的那袋肉，提着就朝外面冲去。教室门口的几个女生赶紧让出一条路来。

将生肉丢进垃圾箱后，小西觉得没脸再回班上去了，她独自坐在花坛旁边，不禁掉下泪来。

刚才从教室门口出来的时候，她分明看到，郑旭她们几个就像看什么怪物一样地望着她——在她们的眼里，不但明宇是怪物，连她也是！因为她和明宇现在是所谓的“兄妹”！

完了，我的生活彻底被他毁了。很快，全班都会知道这件事的，所有人都会把明宇连同我当成怪物看待。

另外——小西又想到——丢脸还是小事。他到底是个什么人？他以前到底是生活在什么环境中的？就算是失忆的人，也不会觉得生肉好吃吧？

唯一的解释就是，**这是他在失忆前就养成的习惯。**

对了，他说过的，他最喜欢吃肉。

突然，小西的心像被什么猛烈地撞击了一下——

**他说的喜欢吃肉，是指什么肉呢？**

这个想法令小西遍体生寒、瑟瑟发抖。

## 十七、恶性事件

还算好。几天过去了，班上似乎没有别的同学知道那天中午发生的事。袁洁、郑旭她们大概考虑到了小西的面子问题，并没有像小西预想的那样将这件事扩散出去。

这着实令小西松了口气。

这件事，小西也不敢告诉妈妈。如果让妈妈知道是因为自己和同学单独去吃韩国料理，才导致明宇去买生猪肉吃的话，挨批的只会是自己。

上了这一个星期的学，明宇已经能自己认着路回家了。这让小西如释重负——放学后她终于不用再被迫跟那怪人一起回家。

现在，小西尽可能地把明宇当成一个完全不认识的陌生人，别说是兄妹了，连普通同学都不是。

今天是周五，下午只有两节课。第一节课下课的时候，梅丽来找小西，神神秘秘地靠近她耳朵，小声说："我刚才听到硫酸那伙人说，今天下午放学后，好像要让谁尝尝厉害什么的，我发现他们是望着明宇说的。"

"明宇"这个名字现在对小西来说，简直就是麻烦的代言词。她刚一听到，立刻摆了下手："别跟我说他的事，跟我没关系。"

"怎么会没关系呢，他不是你哥哥吗？"

"他不是我哥哥！"小西盯着梅丽，尽量压低声音，"我跟你讲过真实情况的——所以你应该知道，我跟他没什么关系。"

"就算没什么关系，但他现在可能会遇到麻烦，你总不能……"

没等梅丽说完，小西就将下一节课的课本举了起来："对不起，我要预习功课了。"

梅丽皱着眉望了小西一阵，叹着气离开了。

放学之后，吴老师叫班长、宣传委员和一个擅长书画的同学留下来办一下板报。其他同学则回家了。

明宇走到教室后面，对小西说：“小西，我先回去了。”

小西用粉笔在黑板上写着字，望都没望他一眼，冷冷地说：“走吧。”

明宇背上书包，离开教室。

“老大，他出来了。”金属项链用大拇指指了一下从教学楼下来的明宇。

硫酸躲在花坛旁边一棵大树的阴影下，不慌不忙地说：“别着急，等他出了校门再说。”

“人已经安排好了吗？”厚嘴唇说。

硫酸斜着瞟了他一眼：“这用得着你担心吗？”

厚嘴唇不说话了。

眼看明宇走出了校门，硫酸一挥手：“走！”几个人快步跟了上去。

梅丽从操场的另一端走出来，不安地望着硫酸一伙人。

明宇出校门后，走在回家的一条大路上。刚拐过一个街口，忽然从身后蹿出来两个人，是硫酸和金属项链。他们各伸出一只胳膊搂在明宇脖子上，就像两道枷锁。“嘿，带你到一个好地方去。”硫酸说。

明宇不明白他们要干什么，问道：“什么地方？”

“就在这儿——你看，已经到了。”两个人不由分说地把他架到一条僻静的小巷里。厚嘴唇已经等在那里了。

但明宇很快发现，等在那里的不只是厚嘴唇，还有几个二十岁左右的年轻人。这些人的头发奇形怪状，染成白色、紫色和银灰色，耳朵和脸上挂着一些金属小环，好像还有一些钉子镶在他们脸上。厚嘴唇和那几个人一起抽着烟，看到硫酸和金属项链把明宇架了过来，他们一起围了上来，把明宇夹在中间。

“喂……小西、小西！”梅丽上气不接下气地跑到教室，慌张地说，“我起先没有猜错，硫酸他们……真的要对明宇下手！”

教室里现在只有小西和另外一个同学。小西站在板凳上，在教室后面的黑板上画画。听梅丽这样说，她停了下来，望着她。

“我刚才悄悄跟在硫酸那伙人后面，发现他们把明宇强行带到了石板巷那条死胡同里。而且，那里已经等着好几个混混儿了，我不知道他们打算对明宇怎么样！”

小西沉默了片刻，硬起心肠说：“梅丽，我跟你说过，他跟我没关系。”

梅丽惊讶地张着嘴：“你说什么？你真的不管？”

“如果这是他自己惹的麻烦，就应该由他自己来承担。或许，他要想在这个社会上生存下去，就应该学会吃点苦头。”小西绷着脸说。

梅丽像看陌生人一样地望着小西：“我看错你了，没想到你是这么冷漠的人。”她摇着头，离开教室，朝老师的办公室跑去。

教室中的另外那个同学也望着小西。

小西咬着嘴唇，眉头紧蹙，狠狠地掰断了手中的粉笔。

“这就是你要介绍给我们认识的小朋友，对吗？”银灰色头发的那个人望着硫酸说。

“没错。”硫酸歪着头，接过厚嘴唇递过来的一支点燃了的香烟，他吸了一大口，将烟雾吐在明宇脸上，“记得那天我跟你说过的吗？我再问你一次——你愿不愿意加入我们？”

“不愿意。”明宇毫不犹豫地说。

那几个混混儿微微张了下嘴，多少感到有些意外。他们没想到这小子面对这么多人竟然会毫无惧色。

硫酸压着火气说：“我能问一下为什么吗？”

明宇很直接地说：“我不喜欢你们。”

硫酸盯着他望了几秒钟，“呵”地干笑一声：“那就没办法了。”

他一边朝后面退着，一边对那几个混混儿说：“兄弟们，让我跟你们介绍一下他的特殊体质吧，据我了解，他不怎么怕痛的。”

“是吗？”一个留着莫西干头的混混儿走到明宇面前，“那我可得试试。”

莫西干一把抓起明宇的手，将他的手心翻起来，把烟头戳了上去。

直到那烟头完全在手心被摁灭，明宇脸上也还是一副木然的表情，他的眼睛盯着这个戳他烟头的莫西干头。

莫西干也盯着明宇的脸，忽然，他肆意狂笑道：“不错，这小子真他妈有种！别说，我还怪喜欢他的！”

随即，他的脸又一下阴沉下来：“可是，我不喜欢你看我的眼神。”

说着，他像变戏法似的不知从哪儿摸出一根两寸长的铁钉，把它伸到明宇眼前晃了晃：“我倒要试试，你是不是真的不怕痛。”

厚嘴唇愣了一下，悄悄对硫酸说：“老大，这会不会太……”

硫酸也显得有些迟疑，他望了靠在墙角抽烟的银灰色头发一眼。这时他才惊讶地看到，银灰色头发的一只手上，不知什么时候握着一把铁锤。

莫西干猛地抓起明宇的手，一下贴到墙上，另一只手举起那根铁钉。硫酸三人都呆了，嘴大张着，似乎这是他们也没料到的情况。

就在这时，有人大喝一声：“你们在干什么？！”

所有人循声望过去，巷子口站着好几个人，是学校政教处的主任和保卫科的人，还有几个警察。

“糟糕。”硫酸暗呼一声。

警察率先走过来，对那几个混混儿呵斥道：“你们聚在这里干什么！”

莫西干早就将明宇的手放了下来，铁钉也丢了。他嬉皮笑脸地说：“没干什么啊，警官，我们在这里闹着玩儿呢。”

“这里不好玩，跟我们到局里去玩吧，那里好玩些。”警察说。

“不了，不了……我们还是到别的地方玩吧。”几个混混儿赶紧从一边溜了。

“以后再让我们碰到你们聚众滋事，就不会这么轻易放你们走了！”警察冲他们的背影喊道。

这时，硫酸三人也低着头，打算悄悄溜走。政教主任将他们拦住，斥责道：“刘爽（硫酸的真名），又是你们！你们是不是在这里欺负同学？”

“没有啊，主任。”硫酸这时像泄了气的气球，威风不起来了，“我们是……路过这里而已。”

“你少跟我来这一套。”主任说，“那些混混儿不就是你们找来的吗？”

主任走到明宇身边，对他说：“你是这学期才转来的，叫明宇对吧？他们是不是在这里欺负你？”

硫酸三人一齐望向明宇，出乎意料的，明宇说：“没有，他们没把我怎么样。”

主任说：“你不用怕，也不要帮他们遮掩，我会处理他们的。实在不行，还有公安局的警察呢。”

硫酸三人吓得抖了一下。

“真的没什么。”明宇说。

主任盯着他看了一会儿，转身对硫酸三人说：“你们三个听着，这已经不是第一次了。如果以后再让我发现你们聚集校外流氓干坏事的话，你们就别在学校读书了，请警察把你们送到工读学校去！”

硫酸三人连连点头：“是，是……我们知道了。”说完跑了。

政教主任对明宇说：“你也回家吧，如果他们以后再找你的麻烦，你就直接来找我。”

明宇点了下头：“嗯。”

硫酸三人跑出去好远，来到另一条街上，才气喘吁吁地停下脚步。

金属项链说：“老大，这是怎么回事啊，学校的人和警察都来了！他们不会这么凑巧全都路过这儿吧？”

“废话，当然不是了！”厚嘴唇说，“肯定是班上哪个人知道我们今天要找那小子麻烦，去点的水（告的状）！”

“会是谁？找死啊！”金属项链狠狠地说。

硫酸想了一阵，猛地拍了下大腿：“还会是谁，肯定是那小子的妹妹——江小西呗！那丫头本来就爱告状，上次我打胖子那件事，就是她告的，害我挨了处分呢！”

“对，肯定是她，这回我们要动她哥哥，她当然更要整我们了！连警察都叫来了！”金属项链咬牙切齿地说。

“不行，我咽不下这口气，得给她点教训才行！”硫酸说。

“可是，她是班长啊，老师最器重她了。”厚嘴唇提醒道，“我们要是连她都……那后果就真的严重了。”

“不，我才不打女生呢。”硫酸阴险地笑着，指了一下自己的头，“动动脑子啊，我们知道她最害怕什么，不是吗？”

## 十八、恐怖的礼物

上周星期五那件事情过后，梅丽一直觉得有些惴惴不安。

这几天，她一直在暗中观察硫酸那伙人，发现他们的表现实在是太平静了——既没有再找明宇的麻烦，也没有“追查”那天的告密者是谁——但正是如此，才让她感到不踏实。

因为凭梅丽对他们的了解，那伙人不是被教训或者警告之后就能学会收敛的善类。他们现在什么都不做，意味着可能正在暗暗策划着什么更恶劣的坏点子。

难道他们知道是我向老师告的密，在计划着怎么报复我？梅丽这样一想，更加心神不宁了。

星期三下午，明宇和小西分别从家里走到学校，明宇走得快些，比小西早几分钟到。小西来到班里后，径直走向自己的座位。忽然，她发现自己的课桌上放着一个包装精致的礼品盒。

她慢慢走过去，惊讶地问道：“这是谁的呀？”

旁边几个女生笑着说：“小西，有人送礼物给你！”

“谁啊？”

“不知道，我们来的时候就看到你桌子上放着这个礼品盒了。”

“那你们怎么知道是送给我的？也许谁放错地方了呢？”

“你看这里。”一个女同学指着礼品盒的缎带上拴着的一块小牌子说，“‘送给江小西’——看到了吧，是给你的！”

小西拿起那块牌子看了看，纳闷地说道：“怪了，谁会莫名其妙送东西给我……”

坐在她后面一排的袁洁将身子探过来说：“你的追求者呗！”

“去！”小西推了她一下，“少拿我开心！”

“是不是生日礼物啊？”一个女生提醒道。

“生日？”小西摇着头说，“我的生日在2月份，早就过了。”

这个时候，班上的好些同学都聚集过来，大家都觉得有些好奇。

明宇坐在小西的斜后方，他也伸长脖子朝这边看。

梅丽更是心痒难耐，她对这种猎奇的事向来都是不会放过的，但经过上周五的事情，她和小西一直都没说话，还处在“冷战期”，只有忍住，远远地观望。

汪博趴在小西桌子上说：“管他谁送的呢，打开看看呗，也许看了里面的东西就知道了。”

有人说：“汪博，不会就是你送的吧？有意制造这种浪漫效果！”

大家一起哄笑起来，汪博红着脸说：“我才没这么多事儿呢，要送我就当面送！”

几个女生一起催促道：“小西，快打开看看吧！”

小西禁不起大家起哄，再加上她自己也着实好奇，用手指拈着缎带，将它拆散了。

大家围成一团，眼睛一眨不眨地盯着小西撕开包装纸，再把那精致的礼品盒打开。

外面那一层纸盒打开了，大家看到里面竟然是一个小些的纸盒。

“送这东西的人心思挺缜密的啊。”袁洁说，“瞧这一层又一层的，里面到底是什么好东西啊？”

“快、快、快，把这小盒子打开。”同学们都按捺不住了。

不知怎的，小西心中忽然有一丝不祥的预感，她隐隐约约觉得这盒子里可能装的不是什么好东西。但大家都望着她，而且都打开到这一步了，总不能吊所有人的胃口，她只有继续将那小纸盒剥开。

里面的东西终于露了出来，是一个小木盒。

“啊，不会吧，是音乐盒啊？这么老土？”一个女同学失望地叫道。

大家都觉得有些失落，显然盒子里的东西太平常了，跟他们想象和期待的相差太远。但小西却松了口气——好歹音乐盒不是什么坏东西。

她下意识地揭开木头盖子，将音乐盒打开。

就在小西的眼睛接触到里面的东西那一瞬间，她全身的汗毛像针一样竖了起来，血液从脚底狂涌到头顶，令她的眼前出现一层红雾。

“啊！”她撕心裂肺地尖叫一声，身子朝后猛地一仰，从椅子上摔了下来，重重地坐到地上。

明宇一下从座位上站了起来。

大家起先还没反应过来这是怎么回事，但是当他们看清盒子里装的东西后，全都惊叫了起来。

那音乐盒是被掏空了的，里面装着几只巴掌大的、毛茸茸的大蜘蛛！

教室里“轰”的一下乱成了一锅粥，女生们抱着脑袋，尖叫着跑远了。连男生们也不敢凑上前去，他们只敢远远地看着那几只让人毛骨悚然的大蜘蛛从盒子里爬了出来，脸上纷纷露出惊恐的表情。

但是，所有人的恐惧程度都比不上小西，她现在整个人已经瘫在了地上，浑身筛糠一样猛抖着，脸上一丝血色都没有了，那双惊惧的眼睛几乎要从眼眶中瞪裂出来。

梅丽双手捂着嘴，惊骇不已地站了起来——作为小西的死党，她知道，小西最害怕的东西就是蜘蛛！上次在学校的操场上，一只指甲壳那么大的小蜘蛛从树上掉到小西面前，都把她吓得半死，整节课脸色都是青的——现在这几只巴掌大的蜘蛛出现在小西面前，这简直会把她吓疯的！

但梅丽也只有干着急的份儿，这么大的蜘蛛，她也很害怕，根本不敢靠近。

怎么办，要是蜘蛛爬到小西身上，她会被当场吓死的！梅丽紧张地想着。

## 十九、爆发

就在所有人惊恐万状的时候，教室最后一排忽然传来一阵放肆而狰狞的狂笑。

是硫酸和他的两个手下。显然，他们对自己导演的这场好戏所产生的效果非常满意。

一瞬间，大家都明白过来这是怎么回事，全都愤怒地望向他们。

硫酸得意扬扬、大摇大摆地走了过来。他看见小西正用仅存的一丝力气朝后面缓缓挪动，他晃动手指说："班长大人，别这么不领情啊，这几只南美大蜘蛛可是我专门买来送给你当宠物的。怎么，你不喜欢吗？"

说着，他从屁股后面摸出两根细长的铁丝，像筷子一样夹住桌子上的一只大蜘蛛，把它慢慢挑了起来。

班上的人全都惊骇地叫了起来。小西似乎预感到他要做什么事，她一边朝后退着，一边拼命地晃着脑袋，几乎是在哀求着："不，不要……不要！"

那只蜘蛛被挑在空中，缓缓地朝小西的脸移动，配合这画面的是硫酸那和蜘蛛同样恶心的声音："你不是很喜欢告状吗？告诉你吧，那天下午我们几个也是这么狼狈，你现在就体会一下吧……"

梅丽终于看不下去了，她知道后果是什么，小西会被吓死的！她朝教室后面跑去，拿起扫帚，想阻止硫酸的行动。

就在这一刹那，有一个人像闪电一样冲了过来，硫酸还没看清是谁，鼻子上就吃了重重的一拳。他惨叫一声，朝旁边倒过去。那只蜘蛛落在他的胸口，把他吓得哇哇大叫，手舞足蹈地乱跳着。厚嘴唇赶紧上前去，用一本书将蜘蛛打了下来。

明宇一步跨上前去，将蜘蛛踩死。然后他握起拳头，重重地向小西桌子上那两只蜘蛛砸去。三只蜘蛛在瞬间变成几摊恶心的肉酱。

“啊！”周围的同学全都发出恐怖的尖叫。

“你……你敢打我！”硫酸发疯一样地咆哮着，挥着拳头朝明宇扑去。

明宇站在原地没动，等硫酸靠近的时候，照准他的鼻子又是一拳，硫酸又一次惨叫飞退，鲜血从他的鼻子里喷射出来。

这时，有人从背后朝明宇挥来一拳，明宇猛地回头，一把抓住那人的手腕。金属项链立刻痛得像杀猪一样号叫起来，双腿立刻就软了下去，几乎要跪下地来。

厚嘴唇在一旁看呆了，完全不敢上前来帮忙。他没想到比硫酸足足矮了一个头的明宇居然有这么厉害，轻松就撂倒了两个人。

明宇瞪着一双铜铃般的眼睛，怒吼道：“不准你们欺负小西！”

小西全身像触电一样颤抖了一下。

金属项链哭爹喊娘地求着饶：“我们不敢了，不敢了……啊！

噢！求求你，放了我吧！噢！”

明宇一把将金属项链甩开，望着硫酸喝道：“你呢？！”

硫酸从进这个班以来，从没有受过这种奇耻大辱——他有接近一米八的个子、170斤的体重，站起来就像只灰熊一样——现在却当着这么多人的面，被这个看起来比他瘦小许多的小子连打了两拳！无论如何他也不相信，自己会不是这小子的对手！

想到这里，他完全发疯了，“啊！”地大叫一声，抓起旁边一张铁靠背的椅子，举到空中，用尽全身力气朝明宇砸来。

班上的人——包括小西在内——全都吓得面无人色。这一下要是砸到脑袋上，是会出人命的！

就在大家吓傻了的时候，明宇朝前跨出一步，一记直拳轰向硫酸的胸口。

硫酸怪叫一声，像炮弹一样飞了出去，重重地撞到墙上，昏了过去。

大家真的傻了，彻底傻眼了。

这时，吴老师出现在了门口，他目瞪口呆地望着教室内混乱的一切，大声问道：“这是怎么回事？！”

没人能用简短的语言向他解释刚才发生的事。

吴老师冲到墙边，发现硫酸鼻血长流，已经不省人事了。他的表情就像是看到了尼斯湖水怪那样不可思议。

“这是谁干的？”他瞠目结舌地问，声音都有些变调了。

小西这个时候已经从地上站了起来，但她仍然脸色煞白，惊魂未定，一句话都说不出来。

白川是班上的体育委员，他走上前来说：“吴老师，一会儿我再跟您解释吧。现在得把刘爽送到校医那里去才行。”

说完，他俯下身，打算把硫酸扶起来。突然，他的动作僵住了，停顿了好几秒后，白川转过身惊恐地说道：

**“他好像……被打死了！”**

## 二十、处罚决定

小西的妈妈坐在校长办公室里，着急地说：“校长，真的有这么严重吗？他才上了不到两个星期的学……”

“问题就出在这里。”校长说，“他才上了不到两个星期的学，就发生了这么严重的情况。”

“可是，是那几个学生先用毒蜘蛛来威胁我女儿，明宇他才出手的呀！而且我听说，那几个学生是班上最顽劣的学生，甚至还和社会上的混混儿有来往。”

“没错，这些都是事实。但是你家那个明宇出手也太重了！”校长皱着眉头说，“你知道吗？被他打的两个学生——其中一个还好，只是手腕骨折；另一个的鼻梁骨和胸部肋骨都骨折了！听医生说，折断的肋骨差点就插进了他的心脏，就是说——他差点儿就没命了！”

妈妈脸色发白，显然也意识到了问题的严重性。

“这两个学生现在还在医院里躺着呢，现在，他们的家长向我要说法。你说我该怎么办？”校长摊着手说。

妈妈将头扭向一边，焦急地想了一会儿，说：“校长，那您的意思是，班上的同学就该眼睁睁看着那几个学生把毒蜘蛛丢到我女儿身上，什么都不做吗？”

“我不是这个意思。那几个混账学生做的事确实非常恶劣。但学校有老师啊，遇到这种事，应该首先找老师才对。”

“可是找老师有可能来不及了呀！”

“那也不能就把人往死里打啊！要是这次的事件不严肃处理的话，那以后学校里的学生就会认为——只要是有理，就算是杀人也行！这样的话，我们学校不就乱套了吗？那还不得经常出人命啊！”

“这件事情我也详细了解了。”妈妈说，“明宇并没有像您说的那样把那两个学生往死里打。据说当时他就只打了他们几拳而已。”

校长点着一根手指说：“对了，说到这里——你家那个明宇到底是个什么人啊？一个体重170多斤的大个子，竟差点被他两三拳打死！他现在才十五岁？以前是干什么的呀？”

妈妈垂下头，嗫嚅道：“我也不知道……”

“什么？”校长皱起眉毛。

“我……”妈妈不知道该怎么解释。

校长盯着她望了一会儿，站起来说道：“反正不管怎么说，他下手太狠了。而且这种危险人物，我们也不敢把他留在学校里。”

妈妈急了，也从沙发上站起来：“可您也不能因为这样就把他送进工读学校啊！这惩罚对他来说太严重了！”

“对不起，家长，请你理解，我要对学校里学生的安全负责。”校长将身子背了过去。

妈妈在校长的身后站了好一会儿，恳切地说道：“校长，请您念在这孩子毕竟是第一次的分儿上，给他一次机会吧。如果学校里的学生只是犯了一次比较严重的错，就要被送进工读学校的话，那还需要你们这些教育工作者干什么呢？”

校长将头转过来一些，似乎有些动容了。

“我向您保证，回家之后我会跟他好好谈一回的——保证以后不会再出现这种情况了。”妈妈看到了希望。

校长将身子缓缓转过来，凝视着小西的妈妈：“好吧，我就给他一次机会。”

“太感谢您了，校长！”妈妈感激地说。

“我把对他的处罚改为留校察看。而且两个星期不准上课，要让他好好地反省一下。”

“那……他不上课，干什么呢？”

校长说：“让他在学校的图书馆帮管理员整理报刊书籍和打扫卫生吧。如果他在图书馆这两个星期表现好的话，就可以回来继续上课。”

妈妈缄默了一阵，说：“好吧。”

在做这个决定的时候，谁也没有想到——**这个处罚决定将是揭开明宇那谜一般身世的前奏。**

晚饭前，在明宇的房间，妈妈把校长的处罚决定告诉了明宇和小西。

留校察看外加两个星期不准上课——这是小西难以接受的严厉处罚，她在心里为明宇抱不平。但她瞥了明宇一眼，发现他倒是一副毫不在意的样子。

也许他对什么叫“留校察看”完全没概念才会这么无所谓，小西心想。

但是她错了。因为妈妈说：“明宇，这是学校里最严重的处罚，这意味着你将有可能失去读书的机会，你知道吗？”

“我知道，下午吴老师跟我说了。”明宇说。

“你想留在学校继续读书，对吧？”

“对。”明宇肯定地点了下头。

妈妈轻轻颔首，将椅子挪到明宇面前，盯着他的眼睛：“那你就得向我保证，以后不能再这样做了。”

明宇凝视着小西的妈妈，过了一会儿，说出了令人吃惊的话：“不，以后再发生这种情况的话，我还会这么做的。”

妈妈惊诧地张大了嘴："为什么，你……"

"阿姨，上学之前，你不是对我说，在学校里要像哥哥一样保护小西吗？"明宇望了一眼小西，又望着妈妈。

小西的喉咙好像被什么东西堵住了，令她说不出话来。她望着明宇，心绪复杂。

明宇问道："阿姨，我做错了吗？"

妈妈呆了半晌，将明宇的脸捧住："不，你没有做错，你做得很对。"

紧接着，她低下头笑了一下，又抬起头来说："但是你的力气太大了，我没有想到你有这么厉害。这样吧，你答应我——如果以后又发生类似的事，你把那些坏学生推开、赶跑就行了，别出手打他们——而且，在图书馆的这两个星期，你得表现好一些——行吗？"

"好的。"明宇点头。

妈妈微笑着摸了一下他的头，然后望了小西一眼："我去做饭了。"

妈妈走出去后，房间里沉默了好一阵。

小西干咳了一声，耸了下肩膀："呃……我该怎么说呢，这事情，你干得确实太过火了。知道吗？你差点儿要了那两个家伙的命。而且，蜘蛛是不能直接用手去打的，它们有毒。不过……"

顿了几秒钟，她红着脸说："谢谢。"

明宇好像被小西窘迫的样子逗乐了一样，咧着嘴笑了起来。

小西望着他，也笑了起来。接着，她皱起眉说："嘿，等一下，你该不会是想起今天下午我被蜘蛛吓傻了的模样，所以才发笑的吧？"

"不，"明宇摆着手说，"没有……"

但忽然，他控制不住地大笑起来。

"噢，我敢肯定，这回是了！"小西假装生气地叫道，但随即，她无奈地说，"不过算了吧，原谅你，我想我当时那样子肯定是有够傻的！"

说完，他们俩对视了一眼，一起笑起来。

过了一会儿，小西想起来什么，问道："对了，我听说那天硫酸他们找了好几个校外的混混儿来对付你，那么危险的时候，你怎么没动手打他们呢？”

明宇回忆着当时的情况，说：“他们太弱了。我感觉不到什么危险。”

小西惊诧地说：“你的意思是，你知道那些人根本就不是你的对手？”

明宇点了下头：“嗯。”

“你知道自己很厉害吗？”小西又问。

明宇挠着脑袋说：“我也不知道，就是感觉……他们比我弱。”

就像动物的直觉一样——比如才出生的小狮子也能感觉到自己比成年的老鼠强一样。小西盯着明宇，暗暗思忖。

他到底是个什么人呢？小西又一次问自己。

## 二十一、放学后的约定

第二天一早，明宇就被年级主任带到学校图书馆“报到”去了。小西回到教室后，大家都围拢过来跟她打听明宇的情况。她从同学们的表情和语言中感觉到，大家俨然已经把明宇当成了班上的英雄。因为他，班上少了硫酸这恶霸的威胁——他们那伙“恶霸团”现在只剩下厚嘴唇一个人还待在班上，已经起不了势了，只能灰溜溜地待在教室最后。大家都觉得大快人心。

课间操的时候，梅丽鼓起勇气来找小西。

她垂着头，低声说道：“嗯……小西，虽说事情已经过去了，但是……我还是想跟你道歉。其实，昨天硫酸他们报复的对象应该是我才对，因为那天下午是我去向老师告状的。但他们却以为是你……”

“你没有做错什么，梅丽。”小西说，“你帮了明宇，我很感谢你。”

梅丽抬起头来：“你真的是这么想的吗？”

小西点了点头：“而且，你知道吗？他们没有找错报复对象。”

梅丽不解地望着小西。

“那天下午，你去跟老师告了状，但我——随后打了110报警。”小西望着梅丽说。

梅丽惊愕地张大了嘴，有好几秒没有说话。随即，她高兴地笑道：“我就知道，你不会是那么冷漠的人！”

小西露出遗憾的表情：“真没想到我之前留给你的是那种印象。”

梅丽推了小西一下：“好啦，算我错了。今天放学后，我请你吃甜筒赔罪吧！”

“不。”小西拒绝道。

梅丽嚷道：“你不会还在生气吧？”

小西瞪着她说：“我的意思是，我才不吃甜筒呢。我要你请我到必胜客去吃比萨，吃死你！”

“这……也太狠了吧。”梅丽假装为难地说。然后两个人一齐笑起来，两个好朋友又恢复了以前的关系。

但事实上，下午放学后，小西并没有和梅丽去必胜客。她告诉死党，明宇毕竟是因为自己才受到处罚的，她得到图书馆去帮帮他。

小西刚走进图书馆，就看到明宇握着墩布在阅览室里卖力地拖着地，一身大汗淋漓。而图书馆里的那个老管理员此时则坐在藤椅上悠闲地打盹儿。

管理员看到小西，半阖着眼睛问：“要借书还是进阅览室？”

“我找他。”小西指了一下正在拖地的明宇。

明宇这时也看见了小西，他用手臂擦了一下额头上的汗，招呼道：“小西。”

小西走过去，问道：“你今天在这里做了些什么？”

明宇想了想，说：“清理书架、搬旧书到储物室、打扫卫生，还有……”

“还有什么？”

明宇指着管理员老头说：“帮他端饭，拿点东西什么的。”

小西听完，望向藤椅上的管理员，气不打一处来——这老头分明是见明宇老实，把本来该他做的事全让明宇做了，还把明宇当用人使唤——可惜现在是明宇好好表现的时候，不好找他理论。

想到这里，小西只有压着火气问：“那现在可以走了吧？”

明宇摇着头说：“我得把阅览室、借阅室和外面全拖完，然后把桌子抹干净才能走。”

小西看了下时间：“都快六点了呀，你做完这些要到什么时候去了？”

明宇满不在乎地说：“没关系，反正我有的是力气。小西，你先回去吧。”

“傻瓜。”小西叹了口气，撸起袖子说，“算了，我帮你抹桌子吧，这样就可以早点走了。”

明宇赶忙说：“没关系的，小西，我自己来吧。”

但他的话还没说完，小西已经到墙边拿起帕子，擦起了阅览室的桌子。

明宇呆呆地望了一会儿，迅速地拖起地来。

十多分钟后，两个人把卫生搞得干干净净，让那老头完全没话说，这才离开。

走在路上，小西对明宇说：“以后每天放学我都到图书馆来帮你吧。”

明宇连连摆手：“不，那样太辛苦你了。”

“你可别误会啊。不是我想来帮你，是害怕你再惹出什么麻烦事来，所以才来看着你的。”说完，小西朝前面走去。

明宇偏着头，挠了下脑袋，好像有些弄不懂小西心里是怎么想的。他在原地站了片刻，紧跟着跑了上去。

## 二十二、旧报纸的秘密

一连几天，小西都在放学后到图书馆去，和明宇一起打扫卫生，然后一起回家。

星期四下午，小西到图书馆时，发现明宇已经一个人把卫生打扫完了。她高兴地说：“那我们今天就早点回去吧。”

明宇说：“管理员大爷叫我把以前的旧报纸抱出来，明天早上卖掉。”

小西眼睛向上翻了一下：“他大概是打算利用你在这里的两个星期，把好几年的工作都做了。”

明宇说：“旧报纸全都落了好厚的灰，我去抱就行了，你等着我。”

小西点了点头。

明宇转身到图书馆的一间小杂物室去，不一会儿，抱了一大沓堆满灰尘的旧报纸出来。他往地上一放，灰尘立刻飞扬起来。小西赶紧一边用手在鼻子前扇着灰，一边朝后退。

明宇来回又抱了好几沓旧报纸出来。小西皱着眉头说：“怎么这么多呀，还要抱多久？”

明宇满脸是灰，汗水淌在脸上变成了泥浆。他用手擦了一把汗：“大爷说是堆积了好多年的旧报纸呢。不过没多少了，再抱几趟就完了。”

说完，他又转身进去了。小西无奈地摇了摇头。

但这一次有些奇怪，明宇进那间杂物室好几分钟了，还没有出来。

管理员老头上厕所去了，来借书和看书的同学也都回家了。现在图书馆大厅里就只有小西一个人。

她待在空旷的大厅内，感到有些纳闷——明宇这回怎么去了这么久？

会不会是有些旧报纸还没整理好？小西想着，朝杂物室走去，想去帮帮忙。

走到杂物室门口，小西朝里面望了一眼——这间小屋光线阴暗，只有顶上吊着的一盏灯泡发出幽黄的微光。小西看到明宇背对着她，好像正在全神贯注地看着什么，她正想叫他一声，骤然停住了。

她看到，明宇站在杂物室的一张桌子旁，低着头看着桌子上的一样东西。

**是一张旧报纸。**

小西愣了——他不是不认识字吗？为什么会这么认真地看这张报纸？他看得懂？

就在她感到纳闷的时候，突然，屋内的明宇大叫一声，接着痛苦地抱住头，蹲了下来，嘴里不断发出惊恐的尖叫。

小西大惊失色，吓得浑身一颤，不知所措地望着明宇。

忽然，小西的头脑中猛地闪过一个念头——**难道，他刚才看的那张报纸上，有什么东西唤醒了他的记忆？**

想到这个，小西不由自主地朝屋内那张桌子走去。

这时，蹲在地上的明宇骤然回过头来，把小西吓了一大跳——明宇脸色煞白，面孔因抽搐而变形。他看见小西后，竟露出一副狰狞的表情！

那表情令小西大吃一惊，心底发寒，她抖抖索索地问道：“明宇，你……怎么了？”

明宇迅速埋下头，仍然痛苦地蜷缩在地上，瑟瑟发抖。小西走到那张桌子前，打算把放在上面的旧报纸拿起来。

“不要！”明宇大叫一声，猛地站起来，一把抓住报纸，将那张泛黄的旧报纸撕得粉碎。

小西惊呆了，她不知道明宇为什么要这样做。

就在这时，管理员老头回来了，他走到杂物室门口，惊诧地问道：“发生什么事了？”

明宇大口喘着粗气，神色惊惶，身体仍在猛抖着。

老头走进屋来，看着呆若木鸡的小西，再次问道：“到底怎么了？”

“我……不知道。”小西细声说，声音有些虚弱。

老头望着明宇：“你生病了？”

明宇慢慢缓过劲来，他晃动着脑袋，一言不发。

老头狐疑地望着他们两人，又望了一眼地上那张旧报纸的碎片，实在是搞不懂这里发生了什么事。他索性不再问了，挥了下手，说：“你们走吧，剩下的报纸明天搬。”

小西望了一眼明宇，发现他的脸色渐渐恢复成了平常的样子。她试探着说：“走吧，明宇。”

也许是出于难堪，明宇不敢望向小西，只是默默点了下头，朝外面走去。管理员老头也跟着出去了。

小西盯着明宇的背影，迅速蹲下来，把刚才被他撕碎的旧报纸碎片抓了一大把，塞进自己的校服口袋。

接着，她快速地走了出去。

## 二十三、四年前的命案

走在路上，两个人一句话也没有说。

明宇，**你是不是想起了什么？**——这句话，小西已经在心中问了上百次，但她就是不敢说出口。她害怕明宇会在大街上出现起先那种骇人的反应。

而且，小西能感觉得到，就算问，明宇也是不会告诉她的。

**他不希望别人知道他在旧报纸上看到了什么。**

为什么呢？究竟是什么令他反应如此激烈？

他是不是记起了什么？如果是的话，他为什么不希望别人知道？

那张旧报纸上，到底记载了什么重要的事情？

所有疑问的答案，只有寄希望于这堆纸屑了——但愿我能从中有所发现。

小西紧紧地抓住衣服口袋，生怕有一丝碎纸片掉落出去。

回到家后，明宇已经跟平常的样子完全一样了，仿佛他已经忘记了先前的事。

或者是，**他装作忘记了先前的事**。小西想。

吃晚饭的时候，妈妈没有发现任何不妥，跟以往一样，询问小西和明宇在学校的情况。小西也假装什么都没发生一样，只字不提下午的事。

吃完饭，小西借口做作业，回到自己的房间。

她小心地将房门锁上。

她几乎是迫不及待地坐到书桌前，打开台灯，从校服口袋里掏出碎纸屑，将它们一张一张地展平。然后仔仔细细地挨着查看上面的内容。

“……近百户农民从事蔬菜培育，面积仅200亩，每亩产菜种600公斤……”不对，不是这个。

“……民众改善居住条件的愿望越来越强烈……”这张也不对。

“……他挥拍自如，削球、抢攻动作麻利，高超的球技不断获得观众阵阵叫好……”小西接连摇头。

忽然，一张碎片上的内容令小西眼前一亮——

“……我市投资一亿五千万建成的体育馆于日前基本完工，这个T市目前最大的体育馆……”

T市就是小西所在的城市。看来，这张报纸就是本市以前的日报。

接着，小西掰着指头推算——这张旧报纸上报道“体育馆基本完工”——而据她所知，市里的体育馆至少也应该投入使用四年了。

也就是说，这是一张四年前的报纸！

**四年前发生了什么事情？**这件事一定比较重大，才会上报纸。而且，这件事跟明宇有某种关系！

有了线索，小西劲头十足。她继续在一堆碎纸屑中仔细翻找，希望能发现更多的信息。

“全市公交站台大换装……”

“及时注射青霉素、链霉素，可有效预防……”

“消防部门发出七条消防提示：请勿在……”

碎纸片一张一张地在小西眼前停留、移开，数量太多了，看得她头昏眼花。

“（前面的被撕掉了）……**中死亡，据当时的目击者称，现场状况惨不忍睹。当地干警和平峰村村长在事发后赶赴现场**……（后面的也被撕掉了）”

这张碎纸片引起了小西的注意。

平峰村？

小西想起，到乡下表姨家玩的时候，表姐告诉过自己——她们是住在平顶村，而公路前面还有一个名字差不多的村子，叫平峰村。

公路前面！

小西赶紧打开书桌上的电脑，链接网络后，她在网上查找着T市平峰村的具体位置。

几分钟后，她找到了——没错，平峰村果然就是28号公路前方的一个村子！

小西眉头紧蹙，她的目光再次落在这张泛黄的旧报纸上，而这次，她有了新的发现。

这张碎纸片的边缘，有一个清晰的大拇指印。

小西回忆着下午在图书馆的一些细节——明宇满脸是灰，汗水淌了下来，他用手擦了一把汗，手上沾满混合了汗水和灰尘的泥浆……

这么说，这个拇指印是他当时按在这张报纸上留下的，这说明，他当时确实就是在看这一版！

现在，种种迹象令小西深信不疑——今天下午明宇所看的，肯定就是这则关于平峰村命案的报道。

可是，一个问题立刻浮现出来。

他不是不认识字吗？怎么看得懂报纸上写了些什么？

难道……不识字是他假装的？可是，他为什么要这么做？没有必要啊。

困惑不解之际，小西再次将那张碎纸片拿起来，眼睛几乎贴在上面一寸一寸地仔细察看，试图发现新的线索。

她找到了。

在这张碎纸片的最上方，也就是在那段文字的上方，有一根黑色的边框线——说明这则报道的上方，配有一张照片！但照片恰好被撕掉了！

小西完全明白了，明宇确实不认识字，他是看见报纸上的这张照片后，才想起了什么的！

小西赶紧在剩下的纸屑中寻找，希望能找到和这一张相连的、有照片的那一张碎纸片。

但是，十分钟后，她失望地发现，没有——那张有照片的碎纸片恰好没被自己带回来！

该死！怎么偏偏最关键的那张没有呢！小西狠狠掐了自己的大腿一把。感到万分沮丧。

她双手撑住额头，长长地吐一口气。

冷静下来后，她竭力思索着。

四年前，有人在平峰村死亡，而且死状惨不忍睹……

是什么样的事件呢？意外，还是……谋杀？

小西再次叹了口气——那张纸屑太小了，只提供了那么一点点的信息！

也许，我应该明天一早就到图书馆去，试试能不能找到剩下的那些碎纸屑。

但是，小西很快就丧气地意识到——这是不可能的，首先，那些碎纸屑肯定已经被老管理员扫起来丢掉了；其次，明宇明天也要到图书馆去，小西不可能在他面前找那些纸屑。

看来，根据这仅有的信息只能确定一件事——这个四年前在平峰村惨死的人，和失忆的明宇有某种关系。甚至，他（她）的照片可能已经唤醒了明宇的一些记忆。

而且，这个人令明宇恐惧万分。

他（她）和明宇会是什么关系呢？

是明宇认识的人吗？不，不会是一个普通的熟人。

或者，死者是明宇的家人？

要不，就是……

等等——小西突然想到——这则报道所配的图片不一定是死者的照片。如果这是一起谋杀案的话，那照片上也有可能是凶手的脸。

想到这里，小西感到全身一阵发冷。

难道，明宇这么害怕，而且发疯似的把报纸撕碎，不愿让任何人看到，是因为……

不，不，他当时最多才十一二岁啊。这太疯狂了。

小西的手在空中挥了两下，像是要把这可怕的想法从头脑中驱逐出去。

那么，究竟是怎么回事呢？

照片上的人和明宇到底是什么关系？

小西苦苦思索着，种种焦躁不安的想象在她的脑海里滋生、盘旋，越变越大，压得她几乎喘不过气来。

## 二十四、勇敢人之夜

接连几天，小西都过得很糟糕。

明宇的秘密俨然已成为她的一块心病。不揭开这个谜，她觉得自己就没法安心做任何事。

可她又一点办法都想不出来，甚至根本不知道自己该干什么。

这几天，小西放学后不到图书馆去帮明宇了。事实上，自从那件事之后，他们俩几乎都没说过话。

星期四下午放学后，小西和梅丽一起回家。

“你这几天怎么了？看上去老是若有所思，闷闷不乐的。”梅丽问。

“是吗？没有啊。”小西发现梅丽不相信地盯着自己，“哦，大概是因为这学期的英语和数学有点难吧。”

这件事，小西不打算对任何人说，包括妈妈和死党梅丽。因为那些报纸的碎片和自己断章取义的联想说明不了任何问题。如果把自己的担心和猜想讲出去，说不定会给人神经过敏的感觉。

而且，还有可能被明宇知道。

梅丽对小西的回答显然不屑一顾，她不相信这是真正的理由，但她也看出小西不想说，所以没有再问。

她们俩默默地走在街上。这时，后面传来呼喊声：“小西、梅丽！”

两个人一起回头——是汪博和白川，他们从后面跑了过来。

刚一挨近，汪博就兴致勃勃地说：“正说找你们呢，就看见你们了，真巧！”

“什么事啊？”小西问。

“我爸妈都出差去了，后天是周末，家里就只有我一个人。”汪博说，“到我家来玩‘勇敢人之夜’，怎么样？”

“什么‘勇敢人之夜’？”梅丽问。

汪博压低声音，有意制造气氛："就是我们几个在房子里，把灯全都关了，只点一根蜡烛，然后轮流讲鬼故事。"

"这种玩法很老套啊。"梅丽撇着嘴说。

"不，我还没说完呢。"汪博补充道，"最后，讲得最烂的那个人是有惩罚的。他（她）必须无条件地答应另外三个人的一个要求。怎么样，敢挑战吗？"

梅丽哈哈大笑起来："那个人显然就是你，汪博。对不起，我可是听过你讲鬼故事的，说实话，我真的没法不说'烂'这个字。"

白川耸了下肩膀，望着汪博："抱歉，我也这么认为。"

汪博涨红了脸，好像受到什么侮辱一样辩驳道："你们说的……那是小学时候的事！我现在已经跟那时不同了！特别是这次，我准备了好几个绝对精彩的鬼故事，要是不好听的话，我甘愿受你们的惩罚！"

"真的对你提什么要求都可以吗？"梅丽问，"那要求可不可以是'汪博，去买一大桶炸鸡翅回来，然后站在旁边看我们吃'这样的？"

"什么过分的要求都可以。但前提是，大家要公正地评判。"汪博气鼓鼓地说，"另外希望你们清楚，这种要求也有可能出现在你们身上。"

梅丽发出稳操胜券的大笑："谢谢你的提醒，但是你忘了我的外号是'惊悚女王'！"

"那就试试看吧，惊悚女王。"汪博挑衅道。

梅丽对小西说："怎么样？还挺有意思的，后天一起来吧。"

小西现在实在是没心思玩这种游戏，对她而言，恐怖故事早就上演了。她摆了摆手说："后天晚上，我恐怕没空。"

几个人都露出失望的神情，梅丽说："别这么扫兴啊，好不容易有这种机会！"

"对呀，我爸妈可不是经常会两个人一起出差的。"汪博说。

"来吧，小西，如果只有我们三个人就没那么好玩了。"白川说，"对了，你还可以把明宇叫上啊。"

我正是因为他才没心情玩的——小西心想。她淡淡地说："对不起，我真的有事。嗯……你们找袁洁她们去玩，怎么样？”

三个人对视一眼，汪博无奈地叹了口气：“看来也只有这样了。”

四个人一路走着，但这时梅丽、汪博和白川三个人已经成了一拨，探讨着后天晚上的“勇敢人之夜”。小西跟他们隔了一小段距离，默默想着心事。

“我说，汪博。”梅丽质疑道，“你说准备了好几个精彩的鬼故事，是真的吗？不会又像上次那样，是一出闹剧吧？”

汪博做出毋庸置疑的样子：“我敢肯定这次会是一出惊悚剧。告诉你们吧，我这次搜集的故事不是书上或是电影上看的，是发生在我们身边的真实的事情。”

“是吗？讲来听听。”梅丽来了兴趣。

汪博瞪着眼睛说：“别开玩笑了，我怎么可能现在就讲？那后天晚上我讲什么？”

“你不是准备了好几个吗？现在讲一个出来听听有什么关系。”

汪博连连摇头：“那都是为后天晚上准备的。现在这大白天的，讲起来也太没气氛了。”

梅丽偏偏现在有了兴致：“你讲不讲？要是不让我们现在就知道一下你那些故事的水准的话，我后天晚上就不来了。”

汪博显得有些为难，白川说：“反正现在离到家还有一段路，你就讲一个短一点儿的吧。”

汪博犹豫了一会儿：“好吧。”

他清了清嗓子，故意将脸色沉下来：“我们市通往G县的途中，有一条28号公路，这条路的两旁全是墓地，周围不但没有人居住，连过路的车辆和行人都很少。特别是晚上，更是没人敢走这条路，你们知道为什么吗？”

小西本来在想着事情，忽然听到“28号公路”这几个字，不由得张大了嘴，缓缓抬头望向汪博这边。

汪博故作神秘地又问了一句：“你们知不知道是为什么？”

“别吊胃口了，快说！”梅丽催促道。

“那是因为——据说，这条路两旁的土有些特别，种植物或者是庄稼的话，就没法成活。但是把死人埋下去，土就会慢慢把尸体培养成僵尸。每隔几年，就会有僵尸从墓地里爬出来。”汪博压低声音说。

“僵尸还能‘培养’？”白川皱了下眉头，“这故事也太假了吧？”

“也真够恶心的。”梅丽一脸不舒服的表情。

“听我讲完。那片墓地挨着一个村子。听说，村里有好几个人都亲眼看见过僵尸从墓地里爬出来。那些僵尸的样子和死者生前的模样并没有太大的区别，不仔细看的话，就像活人一样。但是，它们十分可怕，抓住活的鸡或者是动物，直接咬下去生吃。据说，还有人看见它们袭击行人，吃人肉呢！有一次……”

**“你说的那个村子，是不是叫平峰村？”**

一个急促的声音从旁边传来，把三个人都吓了一跳。他们回过头来，看到小西那张惊恐、煞白的脸。

“小西，你干什么呀？吓死我了。”梅丽抚着胸口说，“你不是不感兴趣吗？原来一直在听啊。”

小西没回答她，盯着汪博：“你告诉我，你说的那个村子叫什么名字？”

汪博不知道小西为什么会是这种反应，他有些茫然地说：“我不知道……他们没说那村子叫什么名字。”

“这故事你是听谁说的？”小西急切地问。

汪博迟疑了几秒钟，说：“我爸爸的一个朋友，他是G县交通大队的。有一次他来我们家玩的时候，就讲起了这件事。”

“那些什么特别的土、僵尸从墓地爬出来，还袭击行人——这都是他讲的？”

汪博像接受审问一样，完全蒙了：“这些……听他说，他也是听附近的村民说的，至于是不是真有这些事，那就不知道了。”

小西慢慢低下头，眼睛盯着地面，神情严峻。

听附近的村民说的。

对了，我之前怎么没想起来呢。

我已经知道四年前的那件事是发生在平峰村了，只要到那里去，就有可能打听到当初那件事的情况。

“……小西，小西！”梅丽用手在小西面前晃了晃，“你在想什么呢？”

“对呀，小西，你干吗反应这么激烈？只是一个故事而已。”白川说。

小西望着他们三个人，忽然闪出一个念头。

“呃……没什么，也许是我听得太投入了吧。”她故作轻松地说，“因为这个故事就发生在我们市，所以听起来就像真的一样。”

汪博显得得意扬扬。梅丽和白川怀疑地对视一眼：“这故事像真的吗？”

“我有个提议。”小西说，“后天晚上，我们玩一个真正的‘勇敢人之夜’，好吗？”

三个朋友都望着她。

“我的意思是，我们不到汪博家去了，到他讲的故事那个地方去，进行一次真正的冒险！”

“什么，你不是开玩笑吧，小西？”汪博惊讶地说。

“是的，我是说真的，没开玩笑。”

“可是，你刚才说你后天晚上没空。”梅丽望着小西。

“嗯……是啊，我是说过。那是因为……我在思考怎样进行一次真正的冒险……这不，现在就想到了。”

大家都怀疑地望着小西，总觉得她有些怪怪的。

“当然，如果你们不敢的话……”小西望着汪博和白川，开始用激将法了，“那也没关系，我可以邀请别的男生一起去。”

“别逗了！你都敢去，我们有什么不敢的！”汪博望着白川，“对吧？”

白川耸了下肩膀：“那是当然，我们怎么可能输给女生？”

“真是太好了。”小西赞许地点着头，然后，三个人一齐望向梅丽。

梅丽大张着嘴，迷茫的表情就像是在做梦一样：“你们，不会是玩真的吧？”

“怎么了，惊悚女王，来真的你就发怵了？”汪博讽刺地说道。

“哼，别开玩笑了。”梅丽逞强道，“我是在为你们担心。”

“好的，那现在我们大家的意见就统一了。”小西抓住时机，不给梅丽反悔的机会。同时，她严肃地说："但是有一点——我们必须保守秘密。这件事情绝对不能让其他人知道，否则传到老师或者是家长的耳朵里，我们就去不成了。"

"嗯，知道！"汪博和白川显得很兴奋，梅丽回答得有些勉强。但不管怎么说，真正的"勇敢人之夜"已经约好了。

**没有人意识到，这是一个错误。**

## 二十五、前往平峰村

星期五下午的两节课上完之后，汪博和白川背着书包来到图书馆。

"大爷，有介绍防身术或者是格斗、擒拿一类的书吗？"汪博问。

老管理员想了想："你们到借阅室最右边那几排书架上找找看，就在体育那一类的书里面。"

"好的，谢谢。"汪博点了点头。

"唉，我说，你现在才临时抱佛脚学这么点儿鸡毛蒜皮的功夫，有用吗？"白川不以为然地说。

"会一点儿总比完全不会强吧。我今天晚上研究一下，学一两招最实用的就行了。"汪博朝借阅室走去。

"你还真以为我们会遇到什么险情呀？"白川嘲笑道。

"这可说不准，那地方真是挺邪乎的。"

"也不知道小西怎么会心血来潮，想到那个鬼地方去。"白川费解地说。

正在旁边阅览室拖地的明宇一下抬起头来，朝门口望去。

"她不是说了吗？是因为我的故事太吸引人了，她想身临其境地感受一下。"汪博得意地说。

"少臭美了。我总觉得，她好像有什么目的……"

两个人一边说，一边朝借阅室走去。

明宇走到阅览室门口，望着他们两人的背影，若有所思。

星期六下午，小西到妈妈的房间申请晚上的出门权。

“梅丽过生日？”妈妈放下书，“那你晚上什么时候回来？”

“可能……得十一点多吧。”小西试探着说。

“什么，十一点？不行！女孩子怎么能这么晚回家？”

“这有什么呀，梅丽家离我们家这么近，走路也只要十多分钟而已。”小西争取着。

“你们干吗非得玩这么久？”

“除了晚餐之外，梅丽还安排了在她家楼顶烧烤呢，当然得晚点儿了。”早就准备好的台词。

“那也不行，晚上一个人回来太不安全了。”妈妈想了想，“要不，你叫上明宇一起去吧。”

“哎呀，人家请的都是女生，他去干吗呀！”小西嚷着，随即妥协道，“要不，我十点多就回来吧？”

“好吧。”妈妈同意了。

“妈，拿点钱给我吧。”小西抱着妈妈的手臂，“我得给人家买礼物呀。”

“你同学过生日我还得出钱。”妈妈叹了口气，打开床边的钱包，“200，够了吧？”

“不怎么够……300。”

妈妈瞪了小西一眼，低声说：“你就知足吧，明宇一个星期我才给他50元零花钱呢。”

“他怎么能跟我比呢？我可是你亲女儿。”见妈妈做出假装要打她的动作，小西抽过那200元，“算了，200就200吧。”

“记着早点回来。”妈妈叮嘱。

“知道了。”小西朝门口走去。

躲在走廊尽头的明宇迅速转身走进自己的房间，将门关上。

小西从妈妈的房间出来后，望了书房一眼，见明宇关着门在里面，匆匆地走出家门，离开了。

妈妈躺在卧室的床上看了会儿书，想问一下明宇要不要看电视，她下床来，走出卧室。

明宇的房门仍然关着，妈妈轻轻敲了敲门：“明宇。”

没有回应。

妈妈又喊了两声，里面还是没有动静，她将房门推开。

明宇没在书房里。

妈妈走到客厅，又到厨房和卫生间找了一圈，都没有看到明宇。

“怪了，什么时候跑出去玩了？”妈妈纳闷地说。

小西打车来到汽车站的时候，汪博和白川已经等在车站门口了。

“小西，你跟我们约的时间，怎么你倒迟到了？”汪博不满地说。

小西看了一眼手表，四点十分：“只迟了十分钟而已呀，再说，不是还有迟到得更厉害的嘛。”

“你们女生就是麻烦。”汪博摇着头说。

三个人在车站门口又等了十多分钟，四点半的时候，梅丽终于从一辆的士里走了出来。

还没等他们开口责怪，梅丽先声夺人：“别怪我，我能出来就已经不错了。”

“怎么回事？不是说好的，你就说是我过生日吗？”小西问。

“我是这么说的啊。可我没想到，我妈说要到蛋糕店去，帮你订一个大蛋糕！我吓得冷汗都出来了，她要是真这么做，晚上你们家就会收到一个12寸的生日蛋糕，那不就穿帮了吗？”

“那你是怎么跟你妈说的呀？”小西着急地问。

“算了，算了，不说了。”梅丽疲惫地摆着手，显得心有余悸，“反正我好说歹说，终于阻止她了。”

“你妈妈没怀疑吧？”小西担心地问。

“我只有祈求我们俩的妈别互通电话了。”梅丽双手合拢在胸前。

小西叹了口气，问白川：“那你呢？你是怎么跟家里说的？”

白川嗤之以鼻：“我们男生要出来一晚上，才没你们这么复杂呢。直接跟家里说出来玩就行了呗。”

小西和梅丽对视一眼，无言以对。

## 二十六、村子里的秘密

从市区到平峰村是短途汽车，只需要一个半小时就能到。

小西四人是五点二十分上的车，到平峰村时，天色已近黄昏。

这是一个十分普通的乡村，但田园风光对城市里的少年来说，充满了新鲜感。他们就像是到了什么旅游景区一样，好奇地在田间地头、草丛山坡各处转悠。

但小西没有忘记她来这里的真正目的。

“我们向村里的人打听一下关于僵尸的传说，怎么样？”小西提议。

“好啊。可是，我们以什么名义去问人家呢？”汪博说。

“这个，我早就想好了。”小西神秘地一笑。

四个人来到一个农家小院，主妇正在门口拾着柴火，准备做饭。小西走上前去，礼貌地问道：“阿姨你好，我们是学校校刊的小记者，想跟你打听点事。”

农妇好奇地问道：“什么事？”

小西回过头望了一眼三个伙伴，意思是，配合着点。

“平峰村前边的28号公路两旁都是墓地，对吗？”

农妇有些警觉地说：“是啊，怎么了？”

“我们听说，那片墓地里，有时会发生奇怪的事……”

“没有，没有！没这些事。”农妇赶紧打断小西的话，然后抱着柴火就往屋里走。

“欸，我还没说是什么事呢……”

农妇已经进了屋，并迅速地把门关上了。

小西愕然地回过头，望着三个朋友：“这……是怎么回事啊？”

“她好像不想谈这个话题。”梅丽说。

“我们问问别的人吧。”白川说。

四个人离开那户农家，来到一条小路上。迎面走来一个挑着蔬菜瓜果的中年农民，小西再次走了过去。

“大叔你好，我们是学校校刊的小记者，想问问关于前面那条公路两旁的墓地……”

中年农民赶紧挥着手说：“我忙得很，你们去问别人吧。”然后加快脚步走远了。

一连两次，小西连问题都没能问得完。她深受打击，呆滞地站在原地。

汪博走到小西身边，有些不安地说：“这里的人好像都不愿提起关于那块墓地的事，难道……那传说是真的？”

梅丽打了个冷战，抱着肩膀说：“不会吧，怎么会有这种事？”

“你看他们那种躲躲闪闪的态度，分明就是知道些什么又不想说啊。”汪博皱起眉头。

白川想了想：“也许成年人，特别是农村的人，很忌讳说这些关于死者的话题。我们找个小孩子问问吧。”

大家点点头，都赞成白川的提议。他们朝前走去，希望能发现一两个在路边玩耍的孩子。

天色渐渐变暗了。

“真是怪了，这个村子里没有小孩的吗？”汪博诧异地左右四顾，“怎么走了这么久都没看到一个小孩？”

小西看了一眼时间：“现在是晚饭时间，也许小孩们都回家吃饭去了。”

小西这么一说，大家才发现自己的肚子也饿了。汪博说：“对了，这么说起来，我们也该吃饭了……”

“喂！看那边，那栋房子前面有一个小孩！”小西指着斜前方说。

大家顺着方向望去，暂时忘记了饥饿，朝那小孩走去。

这是一个五六岁的小男孩，蹲在地上摆弄着一堆小石子，他的身后是一栋两层楼的砖瓦房，看起来是他家。

“这回我来。”白川小声说。

“小朋友，你在玩什么呀？”白川蹲下来，温和地对小男孩说。

小男孩望了他一眼，没有说话，继续摆弄小石头。

白川望了一会儿，说：“我知道了，你面前这一堆是你的军队，这边一堆是敌人的军队，对吗？”

小男孩抬起头来，使劲点点头：“一会儿就要开战了！”

“那我来和你一起玩，好不好？我控制敌人这边，你控制你那一边。”

“好啊！”小男孩高兴地说，“我们一起把石头往中间丢，谁的被打飞了就算输！”

“好！”白川捋起袖子，做出准备开战的架势。

“我喊‘一、二、三’，我们就一起进攻。”小男孩说。

“好，不过等一下，你的军队是人类大军吗？”

“当然是啊。”小男孩眨着一双大眼睛说。

“哦，那我的军队不是。”

“不是人类大军？”小男孩显得很有兴趣，“那是什么？”

白川盯着他说：“是——僵尸大军。”

听到“僵尸”这两个字，小男孩一愣，随即发出刺耳的尖叫，并“哇”的一声哭起来。

白川大吃一惊，从地上站起来，不知所措。小西三人也惊呆了。

这时，从小男孩身后的房子里冲出一对夫妇，显然是男孩的父母，他们几步跑到男孩面前，母亲将孩子一把抱起来，问道：“怎么了？”

男孩一边尖叫一边哭着说：“这个哥哥……说有僵尸！”

男孩的父母立刻露出惊惶的神色，将孩子紧紧抱住，并瞪着面前的白川，问道："哪里有僵尸？"

白川难堪极了，拼命摆着手说："没有，没有。我逗他玩的。"

听他这样说，男孩的父亲气得大骂一声："你吃多了？没事跑来吓唬我们家孩子！"

"我……没想吓唬他，只是……"白川慌得不知该说什么好。

"你们快走！别待在这里了！"男孩父亲呵斥道。

白川尴尬地转过身，冲大家使了个眼色，示意快些离开。汪博和梅丽赶紧朝前方走去。

小西站在原地没动。

那一家人抱着孩子，朝家中走去。男孩的母亲责骂孩子："跟你说了，天黑了就别待在外面！你没长耳朵是不是？"

忽然，小西大声问道："你们干吗这么紧张，难道这里真的有僵尸？"

男孩的父母猛然回过头，虽然天色已经暗淡了，但小西还是清楚地看到，他们俩的脸变成一片煞白，瞪着一双惊恐的眼睛。而那个小男孩看着都不闹了，又"哇"的一声哭起来。

小西意识到自己说错了话，不由自主地朝后退了一步。

这一回，男孩的父亲简直是怒不可遏了，他对着孩子的母亲大声喊道："你去，把狗放出来！"

小西吓得大叫一声，和三个朋友一起撒开腿就跑。

没命地跑了好远，几个人累得气喘吁吁，直到跑不动了才停下来。

汪博朝后面望了一眼："别跑了，他们……没有放狗出来，只是……吓唬我们的。"

梅丽惊魂未定地说："这里到底是个什么鬼地方呀！这些人，怎么完全不可理喻？"

白川思忖着说："我看，恐怕是因为我们问的是他们最敏感的问题，所以才会这样的吧。"

“这个村子，果然有问题！”汪博惶恐地说，“那个传说看来是真的！”

“啊……别说了。”梅丽露出害怕的表情。

天色越来越暗，现在这条乡间小路上，就只有他们四个人。

“我们别待在这里了。”白川望着周围说，“这里连路灯都没有，要是天黑了，我们会迷路的。”

“那快走吧。”梅丽焦急地说。

“到哪儿去？”小西问。

“我们先找一家饭馆吃饭好吗？”汪博说，“我的肚子都快饿瘪了。”

“我也饿了，可是哪儿有饭馆呀？”梅丽左右四顾。

小西说：“我们顺着大路走吧，也许会找到的。”

几个人一路小跑着朝一条乡间公路走去。

令他们感到意外的是，在这条路上走了二十多分钟，别说是饭馆，就连行人都没看到一个！

现在，已经是晚上八点了，天色暗得连彼此的脸都看不大清楚。四周是荒山、杂草和往黑暗里延伸的小路，偶尔路过一户人家，房门也是紧闭着的。

最诡异的是——**没有人，任何地方都看不到人！**

小西他们四个人都慌了起来，心怦怦直跳。他们无论如何也想不到，到了晚上，这个平峰村简直就成了一座荒村！

令他们恐惧的还有另一件事——就如白川之前预料的，在这个黑暗而陌生的村子里，他们真的迷路了！

梅丽紧紧地挽着小西的胳膊，身体在瑟瑟发抖：“小西，我们现在……怎么办啊？”

“是啊，我们还要往前面走吗？”汪博惶恐不安地说，“这样毫无目的地走下去，什么时候是个头啊？”

“我们……找个人问问路吧。”小西努力使自己保持冷静。

“哪有人啊？我们走了这么久，一个人都没有看到！”梅丽带着哭腔说，“这村子里的人难道一到晚上就不出门吗？”

“我看就是这样。”白川神色严峻地说，“你们还没看出来吗？”

“看出来什么？”汪博问。

白川略微顿了一下，说：

**“这个村子里的人，全都害怕某种‘东西’。”**

## 二十七、看见过僵尸的人

听他这样说，三个人的脸上都露出恐惧的神情。

“你是说，他们害怕的是……”汪博的声音都变调了。

“别说了！我们快回去吧，别待在这种诡异的地方了！”梅丽害怕地说。

“我们已经迷路了。”白川提醒道。

“天哪……那我们该怎么办？”梅丽快哭出来了。

“别慌，这样吧，我们再朝前面走一段，看到第一户人家后，我们就敲门，进去跟他们问路。”小西说。

“可是，我看这里的人态度都不怎么友善啊。”汪博担心地说。

“那可能是因为我们问了敏感的问题。”小西说，“这次我们只问路，其他什么都不问。”

白川点头道：“好，就这么办。”

几个人继续朝前走去，几分钟后，他们看到了路边的一座小房子。房门依然紧闭着，窗口透出依稀的灯光。

四个人来到门口，小西轻轻敲了敲门。

里面传出一些声响。

小西又敲了两下。里面一个警觉的声音问道：“是谁？”

小西回答：“我们是来这里玩的，迷了路，想问问路。”

里面沉寂了一会儿，那扇木门“嘎吱”一声打开了。一个老大爷站在门口，怀疑地望着小西四人。

“你说，你们是来玩的？”他皱着眉头问。

“对，我们是从城里来的。”小西说。

“看得出来你们是从城里来的。”老大爷上下打量着他们，随后干笑了一声，“你们胆子可够大的，敢跑到这里来玩。”

四个人迅速对视了一眼。

“你们想问什么？”老大爷盯着他们。

“哦，是这样的，我们迷路了，想问问往车站怎么走。还有，这儿附近哪里有饭馆吗？”小西问。

“怎么，你们还没吃饭吗？在找饭馆？”

几个人一起点着头：“是的。”

老大爷凝视了他们一会儿，大笑起来：“你们这些城里的孩子，真是什么都不知道。你们以为这小乡村像城市里一样，有各种餐馆吗？”

说完，他又是一阵大笑，把小西四个人弄得十分尴尬。

“进来吧！”老大爷挥了下手，“我给你们弄点吃的。”

四个少年正好又累又饿，再加上外面现在已经是一片漆黑了。听他这么说，感谢得连话都来不及说就跨进了门。

老大爷谨慎地将门关拢。

一个窄小、简陋的家。屋里是简单而陈旧的家具。四个人坐在几个小木凳上，老大爷从水缸里舀了一大碗水，递给他们：“喝点水吧。”

小西他们渴坏了，轮流喝这碗水。

老大爷从炕洞里摸出几个烘好了的红薯、土豆，吹了吹气，挨着发给小西他们：“这乡村里没什么好东西，你们就凑合着填填肚子吧。”

汪博已经饿得前胸贴后背了，三两下将烘红薯的皮剥了，一大口咬下去，烫得眼泪都出来了，却还是大口大口地吃着，一边说：“香！真香！”

不知道是饿了，还是这带着乡土味的烘红薯、土豆确实好吃，小西、梅丽和白川也吃得狼吞虎咽。老大爷坐在旁边，点一支土烟，歪着嘴笑。

不一会儿，东西吃完了。这些红薯、土豆都比城里的个儿大，吃一个下去肚子就完全饱了。这个时候，小西他们才感激地说："谢谢您了，大爷！"

老大爷笑着说："吃几个土豆有什么好谢的，又不花钱，都是自己地里种的。"

小西望着这间屋里唯一的一张小木床说："大爷，您一个人住在这里吗？"

老大爷微微点了下头，没多说什么。

"大爷，您能不能告诉我们，这里到车站怎么走啊？"白川问。

"怎么，你们想现在到车站，坐车回去？"

几个人一起点头。

"不行了。"老大爷说，"镇上的车站六点钟就没有车了。"

"啊？"几个人一听，全都傻眼了，"那我们今天岂不是回不去了？"

"你们要想回去也行。从我这儿再往前走十多分钟，就到公路边了。运气好的话，你们会碰到一些车子经过。不过，那条公路晚上路过的车子可不多啊。再说人家肯不肯载你们，那也说不定。"老大爷说完，吧嗒吧嗒地抽着烟。

小西心中一紧，问道："大爷，您说的那条路，是不是28号公路？"

听到小西这样问，梅丽、白川和汪博脸上都掠过一丝惶恐的神色。

老大爷注意到了他们表情的变化，抬起眼帘缓缓问道："你们是不是听说过什么？"

小西没想到，老大爷居然主动提到了这个话题。但鉴于之前的经历，她一时不知道该说什么好，只是张着嘴，一副欲言又止的模样。

老大爷见小西他们没说话，抬起脚来，将烟头在鞋底上摁灭，说道："算了，反正你们胆子大的话，就到那条公路边去搭车吧。如果害怕，今天晚上就在我这间小屋里待一晚上。你们自己考虑吧。"

这老大爷显然是话里有话，他分明就在暗示，那条公路附近有某种危险存在。

小西终于忍不住了，问道："大爷，是不是28号公路那一段，有什么……古怪的东西啊？"

老大爷低下头卷着一根土烟，没有说话。

小西和三个朋友互望了一眼，也不便多问。屋子里一片沉寂。

过了半晌，老大爷抬起头来问道：“**你是不是想问，那公路两旁的墓地里，有没有僵尸？**”

几个人完全没想到，这老大爷居然主动说了出来！他们张着嘴，一脸惊愕的表情。一瞬间，小西感觉到，这个独自一人居住的老大爷，跟村里的其他人有些不同。

小西决定实话实说：“大爷，其实……我们就是因为这个传说才来的。但我们不知道……”

“不知道自己是傻瓜。”老大爷的表情一下严肃起来，“你们觉得，这只是一个谣言，或者是以讹传讹的谎话，所以来寻找刺激，对吗？”

四个人完全呆了，这老大爷竟然一语中的。而且听他的意思，这不是传说，而是真实存在的事情。

呆了片刻，小西惶惑地问道：“大爷……难道，真的有僵尸吗？”

老大爷叹了口气，站起来说道：“如果是别人告诉你们有，或者是没有，你们都可以只当笑话听。但唯独我——”

他俯下身，凝视着小西：“可以告诉你们千真万确的事实。”

小西感觉到一种压迫感，使得她说不出话来。

“知道为什么吗？”老大爷慢慢将身子伸直，望着他们四个人。

**“因为我就亲眼看见过僵尸。”**他说。

## 二十八、恐怖的亲身经历

小西恐惧地捂住嘴，梅丽也几乎要惊叫出来，白川和汪博两个男生也被吓得后背发麻。

“您……亲眼看见过僵尸？”小西惊骇地问。

“不是看见这么简单，那僵尸还偷过我家的猪崽来吃呢。”老大爷说。

“是怎么回事啊？”白川盯着老大爷问。

老大爷眼睛望着对面的墙壁，回忆道：“几年前，在我这个小屋的外面，有一个猪圈，里面只养了两头猪。其中那头大母猪在那年秋天的时候，产下了一窝小猪崽，可把我乐坏了。

“一天晚上，我睡着了，听见猪圈里有声响，还有母猪的叫声。我以为是野狗或者小偷，赶紧穿上衣服，拿起一根木棍就朝外走。

“等我来到猪圈，却并没有看到什么人或是野狗。我打着手电筒往猪圈里看，发现少了两只猪崽，而且猪圈里还有一些血迹。

“我当时气坏了，心想一定是野狗把小猪崽给叼走了。我仔细看猪圈外面，发现血迹延伸到了屋后的草丛里，便提起木棍就朝那个方向追去。

“我在草丛里跑了一阵，忽然被什么东西绊了一下，用手电筒一照——竟然是一只血淋淋的小猪崽的头！

“当时我就觉得有点奇怪，因为按野狗的习性，一般都会把猎物叼到自己的地盘，再慢慢享用，不会像这样边走边吃。而且我想，一只野狗怎么能叼走两只小猪崽呢？难道有两只野狗？

“带着疑惑，我继续朝前走去。不知不觉中，我已经走到了28号公路两旁的墓地里。等我反应过来的时候，我才发现已经身处在一片坟墓之中。

“就在我感到迷茫，不知道该不该继续追下去的时候，突然看到前方的一个坟墓旁边，蹲着一个人。那个人低着头，好像在吃着什么东西。我下意识地用手电筒朝那边一照，那个‘人’猛地回过头来，这一回头，把我的魂都吓飞了！”

老大爷讲到这里，脸色变得有些苍白，好像再一次经历了那恐怖的事件。而小西等人已经吓得汗毛直立了。

他长长地吐了口气，接着往下讲。

“我当时离那‘人’可能有一二十米远，但还是清楚地看到，那个‘人’满嘴鲜血，正在撕咬着手中的小猪崽！我吓得手一抖，手电筒一下掉到地上。同时腿也发软，几乎要站不稳了。

“大概只过了几秒钟，我捡起手电筒，仗着自己手中还有一根粗木棒，便壮着胆子朝那边走去。但奇怪的是，仅仅几秒钟的时间，那个‘人’就不见了！我举着手电筒环顾四周，愣是看不到那‘人’的踪迹！”

讲到这里，老大爷瞪着一双眼睛对小西他们说：“你们要知道，那可是一片空旷的墓地啊！不管那东西是人还是什么别的，怎么可能这么快就跑得没踪影了呢？”

梅丽紧紧地抱着小西，吓得脸色煞白。汪博也吓得蜷缩着身体。白川咽了口唾沫，问道：“那后来呢？你发现‘那东西’了吗？”

老大爷摇着头说：“我举着手电筒在那里找了好几分钟，再也没看到那‘人’。我越想越害怕，就快步跑到公路上，顺着路回家了。

“第二天早上，我把昨晚发生的怪事告诉周围的一些人。大家都觉得很奇怪，有几个年轻小伙子便说要跟着我一起到那片墓地看看。约莫到了昨晚那个地方，这时，我们看到了骇人的一幕。”

“是……什么？”小西试探着问。

“墓地里的一座新坟，不知道是什么时候下葬到这里的，也不知道是哪家的坟（埋葬在这片墓地的不一定是附近的人）。那坟墓上面的土竟然被刨开了一些，露出棺材板来。看起来，就像是有什么东西从坟墓里爬出来过一样。我们当时吓坏了，把村长和村里的几个主任叫到那里。大家看了都非常恐慌。

“几个年轻人觉得实在是蹊跷，便在经得村长允许后，把那个坟彻底挖开来。当他们把棺材盖揭开的时候，我朝里面一望，吓得差点昏了过去！”

小西、梅丽、汪博和白川全都屏住了呼吸。

“那棺材里面躺着的尸体，嘴边满是鲜血。而尸体的旁边，竟然是我那两只小猪崽的残肢和骨头！”

“啊……”梅丽吓得倒吸了一口凉气。另外三个人也吓得头皮发麻。

“这件事令大家十分震惊。那几个小伙子将棺材重新埋好。从此以后，大家都不敢在晚上靠近这块墓地，而‘僵尸’的传说也就不胫而走了。”

这段可怕的经历总算讲完了，老大爷长长地吐了口气。

小西压抑着心中的恐惧，问道：“那后来，还有人看到过‘僵尸’吗？”

“后来听村里的一些人说，他们也在晚上看到过有僵尸从坟墓里爬出来，但我不知道是不是真的。只有这件事，因为是我亲身经历，所以千真万确。”

老大爷顿了顿，又补充道：“反正，从那个时候起，我们村的人对‘僵尸’闻风色变，哪怕只是听到这两个字，都会吓得打哆嗦。而且一到晚上，家家就关门闭户，没有一个人敢出来走动。”

小西和三个朋友交换了一下眼色，现在他们都明白了，为什么之前会遭到那种待遇。

汪博忍不住问道：“大爷，那您一个人住在这里，不害怕吗？”

老大爷苦笑着说：“我都这把年纪了，活也活够了，还有什么好怕的？再说，我一个孤老头子，又能到哪儿去？”

缄默了一阵，小西看了下手表，叫了一声：“呀，都九点半了。”

“啊，这么晚了，我们到底该怎么办啊？”梅丽着急地说，“我还跟我妈妈说十一点就回去呢！”

汪博说：“听了大爷刚才讲的事，你还敢晚上出去呀？要不……我们就在这里待一晚上，明天早上再回去吧。”

“不行！”梅丽叫道，“要是我一晚上不回家，我妈妈会杀了我的。”

“那也比被僵尸咬死好。”

“好了，你们别吵了。”白川说，“要不我们到公路边去试试吧，说不定运气好，很快就会有车子经过的。”

“可是现在外面已经一片漆黑了。”汪博望着窗外说，“我们怎么看得清路……”

突然，他停了下来。

汪博坐的位置离窗子最近。

黑漆漆的窗外，他赫然看到——**一个人影正待在窗外，窥视着他们。**

一瞬间，汪博感到全身的血直往脑门上涌，令他眼前发黑。他全身猛抖着指向窗外，大声尖叫道：

“窗外……有人！”

## 二十九、四年前死的人

几个人大吃一惊，吓得战栗了一下，一起朝窗外望去。

一片漆黑，并没有看到什么人影。

“人在哪里？”白川瞪着汪博问。

“刚才我看到……就在窗前盯着我们，我叫了一声后，它就消失了。”汪博抖抖索索地说。

“啊……”梅丽感到后背蹿起一股凉气，“大爷说过，这村子晚上是不会有人出来的。难道是……”

“别慌。”老大爷走到墙边，抄起一根木棍，“我出去看看。你们就待在屋里，别出来。”

白川走到老大爷身边：“不，我们跟你一起出去，万一有什么情况也可以帮帮忙。”

“对，我们跟你一起出去。”小西也鼓起勇气说。

汪博和梅丽对视一眼，也走到他们身边。

老大爷回头短暂地望了他们两秒，拉开门闩，沉声道：“跟在我后面，注意周围。”

他打开门，朝左右两边探望了几眼，然后紧握着木棒走了出去，几个少年紧跟其后。

借着一点点暗淡的星光，他们左右四顾，并没发现屋外有人。

“到屋后去看看。”老大爷说，同时叮嘱两个男生，“你们望着后面。”

白川和汪博紧张地点了点头。五个人一起朝屋后走去。

小西和梅丽夹在老大爷和两个男生的中间，两个人牵着手，紧紧地贴在一起，能互相感觉到对方的心在怦怦狂跳。她们和另外三个人一边走一边警觉地朝周围张望，一直到将房子绕了个圈，并没有发现人的影踪。

回到门口，老大爷说："你们快进去。"等四个少年都进了屋，他再次探望周围，然后迅速地走进来，将门关拢，又将窗户也关拢，锁好。

回到屋中，大家的紧张感消除了很多，白川问汪博："哪有你说的什么人影啊？我们出去怎么没看到啊？"

汪博说："可能……那东西在我叫出来的时候，就已经跑走了。"

他没说"人"，而说"那东西"，大家心中都颤了一下，知道他指的是什么。白川又问："你看见它的脸了？"

汪博摇头道："外面太黑了，看不清，只看到一个人模糊的轮廓。"

小西想了想："会不会是你刚才听了大爷讲那件恐怖的事情之后，吓得产生了心理暗示，所以出现幻觉了？"

"不会！我看得很清楚！"汪博大声说道，但很快又变得不确定起来，低声说，"我觉得，应该不会……"

"我看你真的有可能是看花眼了。"老大爷说，"虽说我跟你们讲的关于僵尸那件事千真万确，但毕竟要看见僵尸也不是那么容易的事。我自从那件事后，就再没看见过僵尸。不可能刚好这么巧，它就在我讲完那件事之后出现在我家门口。"

听老大爷这么说，大家都望向汪博，眼神中带着谴责的意味。汪博现在也觉得可能是自己看花了眼，低着头，有些无地自容。

小西又一次看时间："十点钟了，我们到底怎么办？"

汪博缩了缩脖子："反正我打算今晚留在这里，我不想冒险。"

白川望着小西："你说呢？"

没等小西表态，梅丽就像求助一样望着她说："小西，你知道我妈妈的脾气，要是她知道我不但骗了她，还通宵不回家的话……后果我真的不敢设想！"

"我知道，我也在想同样的问题。"小西提醒着梅丽，"别忘了，我跟你是一样的状况。"

汪博讽刺地望着她们说："听起来，好像你们的妈妈比僵尸还要可怕。"

“从某种程度上来说，就是这样。”梅丽狠狠地瞪了他一眼，“而且僵尸我们不一定碰得到，但我妈却是我必须面对的！”

小西斟酌了片刻，对白川说：“我们要回去。”

“那我就跟你们一起回去。”白川说。

然后，他们三个人一起望向汪博。

汪博指着窗外说：“你们自己瞧瞧，就算不说什么僵尸吧。现在外面一片漆黑，你们怎么去公路？又会迷路的！”

“那倒不是问题。”老大爷开口道，“你们如果真要去搭车的话，我可以把你们送到公路去。”

“太感谢您了，大爷！”小西和梅丽一起说。

老大爷从枕边摸出一个手电筒，几个人走到门口，白川回过头对汪博说：“那你就留在这儿吧，我们走了。”

汪博张着嘴，似乎不相信他们真的要把自己一个人留在这里。他略一迟疑，站起来说：“好吧，好吧！我跟你们一起走！我才不想当胆小鬼。”

白川笑了一下，走过去搂着汪博的肩膀：“对了，这才像个男子汉嘛！”

“好了，我们走吧，看着点儿周围，注意安全。”老大爷再次叮嘱。

在那一团橘黄色光圈的指引之下，五个人小心谨慎地沿着弯曲而狭窄的乡间小路朝前行走。一丝风吹草动、蛙鸣犬吠，都让四个少年心惊肉跳、浮想联翩。仅仅十分钟的路，他们感觉像永远都走不到尽头。

终于，他们从小路走到一条柏油公路上了。老大爷说：“到了，这里就是28号公路。”

四个少年意识到，他们来到了故事中的地点，就像走进了恐怖故事之中。下意识地，他们朝公路两旁望去——

果然，路的两边是由坟包和墓碑组成的死者的王国，这条公路穿插其中，让人恍惚觉得像是一条通往黄泉之路。

这里，就是那天晚上撞到明宇的地方。

**明宇就是从这片死亡之地里钻出来的。**

这想法令小西接连打了好几个冷战。

老大爷的话岔开了小西的遐想："好了，我送你们到公路上来了。你们就在这里等车子吧。如果实在等不到的话，你们还记得刚才那条小路吧？可以回我家来。"

想了想，他把手电筒交给小西："这条路上没有路灯，这个你们就拿着吧，万一一会儿还要回来，也好用来照路。"

"啊，谢谢。"小西感激地说，随即又问道，"那您呢？您不用这个，能看见路吗？"

"这条路我已经不知道走过几百遍了，就是闭着眼睛也能回去。你们不用担心我。"老大爷笑道。

"那真是太感谢您了，大爷。"几个少年一起说。

老大爷摆了摆手，准备转身朝回走了。

这时，小西突然想起一件重要的事，她赶紧叫了一声："大爷！"

老大爷回过头来："还有什么事吗？"

一时之间，小西思绪混乱，不知道该怎样说。她顿了片刻，问道："大爷，**四年前，平峰村有没有发生过一起……命案？**"

老大爷愣了一下，三个朋友也惊讶地望向小西，不知道她为什么会问这样一个问题。

"小姑娘，你说的，是一起什么样的命案啊？"老大爷盯着小西的眼睛问。

"这个……我也不知道。"小西犹豫着说，"我只知道，有人死了，而且死得很惨。"

老大爷低着头，似乎陷入了沉思，过了一会儿，他说："你不说具体点的话，我不知道你说的是哪件事。"

小西回忆着那张旧报纸碎片上的内容："四年前，有人在村子里惨死了，这件事情比较大，惊动了警察，还上了报纸……老大爷，我知道的就只有这么多了，您能想起来吗？是不是有过这样一件事？"

老大爷仔细思索着，好一阵后，他微微点着头道："你这么一说……好像是有这么一回事。”

“您想起来了？”小西激动地说。

老大爷摇着头说：“事情隔太久了，我只是记得隐隐约约有这么一件事，具体的就记不清了。”

“您能想起来一点儿都行，比如说，死的是个什么样的人？他年龄多大？”

老大爷又想了一阵，说：“我真的想不起来了，人老了，记性就越来越差。但是……”

小西凝神望着老大爷：“怎么？您想起什么来了？”

老大爷说：“就凭我完全没印象这一点来推测，**死的应该是外地人**。要不然，如果是本村的人死了，我不会一点儿都想不起来。”

小西发着愣。

老大爷说：“小姑娘，其他的我就真的不知道了。你问这个干什么？”

“对呀，小西，你打听这个干什么？”梅丽也问道。

“哦，没什么。”小西掩饰着自己的情绪，“大爷，谢谢您了。”

老大爷点了下头，最后说了一句：“注意安全，没坐着车就回来。”说完从小路走回去了。

梅丽、白川和汪博望着小西，发现她神情凝重，分明是在思考着什么。但他们现在最关心的是能不能搭到车回家，所以也没多问。

好几分钟，小西像雕塑一样站着，暂时忘记了一切，头脑里反复回想着老大爷说的话。

死的应该是个外地人。

她想起，刚开始听明宇说话的时候，他的确带着一些听不出来是哪里的外地口音，只是到后来，没那么明显了。

一阵冷风吹过，小西身体抽搐了一下。

**事情越来越诡异了，**她愣愣地想，感到全身发冷。

## 三十、僵尸出现

在公路上站了二十分钟，他们没看到一辆车经过。

“这是怎么回事？难道这条路晚上真的没车子经过吗？”白川难以置信地说。

“这里是条乡村公路，又不是两个城市间的交通要道。”汪博翻着眼睛说，“再加上还有这种恐怖的传说，谁会晚上开车到这条路上来呀？”

“那我们这样傻傻地等下去，不会一个晚上都看不到一辆车吧？”梅丽忧心忡忡地问。

“这可难说，搞不好就是这样。”汪博摊了下手。

梅丽望了下周围，打了个冷战：“我们待在这里，万一遇到‘那个’……怎么办？”

大家都有些害怕，不安地张望着。

白川安慰着她，也像是在安慰自己：“不会的，刚才老大爷不是说了吗？要看见僵尸不是这么容易的事。我看，我们没这么‘好’的运气吧。”

“这可说不准，要不，我们还是回……”

汪博话没说完，小西忽然激动地叫道：“喂，你们快看！前面有辆车来了！”

几个人一下来了精神，朝前方望去，是一辆运货的大卡车！四个人一起挥手，大声喊道：“停一下，请停一下！”

大卡车开近了，没想到的是，它呼啸而过，根本没有要载他们的意思。

“喂，喂！别走啊！别……”四个人大喊着，但卡车已经消失在黑夜中了。

“该死！”汪博拍了自己大腿一下，“那浑蛋司机理都没理我们！”

白川叹了口气说：“算了吧，这是辆卡车，前面只有两个座位，而且都坐着人呢。人家怎么载我们？”

“他就是让我们坐在车厢里也行啊！浑蛋！”汪博气得大骂。

“别骂了，有什么用？”小西说，“你们身上带着多少钱啊？”

“干什么？”白川问。

“把钱都给我。”

白川迟疑着，从裤兜里掏出100元，递给小西：“我没带多少。”

“你呢，梅丽？”

梅丽从衣服口袋里掏出几十元钱：“就这些了。”

小西望着汪博，汪博问：“这个时候你拿钱干什么？打车呀？那也要有车经过才行啊。”

“别问这么多了，快给我吧，一会儿你就知道了。”小西说。

汪博有些不情愿地从裤兜里掏出三张100的出来，问道：“你不会全要吧？”

“你带得还真不少啊。”小西一把将钱抓过来：“我只是拿在手里一下。一会儿再有车经过的时候，我们就冲它猛挥手里的钱，意思是我们可以出钱搭车。这样也许他们愿意停下来。”

“好主意呀，小西！”梅丽说。

“就这么办。”白川说。

主意是定了，但自从那辆大卡车开过之后，就再没有一辆车子经过。

小西每隔几分钟就看一下时间，十一点半的时候，她焦急地说：“我们都等了一个多小时了，怎么还没车来啊！”

“我看不会有车经过了。”白川灰心地说。

梅丽蹲在地上，耷拉着脑袋，一言不发。小西问道：“梅丽，你怎么了，现在你倒不着急了？”

梅丽微微抬起头来，神情呆滞：“小西，都快十二点了。就算我们现在坐到了车，回到家也是凌晨两点多了。你想过没有，我们的家长早就已经互通过电话了，也就是说，我们的谎言已经败露了。小西，现在不管怎么样，我们回去后都会死得很惨。”

听她这么说，小西也感到烦躁不安起来，她能想象到，此刻妈妈有多担心。想到这里，她说：“干脆我们打电话给家里，跟家长明说了吧，免得他们担心。而且，他们知道后会开车来接我们的。”

“也只能这样了。”白川说，“你们谁带手机了？”

小西说：“我怕我妈打电话催我，就没带，你们呢？”

梅丽和白川同时摇着头说：“我也没带。”

三个人的目光又聚集到汪博身上，汪博愣了愣，说：“我有手机。”

三个人一起松了口气。小西说：“那就快拿出来打吧。”

“打给谁？”汪博掏出手机。

小西想了想：“先打我家的电话吧。”

汪博把手机递给她。小西拿过手机，刚拨了几个键，呆住了。

“怎么了？”三个伙伴一起问道。

小西望着他们，无比沮丧地举起手机给他们看：“这里太偏僻了，没有信号啊！”

“什么？！”几个人一起叫了出来。汪博不相信地拿过手机：“真的打不了？我试试。”

他快速地拨了一串号，将手机放到耳边，不一会儿，他的手慢慢滑了下来，满脸呆滞。

“怎么办？我们真的被困在这里了。”梅丽绝望地耷拉下头。

“还能怎么办？回刚才那个老大爷的家去呗，在那里待一晚上，明天一早就坐车回去。”汪博说。

“看来也只好这样了。”白川无奈地说。

小西看了一眼手表：“这样吧，我们最后再等半个小时，如果十二点十分还没有车经过的话，我们就回老大爷那里去——你们觉得呢？”

三个朋友互望了一眼，一起点了点头。

毕竟，他们还是希望能早点回去，哪怕早几个小时也好。否则父母会急疯的。

说定之后，四个人一起蹲在公路边，像一群孤单的小鸟。

十多分钟过后，小西发现蹲在她旁边，一直埋着头的汪博竟然发出了轻微的鼾声。

她难以置信地望着他，心想，蹲着也能睡着？

她再转过头，发现一直撑着脑袋的梅丽也闭着眼睛，小西轻轻碰了下她："梅丽，你睡着了？"

梅丽无精打采地半睁开眼睛，轻轻摇了摇头："没有，但我疲倦了，很想睡。"

小西望向白川，发现他也是一副睡眼迷蒙的模样。她在心中叹息道——我还疲倦呢，可要是我们几个都睡着了，谁来看有没有车经过呢？

小西看了下表，已经十二点了。剩下的十分钟里，会有车来吗？她觉得希望渺茫得就像一个沙漠里的旅人在干死之前找到绿洲一样。

这样想着，小西感觉心一阵下坠，比刚才强烈数倍的消沉和困倦在一瞬间袭来，令她有种要倒下去的感觉。

她歪着头，用一只手撑着快要支不起的脑袋，双眼空洞地望着前方，艰难地与疲倦作战。

月亮悄悄从云层中钻出来，洒下一地诡异的银色月光。

几分钟后，在小西模糊的视野里，似乎出现了什么东西，好几秒之后，她才意识到自己看到了什么。

小西的头慢慢直了起来，她全身的血液也在慢慢凝固。她的眼睛睁大到无以复加的地步，头脑因震惊和恐惧而变得一片空白。

**她看到，斜前方大概一二百米远的墓地里，不知从哪座坟墓中慢慢爬出来一个——僵尸！**

## 三十一、墓碑上的名字

小西的呼吸都快停止了，她用力地用手捂住嘴，不让自己惊叫出来，她看见那僵尸朝他们相反的方向走去。

正在这时，旁边的梅丽抬起头来轻声问道："小西，现在几点……"

小西一把将梅丽的嘴捂住，梅丽吓得浑身一颤，她顺着小西的目光望去，也看到了那僵尸！还好她的嘴被紧紧捂着，只发出“嗯”的一声。

旁边的声响引起了白川和汪博的注意，他们望过来，发现小西捂着梅丽的嘴，两人瞪着惊恐的双眼，也朝那方向望去。一瞬间，两个男生的眼睛几乎都要瞪裂了，汪博差点儿坐到了地上。

好几分钟后，他们看到那僵尸走远了，消失在夜色之中。汪博猛地从地上站起来，惊恐万状地说：“我们……快走吧！”

几个人都站了起来，腿因为蹲的时间长了而发麻，几乎拖不动脚步。但现在顾不了这么多了，梅丽、白川和汪博像逃命一样一瘸一拐地朝小路挪去。

走了几步，他们忽然发现，小西居然站在原地没动！

梅丽按着发麻的腿，移到小西身边，焦急地低声说道：“小西，你还在发什么呆呀！快走啊！”

小西凝视着前方，神情复杂：“不，我要去看个究竟。”

“什么？你疯了？现在不是好奇的时候！”

“我不是好奇。”小西凝视着好友，“你不明白，如果我不搞清楚真实情况的话，我，还有我妈妈都会有危险的！

白川和汪博也靠拢过来，一脸茫然地望着她：“小西，你在说什么？你和你妈妈会有什么危险？”

小西心慌意乱地叹了口气：“现在没空解释了。以后我再告诉你们吧！”

说完，她猫着腰，朝那坟墓的方向跑去。

梅丽、白川和汪博焦急地望着小西的背影。汪博问：“怎么办？”

梅丽咬了咬牙，说：“我们不能丢下小西一个人！”

“那走吧，我们也过去！”白川说。

两个人跟着小西跑过去。

“喂，你们……唉！”汪博狠狠一拍大腿，也跟了上去。

小西小心地靠近那座有僵尸出来的坟墓，听到身后有声音，她回过头，看到三个朋友都跟了过来。小西不知道该说什么好，只向他们投来感激的一瞥。

小西手里拿着手电筒，但不敢打开，害怕引起僵尸的注意。在阴森恐怖的墓地里穿行了不知多久，小西在两座挨着的坟墓面前停了下来。

在整片墓地中，这是两座相对较大的坟墓，由石料修建成圆顶的墓室，看起来就像两座挨在一起的白色圆房子。两座坟的面前各有一块墓碑。

梅丽三人走到小西身边，惊悸地望着周围。白川小声问道："刚才那僵尸就是从这里爬出来的吗？"

小西略点了下头，又有些迷茫地说："肯定是这里，但我不知道它是从哪座墓中爬出来的。"

"既然那僵尸能爬出来，坟墓周围就应该有一个打开的洞口才对。"白川说。

小西蹲下身子，小心翼翼地推开手电筒的开关，然后贴着地面朝坟墓的周围照去。

她希望找到那个僵尸爬出来的洞口，手电筒光线晃过其中一座墓碑的时候，她下意识地瞥了一眼。

她将目光移回来，将手电筒的光对准那墓碑，这一次，她看清楚了。

这块墓碑上别的文字都没法闯进她的眼帘，因为她看到最中间那一行字后，就像石雕一样凝固在了那里。

墓碑中间的一行字是——

**艾明宇　1998年逝**（现为2012年）

## 三十二、地下墓室惊魂

小西的呼吸在那一瞬间停止了。

但很快，她将手电筒的光束移向别处，她不希望三个好朋友看到墓碑上的字。她不想看到他们吓呆的样子。

其实，事情发展到这一步，小西反倒觉得没那么害怕了——只不过是之前的恐惧猜想全都应验了而已，她并不是没有心理准备。

现在，小西心中唯一担心的，就是妈妈——她不知道她正跟什么怪物待在一起。

目前唯一能做的，就是揭开僵尸的秘密——并且，她需要证据来证明僵尸的存在。否则的话，没有人会相信自己家里有什么。

小西握着手电筒在这座坟墓周围转了一圈，并没有发现什么洞口。她移到旁边那座坟墓，仔细查看，眼睛骤然瞪大了——她看到，在这座坟墓的左侧，也就是两座坟之间，有一块挪开的石板，那下面显然就是墓室！

小西靠近洞口，仔细看了看，有了更惊人的发现——这个洞口下竟然有几阶石梯，就像是通往一间地下暗室一样！

梅丽、白川和汪博这时凑到小西身边，也发现了这惊人的地下通道。他们面面相觑，神情中混合着难以名状的惊愕和恐惧。

小西经过短暂的犹豫，转过身对三个好朋友说："你们在这里等着我，好吗？我下去看一眼，就一分钟，然后我就上来。"

梅丽倏地瞪大眼睛，压低声音说："你是不是真的疯了？你到这僵尸的墓穴里去干什么？"

"现在没时间解释了。我就下去几十秒，立刻就上来！"

"那僵尸说不定随时都会回来的！"汪博紧张地说道，"要是你下去后，那僵尸回来了怎么办？"

"那你们就马上叫我！"小西已经从洞口的石梯往下走了。

"喂，等等！"梅丽突然想起什么来，"要是……这下面还有一个僵尸呢？"

"不会的，我知道另一个僵尸在哪里！"小西已经走下去了，声音从洞穴口传出来。

梅丽三人惊愕地对视了一眼，不知道这句话是什么意思。白川迟疑片刻，也跟着跳到洞口边，说："我跟小西一起下去！"

梅丽张着嘴呆了几秒："那我也下去！"她走到白川的身后，跟他一起从石梯下去。

汪博还没反应过来，骤然发觉这阴森森的墓地里，居然只剩自己一个人孤零零地待在墓碑前了。他吓得浑身打了个激灵，叫了一声："等等，别丢下我一个人！"赶紧走到石梯旁，沿梯而下。

梅丽发现汪博也下来了，正想说"上面一个人都没有，要是僵尸回来了怎么办"，但她的眼睛随着小西手电筒的打开方向望了过去。

梅丽惊呆了，张口结舌地望着周围。另外三个人也跟她一样。

石梯并不长，他们已经走到了底，通过手电筒的光束看到了这间巨大的墓室。

说这里"巨大"，倒不是因为这里真的有那么大，其实估计也就是五六十平方米。但对于一间埋葬死人的墓室来说，这里真的太宽敞了，简直就像是一间教室。而且奇怪的是，他们竟然没有呼吸特别困难的感觉，似乎这里有着某种通风设施。

更令几个人瞠目结舌的是，随着手电筒光束的移动，他们看到了床、桌子、椅子，甚至桌子上还有盘子和碗。

偏偏没有正该有的东西——棺材。

小西和三个朋友无法理解眼前的一切——难道，这墓室中的僵尸像普通人一样，在这里吃饭、睡觉、生活吗？

"这里……是怎么回事？"梅丽惊愕不已。

"别管是怎么回事了，我们快走吧。那僵尸说不定要回来了！"汪博提心吊胆地说。

小西焦急地晃着手电筒，希望能找到某件东西，可以证明僵尸的存在。但她居然找不到什么特别的东西！

"小西，我们上去吧……"梅丽恐惧地说，"待在这里，让我感到毛骨悚然。"

小西也知道，多待一分钟，危险就会增加一分。她只有作罢："好吧，我们走。"

梅丽、汪博赶紧朝石梯走去。

小西用手电筒照着前方的石梯，对身后的白川说："走吧，白川，别看了。"

"啊？"前面出现一个诧异的声音，是白川，"小西，你叫我吗？我在这里呀。”

小西心中一惊，一片恐惧的阴云向她笼罩过来。她猛地回头，将手电筒向身后的人照去。但手电筒还没来得及举起，一双恐怖的大手一把掐住了她的喉咙。小西发出一声凄厉的惨叫，手电筒掉落到地上，滚到墙边。

梅丽三人听到小西的惊叫，慌忙回过头来。黑暗中，是模模糊糊却令他们心胆俱裂的一幕——一个黑影掐着小西的脖子，将她吊了起来！

“啊！僵尸……这里还有个僵尸！”汪博吓得双腿一软，瘫在地上。

“小西！”梅丽和白川撕心裂肺地喊叫着。恐惧、惊慌、无助，令他们头脑发蒙，不知所措。

就在这时，梅丽听到身后的石梯传来脚步声，她还没来得及回头，就看到一个黑影扑向白川，将白川压到墙边，白川还没来得及挣扎就一点声音都发不出来了。

梅丽的神经完全崩溃了，她闭着眼睛声嘶力竭地抱头尖叫。汪博也吓傻了，倒在地上动弹不得。看着黑暗中的两个黑影分别袭击小西和白川，他们明白自己显然就是下一个目标——但悲哀的是，他们从没遇到过这么可怕的事情，已经吓得连腿都动不了了。

小西的喉咙被紧紧掐着，无法呼吸，她知道，自己马上就要死了。最后的意识中，她只想到一件事情——

这个袭击她的“人”能够在黑暗中清楚地看见他们。

而且，“它”的力气很大，能将自己吊起来。

临死的瞬间，她好像什么都明白了。但是已经迟了。

突然，小西听到“咚”的一声闷响，然后是一个人凄厉的惨叫声，紧接着是有人摔倒在地的声音。她不明白发生了什么事，而就在这时，一个黑影冲了过来，将掐着她的那个人一把推开。

小西摔到地上，感到一阵眩晕，她的脖子像是要断了，只能发出嘶哑的干咳。从地上仓皇站起来后，她赫然看到，在墓室的墙边，两个黑影扭打在一起！

她看不懂，也想不明白，这是怎么回事？

突然，其中一个黑影说话了：“小西！你们快逃！”

是明宇的声音！小西浑身颤抖起来。

“快跑！快啊！”明宇大声喊道，而就在这时，他被那个比他高大的黑影抓住脑袋，那“人”将他的头重重撞向墓室的石壁！

“咚”的一声闷响，小西听不到明宇的声音了。

“明宇……明宇！”小西在黑暗中慌乱地喊着，这时她看到墙边的手电筒，飞奔过去，将打开着的手电筒捡起来。拿着手电筒回过头来，她赫然看到一张狰狞可怖的脸，那张脸就在她面前！

“啊！”小西心胆俱裂地尖叫着，吓得魂飞魄散。那“人”跟刚才一样，一把掐住她的脖子，力气比之前更猛。小西知道，这回是真的没命了。

就在意识渐渐开始模糊的时候，她感觉那双像钳子一样掐着她的手竟然缓缓松开了。小西睁开眼睛，看到那个不知是人是鬼的家伙晃了两下，慢慢滑了下去，倒在地上。

这时，她才看到，白川站在她的对面，手里拿着一块石头。

白川丢掉石头，将奄奄一息的小西扶起来：“小西，你还能走吧？我们快离开这里！”

小西艰难地点了点头，白川把手电筒从她手里拿过来，照向梅丽和汪博：“你们呢？没受伤吧？快走！”

梅丽和汪博赶紧站起来，几个人踉踉跄跄地朝石梯跑去。突然，小西想起了什么，大喊道：“等一下，还有明宇！我刚才听到明宇的声音了！”

“对，我刚才也听到明宇的声音了，好像是他闯进来……救了我们！”梅丽叫道。

白川用手电筒探照着墓室，他发现，这间墓室的地上，倒着三个人。两个是完全陌生的，而墙边的一个，他认出来了，大喊道：“真的是明宇！”

白川将手电筒交给梅丽，然后和汪博一起过去。汪博手忙脚乱地帮着白川把晕倒的明宇背到背上，喊道：“走！快走！”几个人沿着石梯仓皇逃跑。

到了地面上，他们不敢有丝毫停留，没命地朝公路上狂奔着，边跑边朝后面张望，仿佛是在逃避死神的追逐。

终于，几个人跑到了公路上，他们彻底累瘫了，全都倒在地上。还好，那两个“僵尸”看来是被打晕了，没有追上来。但小西不敢松懈，用干哑的喉咙喊道：“汪博，快……快打报警电话！”

“你忘了吗？没有信号啊！”汪博跺着脚说。

“报警电话……是不需要信号的！”

小西大喊一声，恐惧、紧张、虚弱和疲惫一起涌来，她双眼一黑，晕倒过去。

## 三十三、僵尸的秘密

醒过来的时候，小西奇迹般地发现，自己居然躺在医院的病床上，妈妈坐在自己的身边。

“小西，你醒了？”妈妈惊喜地说，从椅子上站了起来。

小西回想着之前的一切，感觉那些惊悸、恐惧的画面仍然历历在目，她不明白后来发生了什么，自己为什么会躺在这里。

她迷惘地问道：“妈妈，这是……一场梦吗？”

“对，一场可怕的噩梦。不过，已经结束了。”妈妈说完，眼泪流了下来。

“梅丽呢？还有白川、汪博他们。”小西从病床上坐起来，“还有……明宇呢？”

妈妈正要说话，病房的门被推开了。走进来两个警察，就是那个圆脸警察和大个子警察。

“醒了吗，江小西？”大个子警察微笑着说，“你的朋友们都在担心呢。”

话音刚落，梅丽、白川和汪博一起从门口走了进来，他们来到小西的床边，就像是看到了多年没见面的好朋友。

“你醒了，小西。”梅丽捂着心口说，“我还以为你受了什么重伤呢。”

“你晕倒的时候，真是吓死我们了。”汪博说。

小西回忆着当时的情景，她想起来，自己是在喊完一句话之后晕倒的。她急促地问道：“后来发生了什么事？”

两个警察对视一眼，圆脸警察说：“这件事，让我从头到尾地告诉你吧。说实话，我们当了这么多年的警察，还是第一次遇到这么不可思议的案子——说来惭愧，要不是你们这几个孩子，恐怕现在都还没解开‘僵尸’之谜呢。”

小西不明就里地望着两个警察。梅丽他们三个人在旁边显得有几分得意。

圆脸警察坐下来说：“四年前，E市有一男一女两个凶残的杀人惯犯被警方通缉。但这两个凶手在犯下一起案件后，竟然像人间蒸发一样消失了，警方一直没能将他们捉拿归案。

“当然，现在我们知道，这两个凶手其实是逃到了我市G县的平峰村。而且，他们不单逃到了这里，还绑架了一个十一岁的小男孩。”

小西听到这里，张大了嘴巴，有几分猜到了。

圆脸警察接着说：“这两个凶手十分狡猾，到平峰村后，他们更换了名字，男的那个改名为‘艾明宇’，而女的那个改名为‘陈雯’。”

“啊！”小西叫了出来，“这么说，明宇……不，我是说，那个男孩。他记起来，并令他感到害怕的，其实是那个杀人犯的化名！而我们却以为，那是他的名字。”

“就是这样。”圆脸警察说，“并且，那两个凶手为了让自己从这个世界上彻底‘消失’，不只是换了个名字这么简单。他们还精心策划了一场‘惨剧’。

“在平峰村的人几乎还不认识他们的时候，这两个人买了几罐液化气到租的房子里，然后假装液化气泄漏引发火灾。等村里的人赶到现场的时候，只看到房屋已被熊熊烈火吞噬。大火扑灭后，在里面发现了两具烧焦的尸体。”

“其实，这是他们之前不知从哪儿偷来的两具尸体。因为烧得面目全非、惨不忍睹，再加上当地警察认为这只是一起意外事故，所以没有引起重视。任由死者的‘亲属’——其实就是由那个陈雯乔装的——将尸体装进棺材，‘下葬’到修好的两座墓穴中去了。

“装着尸体的棺材被运到某地秘密销毁之后，他们就‘居住’进了‘坟墓’

之中。那两座坟墓是他们精心建造的‘地下住所’，有着隐蔽的通风设施和进出口，就像一间地下室。

“这么多年，这两个凶手就假装成死人居住在墓室之中？”小西骇然道，“他们为什么要这样做？”

大个子警察说：“一方面是为了躲避警察的追捕；另一方面，据那男孩说，他们的心理早就极度不正常了。”

“他们为什么要绑架这孩子跟他们在一起呢？”小西的妈妈问。

“目的是训练他出来寻找食物。”圆脸警察说，“因为两个‘死人’是不能出现在世界上的。当然，这男孩也不能光明正大地从坟墓里爬出来。所以，他一般在每天晚上十二点左右从墓穴里出来，在附近的农家偷一些蔬菜、瓜果，甚至是活的小动物回去，给那两个‘死人’吃。有些时候，那两个‘死人’也会自己出来找吃的。”

“而这么多年来，一定有一些人看见过他们从墓穴里出来，所以以为他们是僵尸，对吗？”小西现在完全明白了。

圆脸警察点头道：“对。那男孩说，有一次，那两人当中男的那个出来偷农户的小猪吃，发现自己被人看到，就将附近的一座新坟挖开，将吃剩的肉和骨头丢进棺材里，再在尸体的嘴边抹上鲜血，嫁祸给那具尸体。让人误认为是僵尸出现，从而更加不敢靠近那块墓地。”

小西和三个朋友对视一眼，现在他们知道那老大爷的经历是怎么回事了。

沉吟片刻，小西难以置信地问道：“这么多年来，他为什么不报警，或者是逃跑呢？”

“对呀。”妈妈也说，“他完全可以利用出来找东西吃的机会逃走啊。”

大个子警察露出愤懑的表情：“他当然想逃走，离开那两个恶魔的控制。但那两个丧心病狂的凶手威胁他，说如果他敢去报警的话，他们的同伙就会杀死他的父母！所以这么多年来，他一直默默地忍受着这两个恶魔对他的操控和虐待。”

“虐待？”大家都吃了一惊。

“对，那两个魔鬼的心理极度扭曲、变态，他们在那座地下墓穴中，对那孩子进行高强度的体能训练，以便他能完成各种任务。剩下的乐趣，就是殴打、折磨和虐待那男孩。几年下来，他对于一般的伤痛，竟然已没有任何感觉。后来那两个魔鬼大概也觉得没意思了，对他的折磨才稍微少些。”

小西捂着嘴，和妈妈一起流下泪来。

“那天晚上，他像往常一样出来寻找食物，却在过马路的时候被你们的车撞到。那两个凶手目睹了这一幕，以为他被撞死了，只有作罢。”

大个子警察长长吐了一口气：“后来，就发生了这一系列的事。”

“现在，那两个罪犯已经被抓捕归案了。他们交代了所有的罪行，和那男孩告诉我们的情况完全符合。不过说起来，这还是你们的功劳呢。”圆脸警察赞许地对几个少年说。

汪博得意地说：“是我打电话报警，并带他们到那墓穴去抓住犯人的。”

“行了吧，你也就只有在警察来了的时候胆子才大些。”梅丽奚落道，大家都笑了起来。

小西忽然想起了什么：“你们说，刚才那些情况是他告诉你们的？这么说……”

“对，他的记忆恢复了。”圆脸警察说，“医生说，大概是因为他在与凶手搏斗的时候，头部遭到了重击，反而阴错阳差地帮助他恢复了记忆。”

小西急不可耐地从床上跳下来，穿上鞋。问道：“明宇呢？他在哪儿？我要去见他。”

大个子警察笑道：“他就在隔壁病房。但是，别再叫他‘明宇’了。他告诉我，他的名字叫作陆天。”

小西红着脸点了下头，快步朝隔壁的病房走去。

# 三十四、分别

小西轻轻敲了敲门，推门走进病房，男孩转过脸来望着她。

挺直的鼻梁，浓眉大眼，圆圆的脸庞透露出一股男孩子特有的英气。

所有的一切，就跟小西第一次看到他时一模一样。

不同的是，这一次，男孩的脸不再是木讷的，而是带着微笑。

小西慢慢走到他的病床边，就像是第一次见面，轻声说道："你好，陆天。"

"你好，小西。"他说。

沉默了好几秒，有太多话要说的时候，反而不知道先从哪儿说起了。

反倒是陆天先开口了："小西，你想跟我说什么吗？"

小西望着他，微微点头："那天，你是不是悄悄地跟踪了我，一直来到平峰村？"

"对。"他坦率地承认。

"为什么要这样？你干吗不跟我说，你想跟我们一起去？"

他还是跟以前一样，不好意思地挠着头说："我怕你们不愿跟我一起去。"

"你知道我们要去干什么？"

"我……大概能猜到。"

小西低下头，轻声笑道："猜到我是要去调查你？"

"嗯。"他点着头。

小西说："你实话告诉我，那天你在图书馆看到那张旧报纸的时候，是不是已经记起什么来了？"

他摇着头说："没有。我只是突然看到那两张照片，觉得那两张脸很熟悉，也很可怕，而且我感觉到，那张照片上的人跟我有关系……并且，代表着很不好的事情。"

"那你为什么不把这些告诉我们？"

陆天沉默了许久，才低声说道：“我害怕……失去你们。”

“什么？”小西不解地望着他。

陆天低着头，不敢望小西的眼睛：“我很喜欢你，还有妈妈……我是说，你妈妈。我害怕你们知道我的过去，我害怕会失去你们。”

小西一点声音都没有发出来，脸上全是泪。

好一阵后，她努力控制住自己的情绪，将脸上的泪拭干：“所以，你就悄悄跟在我们后面，试图自己探寻记忆，而不让我们知道你的过去。”

“就是这样。”他黯然道，“我在那老大爷家的外面偷听了你们的谈话，然后又一直远远地跟在你们后面。直到你们看到了从坟墓里出来的人，并钻了进去……”

“然后，你看到那个人返回来了，意识到我们有危险，所以就不顾一切地下来帮我们。”小西接着说了下去。

陆天轻轻点了点头。

“你不怕吗？”小西凝望着他，“你到了那里，应该知道那墓穴中，有你最害怕的人。”

“对，我来到那墓穴，便勾起了一些可怕的回忆。我很害怕，怕得全身发抖。”他抬起头来，“但我知道，如果我不下去的话，你们会被杀死的！”

小西的目光和他对碰在一起，两人很久都没有再说一句话。

警察、妈妈和三个好朋友都走进这间病房来。圆脸警察拍着陆天的肩膀说：“那两个恶魔欺负你年龄小，就威胁、吓唬你。其实，你知道吗？要是你报警的话，我们立刻就能通知E市的警察，保护好你的家人，你根本就不必担心他们的同伙会对你父母下手。”

陆天沉重地低下头，随即，他急切地问道：“警官，你们联系到我的父母了吗？”

“根据你说的父母的名字和住址，我们很容易就找到了他们。现在他们正在赶往这儿的路上呢。”圆脸警察微笑道。

“是吗，真是太好了！”陆天激动地说。

大家都露出欣慰的笑容。

第二天一早，陆天的父母到医院来，和失散四年的儿子相认。一家人喜极而泣，抱头痛哭，久久不能自持。在场的人无一不感动落泪。

下午，小西的妈妈开车将他们送到机场。

分别的时候终于到了。

“好了，你们就送到这儿吧，飞机就要起飞了。”陆天的妈妈在候机大厅对小西的妈妈说，“这段时间，真是谢谢你们照顾我儿子了。”

“千万别这么说，我们开车撞到了他，还觉得过意不去呢。”

“可要不是这样的话，还解救不了他呢。”陆天的爸爸说，“所以，能遇到你们，哪怕是被你们的车子撞，也是幸运的事。”

小西妈妈笑着摇头道：“您这么说我脸都没地儿搁了。”

大家都笑了起来。

陆天的妈妈拍着儿子的肩膀说：“天儿，跟阿姨和小西说再见吧，我们该上飞机了。”

小西和妈妈望着他，他也望着她们，许久都没有说话。

爸爸再一次提醒道：“天儿，该上飞机了，跟阿姨她们说再见吧。”

“再见，阿姨。还有，小西。”他说道。

“再见。”妈妈冲他挥着手，“以后常来玩啊。”

“嗯，我会的。”

妈妈用手肘碰了下小西：“你不说点什么吗？”

“你都说了啊，以后来玩。”小西说。

陆天望着小西，最后说了句：“再见。”然后转过身，和父母朝乘机口走去。

在他转过身去的那一瞬间，小西忽然感觉自己的心在急速下坠，她从来没这么失落和难受过。

就这么分别了吗？她望着他的背影，喉头涌起一股咸味，被她强迫压了下去。

陆天走出去十多步后，忽然停了下来，蓦然回首。

妈妈再也控制不住了，她张开了双臂。陆天丢下手里的包，飞奔过来。

他一下扑到妈妈的怀里，和她紧紧相拥。

妈妈的眼泪像决堤的潮水般涌了出来：“孩子，记住这里有你另一个家。”

“我知道，妈妈。”他深情地说。

他们俩分开后，互相都长吐了一口气。接着，陆天望着小西。

拥抱。

“我会告诉所有人，我有个好哥哥。”小西在陆天耳边轻声说道。

陆天望着小西，泪水溢满脸颊。

飞机直冲上蓝天。

小西和妈妈望着那蓝蓝的天，望了好久好久。

（第八个故事完）

白鲸的故事讲完了。回想起他讲之前说的话，大家似乎都有点明白了。纱嘉问道：“白鲸，你说这是一个比较特别的悬疑惊悚故事，其实——这个故事拥有一个美好而感人的结局，对吗？”

白鲸笑道：“如果你认为这个故事令你感受到了美好和感动，那我想它就真的是一个特别的悬疑故事了，不是吗？”

“的确，在悬疑惊悚故事中，拥有这种结尾的故事，是很少见的。”纱嘉微笑道，“你之前说，希望修改后的故事能令我们更喜欢——你做到了——起码我是这样认为。”

“我只是希望这个故事多少能使大家从阴霾中走出来一些——感到人世间还是有真挚而美好的东西存在——只要能达到这个目的，我就满足了。”

“我承认你的故事令我的心情好了许多。”千秋说，“我喜欢这个故事。”

“谢谢。”白鲸向千秋和纱嘉点头致意。

“哈哈，看来你的故事很受女性喜欢呀。”夏侯申是真正走出阴霾了，居然笑得出来，“我们这种大男人看来就没那么容易被感动了。”

“谁说的，我也很喜欢这个故事呀。”歌特用小指头揉了揉有些发红的眼圈。

“哼，你……算了吧。”夏侯申忍住没把话说出来。

“嗯……我，被深深地感动了！”北斗突然开口道，令众人怔了一下。他大声吸着鼻涕，拿出手帕，用力地擦，好像眼泪都要掉下来了：“自从到这里来之后，我听到的都是些让人不寒而栗的恐怖故事，这是唯一一个既吸引我，又令我感到温暖的故事，真是太棒了！”

“噢，”夏侯申的眼睛向上翻了一下，“真是够了。”

“好了，大家的评论和感想就发表到这儿吧。这个故事也够长的，现在时候不早了，打分吧。”荒木舟说。

北斗将手帕揣回兜里，一边吸着鼻涕一边走到柜子那里去，拿出纸和笔分发给众人。

同样的统计和算分程序。由于一些人对这个故事的偏爱，白鲸的故事最后得到了一个和千秋相同的高分：9.1分。

看得出来白鲸对这个结果很满意，他的脸上浮现出微笑。

就在大家准备结束今晚的活动之时，克里斯忽然开口道：“嗯……有些题外话，我忍不住想说说。白鲸，我之所以选择在评分完毕之后才把这些话讲出来，就是为了表明，我不是想要针对你，而是就事论事。希望你不要介意。”

白鲸感觉到克里斯可能要说什么对自己不利的话，他收起脸上的笑意，问道：“你想说什么，克里斯？”

“是这样——我们都知道，你是最近很火的‘悬疑小天王’，你日趋上升的名气使得我也忍不住去买了你的几本书来看。老实说，写得非常不错，令我大开眼界。”

“谢谢，可是你到底想说什么呢？”

“你目前出版的书一共有四本，没记错的话，书名分别叫作《瘟疫》《高窗》《恶化》和《硬糖》，对吗？”

“没错。”

“而你今天讲的这个故事，名字叫作《墓穴来客》。”

“那又怎么样？”

克里斯双手比画了一下，示意白鲸听他说下去：“现在，我们再来回忆一下你之前所出的那四本书的一些共同点——无一例外的，你那四本书的主人公全都是三十岁左右的男性；而那四本书的故事风格，基本上都属于冷硬派，情节上没有任何温馨和可爱之处，最后的结局也都是以死亡或悲剧收场。”

克里斯有意顿了一下：“而你今天讲的这个《墓穴来客》，不仅书名的字数上和以往不同，故事风格也可谓是大相径庭——不但主角是个十多岁的少女，情节上也是走的校园和家庭路线，最后的结局更是感人至深——这实在是件非常有意思的事。”

白鲸眯起眼睛问道：“你到底想表达什么意思？”

克里斯没有说话，一直专心致志聆听他们对话的荒木舟在此刻将话挑明了：“白鲸，这还用得着问吗？小天才是在质疑——这篇《墓穴来客》，真是你自己构思出来的吗？”

白鲸“哼”了一声：“笑话，不是我自己构思的，难道还是在座的哪位帮我想出来的？”

“这个，你就得问问小天才，他为什么会怀疑你了。”荒木舟不紧不慢地说，“或者，你可以解释一下为什么这篇故事的风格和以往的如此不同。”

“我觉得这没什么好解释的。没错，我以往的作品大多数都是冷硬派的，但是难道我就应该永远定型下去吗？我就不能试着改变风格？这都要受到质疑，实在是太可笑了！”

“你当然有权利改变写作风格。”克里斯说，“一个作家尝试改变写作风格，多半是因为想要创新或有所突破，却往往不能确定新风格能不能被大家接受和喜欢。所以之前讲故事的人，都是选择自己擅长的风格和题材，以便在这个竞争异常激烈的游戏中拥有最大的把握。比如龙马以前就很喜欢以高中生作为故事主角，他讲的《活死人法案》就正是这样；而徐文以前几乎从没写过以男性为主角的故事，《鬼影疑云》这个故事也就不例外——而你，居然在这种时候想要

‘创新’——这就显得有点奇怪了。”

这番话说得白鲸有点哑口无言，他张着嘴愣了好半晌，说道：“可是……我之前就说了呀，我临时改变了这个故事的某些情节和结尾……所以风格当然就跟以前的不尽相同了。”

“没错，可是基本设定是没变的，这就够让人生疑了。”荒木舟不知从何时起，竟然跟克里斯站在一边了。

白鲸紧绷着嘴唇，面露难堪之色。他沉默了许久，说道：“我不想再做多余的解释了，如果你们认为我抄袭或借鉴了谁的作品，就请拿出证据来。否则的话，就不要在这里无端猜疑！”

克里斯忽然笑起来：“哈哈，白鲸，我只是提出一些有意思的事实而已，并没有说你抄袭呀，你又何必这么认真呢？不过说到抄袭，我还想说几句玩笑话呢，你听了可不要生气呀。”

白鲸瞪视着克里斯。

“其实我觉得，你这篇《墓穴来客》真的没有抄袭。但为什么风格和以往的作品区别又这么大呢？”克里斯故意停顿一下，“也许，情况和刚才所说的刚好相反呢。”

白鲸张口结舌地望着克里斯：“你……什么意思？”

克里斯直视着白鲸说：**“我的意思是，也许你之前那些作品才是抄袭的，只有今天这一个是自己想出来的！”**

此言一出，四座皆惊。众人都惊愕地望向白鲸。而白鲸面色苍白，呼吸急促，一根手指颤抖着指向克里斯：“你……你这完全是对我的恶意诽谤！克里斯，你到底有何居心？！”

克里斯连忙摆手道：“别生气，我刚才就说了，这只是玩笑话罢了。你不用当真啦。”

“有你这种充满恶意的玩笑吗？！克里斯，我还是那句话，如果你怀疑我的话，就把证据拿出来，不然就别在这里胡言乱语！如果你觉得这种‘玩笑’很好玩的话，那你就自己慢慢玩吧，我不奉陪了！”

说完这番话，白鲸愤然离开座位，怒气冲冲地上到二楼。进入房间后，“砰”的一声将门关拢。

大家注视着离开的白鲸，静了一会儿。纱嘉说：“他真的生气了。”

“我看，倒不如说是真的心虚了吧。”荒木舟冷言道。

“荒木先生，别再说这种话了。克里斯，你也是，如果拿不出真凭实据来，还是别乱怀疑人的好。”纱嘉皱着眉毛说。

克里斯笑着说：“我都说了只是开玩笑，他还是这么当真。随便一试，就把他的态度试出来了。白鲸还真是个沉不住气的人啊……算了算了，不说了。”

夏侯申看了一眼手表：“十二点多了，休息了吧。明天晚上该谁了？”

“该我了。”北斗吐了口气，捏紧拳头，“终于该我了。”他显得既有些紧张，又有些激动。

“那你好好准备吧。”夏侯申说，大家都起身离开了。

这时，一直埋着头没有说话的龙马开口道：“你们，有没有注意到……为什么自我之后，就没有人犯规了呢？”

千秋瞪着他说：“怎么，你巴不得我们犯规是不是，这样就都跟你一样了。”

龙马摇着头说：“不，我不是这个意思。我只是觉得……有点怪怪的，好像那个主办者，没兴趣再陷害后面的人了。”

千秋“哼”了一声：“还说不是这个意思呢，我看你就是心理不平衡。懒得跟你说了，你自己在这里慢慢琢磨吧！”说完上楼了。

其他人也纷纷离开了，龙马垂头丧气地坐在原地，看起来感到困惑不解。克里斯盯着他看了一阵，慢慢走到他身旁，靠近他的耳朵，小声说了一句：

**“他们真的没犯规吗？不要言之过早哦。”**

龙马惊愕地抬起头来，目瞪口呆地望着克里斯。克里斯深不可测地笑了一下，转身离开了。

南天回到房间后，并没有睡下。他把耳朵贴近门，聆听外面的声响，等待着时机的到来。

今晚，他准备实施昨晚想好的那个大胆的计划——**悄悄潜入徐文的房间，调查那间可疑的屋子。**

这是一个需要鼓起十二分勇气才能进行的计划。那个房间里，现在停放着一具冰冷的尸体，南天一想到徐文死时那恐怖的表情，就感到遍体生寒。但是，他必须克服恐惧，才有可能接近真相。

一点钟的时候，南天将房门轻轻打开一条缝，他用眼睛和耳朵捕捉着房子里的动静，直到确定外面一片静谧，才悄悄走出门，将门虚掩，经过走廊上的四个房间后，来到徐文的房前。

南天握住门把手，用最轻微的力气一丝一丝地推门。门打开了——这里所有的房间都只能从里面锁门，而不能从外面反锁——这一点帮了南天的大忙。

进入徐文的房间时，南天确定没有弄出一点儿声响。他将门轻轻关拢，使光线不会透露出去，这才打开屋内的灯。

他的眼睛躲避着地上停放的尸体，但第一眼看到的还是它。不可能看不到的——尸体的样子跟昨晚他们离开时一样——床单的一角盖住了那张可怕的脸。南天在心中感谢自己昨晚做了这个小举动。

现在已经成功地进入徐文的房间了。接下来，南天准备在这间屋内仔细搜索一番。但这间小屋实在是简单极了，除了一张床，一张布艺沙发和角落里的抽水马桶之外，别无他物。南天几乎用手贴着墙一寸一寸地摸索，幻想会不会出现电影里的一些情节——当手触碰到墙面某块微微凸起的部分后，房间的一面墙就会挪开，出现一个通往密室的甬道。但可惜的是，他摸了满手墙灰，把这间不到十平方米的小屋每个地方都摸了个遍，也没能发现什么异常，更别说启动什么机关了。南天甚至把手伸到抽水马桶的边缘里去探索了一阵，仍然一无所获。

他叹了口气，沮丧地坐到床上，这时眼睛又不由自主地瞥到了床边停着的尸体。南天赶紧将目光移开，思考着下一步该怎么办。

徐文说他在这里睡着之后，会做怪异的噩梦或是出现幻觉……可是，我总不能在这里睡觉吧——一具尸体就停在我的身边！想到这里，南天不禁打了个寒噤。突然，他想起了徐文死之前说过的一句话——

**我看到床下有一双眼睛，在瞪着我。**

这句话现在回想起来，就像是徐文在耳边亲口道来一般。南天脸上的寒毛都竖起来了，又连着打了几个冷噤。

难道，是床下有什么问题？

南天咽了口唾沫——他实在是不愿意把头或手伸到床下去看和摸索，这表示他必须和徐文的尸体紧挨在一起，这真是太恐怖了。

但是，除了这样做之外，又有什么办法呢？

事已至此，南天只能再次鼓足勇气。他蹲下来，背对着尸体，然后慢慢弯下腰去，眼睛仔细搜视床下。

黑黢黢的一片，什么都没有……突然，南天眼睛一亮，他看到了一样东西。

一沓纸，藏在床底的最深处。

南天迟疑了一下——昨晚我也看了床下的，没有看到有一沓纸呀。也许是我昨天没看清楚？有可能……那么，这沓纸是谁故意藏在床下的，还是从床的缝隙里掉落下去的呢？

不管怎么说，把它拾起来看看吧。南天把身体贴到地上，伸出手去抓那沓纸。

抓到了。南天把这一小沓纸拿出来之后，看到了上面用签字笔写着的内容——原来就是徐文用来记录故事大纲的那沓纸——南天想起来，徐文死之前的那天早上，自己到这间房间来找他的时候看到过的。没错，一模一样的笔迹，上面写的是《鬼影疑云》这个故事的大致情节和整体框架。

南天注意到第一张纸的上面，用括号标注了写下这些内容的日期——4月23日。他想了一下，又看了一下手表上的日历——没错，我们是从4月22日起开始讲第一个故事的（尉迟成），而徐文排在第二个。所以，他在4月23日的时候构思出了这个故事……

南天向后翻了几页——全都是《鬼影疑云》这个故事的一些纲要。突然，他心中一惊——徐文的故事之所以会犯规，难道是因为主办者在他讲故事之前偷看到了这个本子上的内容，所以才提前得知了他的故事情节？

如果是这样的话，那徐文为什么会犯规，就不难解释了！可是……南天的眉头皱拢了——夏侯申、暗火和龙马为什么也会犯规呢？总不会每个人都把自己的故事大纲写在纸上，又被主办者偷看到了吧？应该不可能，因为越到后面，大家就越谨慎了，不会犯下这么低级的错误……

南天感到疑惑不解，一边思索着，一边继续翻动着这沓纸。突然，一页纸上写着的内容令他顿时瞪大了眼睛，嘴也不自觉地张大了。他感觉浑身的血都在往头上涌，惊愕地几乎停住了呼吸。

这一页纸的上方——仍旧是徐文的笔迹——清楚地写着：

**4月28日　新构思的故事《墓穴来客》**

什么？这……这是怎么回事？南天无比惊诧地推算着时间——今天是到这里的第八天，就应该是4月29日（注：实际上现在已经过了零点，应该是4月30日了，但为了方便表述，假定现在仍是4月29日的晚上）。今天晚上白鲸才讲了这个叫作《墓穴来客》的故事，而徐文的这个本子上，却清楚地写着，这是他在4月28日——也就是昨天，在他死之前所构思的一个故事！

南天全身一阵阵发冷，他所发现的这个惊人的秘密，令他的身体在微微颤抖。他埋下头，又仔细地往下看了两页——没错！故事情节的设计和白鲸今晚讲的故事几乎完全相同！

南天心中无比骇异，却又感到不可思议。他按住狂跳的心脏，努力保持镇静。仔细思索了片刻，他觉得这件事只能有两种解释：

第一是，白鲸抄袭了徐文的故事创意！可是，他是如何做到这一点的呢？他怎么可能知道徐文构思出了一个新故事？而他又怎么可能看到徐文的手稿呢？昨天晚上，是夏侯申、北斗和我一起把徐文的尸体抬回来的，白鲸根本就没有进过这间房间！难道他后来悄悄潜入了这间房间……不对，南天立刻想到，这是不符合逻辑的。如果真是这样的话，那白鲸不可能还把这沓纸留在这间房间里！

那么，会是第二种情况吗？（南天此刻的思维极度混乱，想到了各种诡异的可能性）——白鲸刚好想到了一个和徐文构思出来的故事类似的故事。不对，这更不可能！这种概率太低了！

南天突然意识到，有一点是可以肯定的，那就是徐文的稿子写在白鲸讲述之前！**所以不管从哪个方面来看，白鲸都犯规了！**

南天的脑子现在乱极了，他又想起了徐文说自己房间闹鬼的事；也想起了克里斯说的——“徐文几乎从没写过以男性为主角的故事”……如此看来，这篇《墓穴来客》，真是出自徐文之手？那白鲸为什么会知道这个故事呢？是有人故意陷害他，还是……

南天全神贯注地思索着这起令他感到扑朔迷离的事件。**而此时，他完全没有注意到，在他身后，一个恐怖的黑色人影正在慢慢升起……**

（《必须犯规的游戏》第三季完，敬请期待第四季）